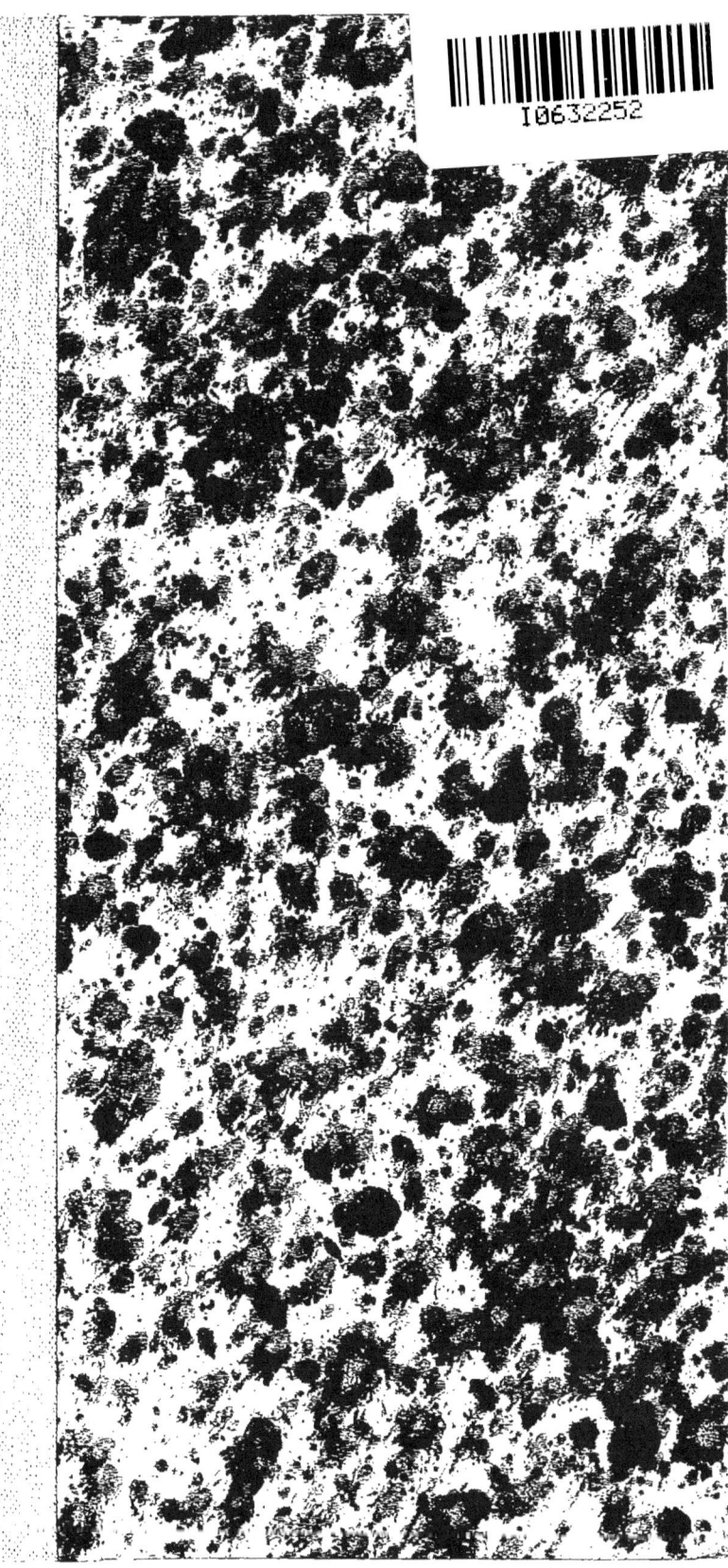

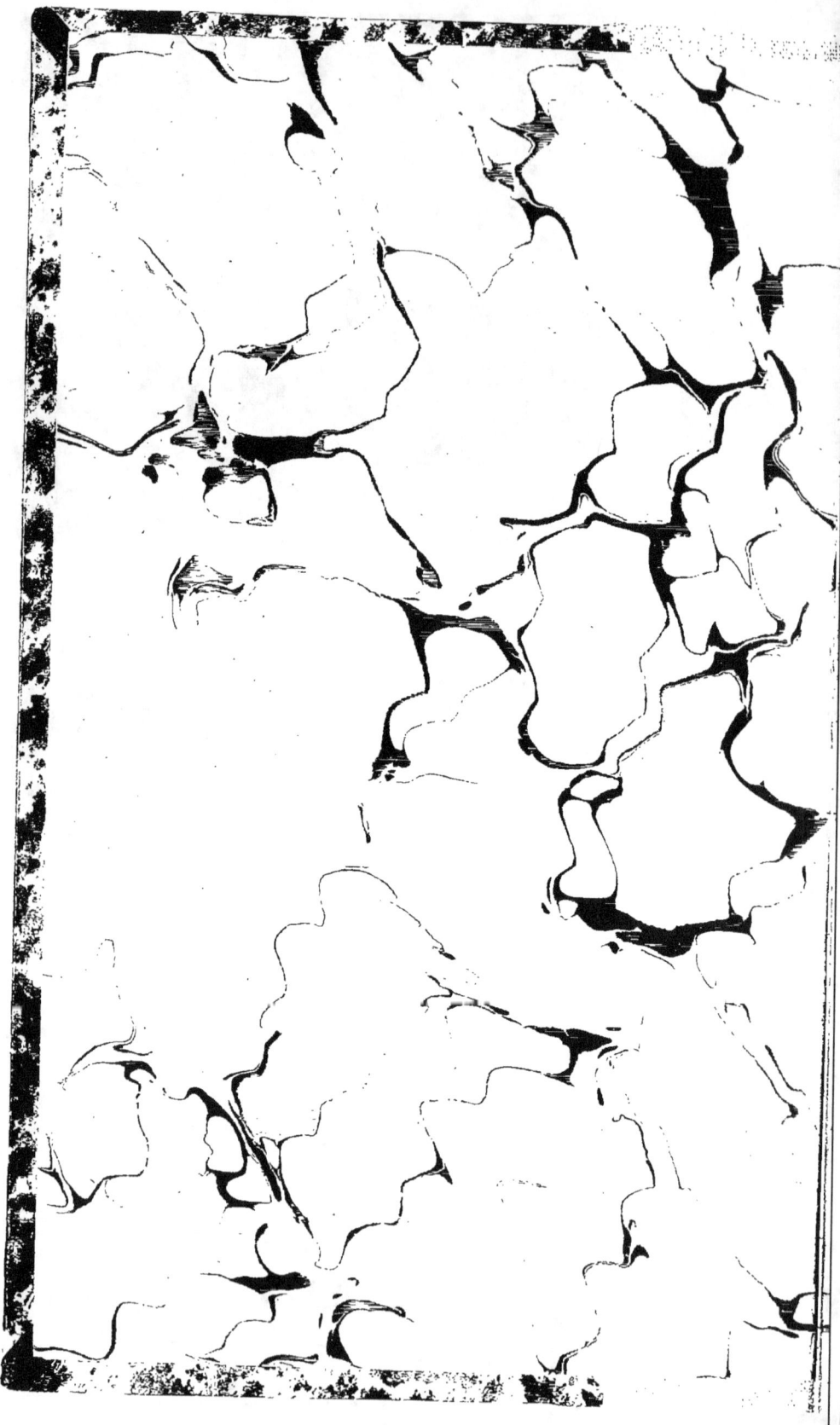

I. BOULANGE.

BIBLIOTHÈQUE CONTEMPORAINE

EMMANUEL DENOY

MERCEDÈS PEPIN

17633

PARIS

CALMANN LÉVY, ÉDITEUR

ET BOULEVARD DES ITALIENS, 15

LIBRAIRIE NOUVELLE

MERCEDÈS PEPIN

CALMANN LÉVY, ÉDITEUR

DU MÊME AUTEUR

Format gr. in-18

Imprimeries réunies, **B**, Puteaux

MERCEDÈS PEPIN

PAR

E. DENOY

PARIS

CALMANN LÉVY, ÉDITEUR

ANCIENNE MAISON MICHEL LÉVY FRÈRES

3, RUE AUBER, 3

—

1883

MERCEDÈS PEPIN

I

— Je vois ce que c'est, dit le docteur, après avoir minutieusement ausculté sa cliente.

Il tira de sa poche une énorme tabatière de platine, sur laquelle s'entrelaçaient un *M* et un *P* niellés à la russe, l'ouvrit... puis la referma sans y puiser, et la rentra rapidement dans sa lévite.

Marius Percinal était un petit homme au buste trapu, aux épaules carrées et aux membres grêles : un tronc d'hercule sur des jambes d'avorton. Il était à peu près chauve ; pourtant, ses oreilles aplaties se dessinaient sur deux plaques de cheveux gris, collés sur les tempes. Ses yeux, dont les prunelles ressemblaient à deux pastilles de chocolat, chatoyaient sous une paupière très mobile, derrière des lunettes à branches d'argent. Son nez mince descendait sur sa bouche, entre deux rides burinées par un sourire éternel. Il avait les lèvres étroites, les dents longues et encore belles; son menton fuyant séparait deux favoris gris qui ombrageaient les cornes de son faux-col. De petites touffes de poils sortaient de ses oreilles et parsemaient les phalanges de ses doigts.

Il portait une cravate blanche, dont la batiste tordue faisait deux fois le tour de son cou, une longue redingote droite, des souliers à boucle et des gants de chevreau violets. Sur son gilet se balançait une grosse chaîne d'argent, ornée de breloques théologales : une ancre, une croix et un cœur. Un jonc mâle, à pomme de porcelaine, complétait son accoutrement ordinaire.

A quarante ans, déjà las de poursuivre la clientèle, Percinal avait quitté Paris pour s'établir à Mâcon, sa ville natale. Ses débuts n'y ayant pas été plus heureux, il eut recours à la religion, qu'il avait un peu perdue de vue dans le quartier Latin, et publia sous ce titre : *Études de Médecine sacrée*, un ouvrage dans lequel les questions physiologico-métaphysiques (stigmates, apparitions, exorcismes, flagellation appliquée à l'enseignement, etc.), étaient remarquablement résolues. Cette publication lui valut l'approbation de Mgr Thouroudes, évêque *in partibus*. On en parla jusqu'à Belley.

Dès lors, la médecine devint, entre ses mains, une science tout ecclésiastique; ce ne fut plus pour lui une profession, mais un sacerdoce. Il mêlait si étroitement les consolations de la religion aux soulagements de la thérapeutique et parlait si dévotement de son ministère, que ses malades déroutés se demandaient s'il était prêtre ou médecin. Ses confrères l'accusaient de faire de la pathéologie et prétendaient que ce médecin-prêtre vivait plus de sa cure que de ses cures. Cependant, s'il avait servi parfois la messe, la messe l'avait peu servi. A peine était-il parvenu à se faire adopter par quelques couvents des environs.

— Je vois ce que c'est, répéta-t-il avec un sourire bienveillant. Mais répondez-moi encore... Quel âge avez-vous, chère madame?

— Vingt-deux ans.

— Vous êtes née aux Antilles, je crois?

— A la Guadeloupe.

— Monsieur votre père était-il de ce pays?

— Il était Bordelais.

— Et madame votre mère?

— Espagnole... De la Havane.

— A quel âge avez-vous été amenée en France?

— A la mort de mon père; j'avais dix-sept ans.

— Voilà bien trois ans que vous êtes mariée?

— A peu près.

— Et vous trouvez-vous habituée à notre vie de province?

— ... Certainement, accorda la jeune femme, après une courte hésitation qui n'échappa pas au docteur.

— Il ne faut pas que mes questions vous étonnent, chère madame, dit le vieillard. J'ai publié, en 1847, chez Baillière, une brochure sous ce titre : *De l'indifférence en matière de nosogénie.* J'y prouve que rien, entendez-vous? rien n'est indifférent pour reconnaître la nature d'une affection, et que les circonstances, en apparence les plus étrangères à la maladie, exercent sur ses origines et ses développements une influence occulte... Entre nous, si monsieur votre beau-frère avait eu plus de confiance en moi, nous le posséderions encore. Il est vrai que, dans ce cas, ce château serait toujours à lui et je n'aurais pas eu, par conséquent, l'honneur d'y faire votre connaissance, chère madame...

Le galant septuagénaire fit glisser ses besicles jusqu'au bout de son nez et regarda successivement les fauteuils de satin broché, les grands rideaux safran à bouquets, la pendule de bronze doré, les girandoles

parées de bougies et les énormes chenêts dont les
masques égyptiens semblaient bleuir et grimacer sous
la flamme.

— M. de la Genevraye, remarqua-t-il, n'a rien
changé à l'ameublement de ce salon depuis la mort
de son frère aîné.

La jeune femme se demanda quelle relation secrète
unissait l'origine de son mobilier à la nature de son
mal. Cependant elle répondit :

— C'est moi qui m'y suis opposée. Nous n'habi-
terons plus la Genevraye l'hiver.

— Ah! fit le docteur avec vivacité, c'est donc décidé? Vous allez habiter Paris?

— Dans quelques jours. Nous ne passerons plus ici
que la belle saison. M. de la Genevraye vient de faire
bâtir dans le quartier Monceau.

— Un beau quartier! Ah! je comprends que nos
plaines brumeuses ne vous retiennent guère!

— Vous m'avouerez, docteur, que la Bresse...

— Sans doute... Pour une femme de votre âge et de
votre rang, il n'y a pas d'autre milieu que Paris. C'est
précisément ce qui me désole, car, quels que soient
mes regrets de perdre un aussi aimable voisin que
M. de la Genevraye, on ne peut pas vous en vouloir
de le sortir un peu de notre ornière provinciale.

— J'y resterais pourtant, s'il y tenait; mais il paraît

déjà très acclimaté à Paris, depuis un mois qu'il y surveille les derniers travaux de son hôtel.

— Vous avez de ses nouvelles?

— D'excellentes.

— Bien, bien... Il faut qu'il se ménage. Il a besoin de soins. S'occupe-t-il toujours de photographie?

—Il se fait installer un atelier superbe.

— Tant pis! je lui ai déjà défendu cela; c'est un travail trop absorbant pour sa constitution délicate. Et puis les émanations... Il cherche à reproduire les couleurs, je crois; il ferait mieux de se donner celles de la santé.

Puis, après un petit rire de satisfaction :

—Ne doit-il pas rentrer ces jours-ci?

—On presse les tapissiers. Avant huit jours, il pourra venir me chercher.

— Déjà! fit le docteur qui faillit tirer une deuxième fois sa tabatière. Mais vous l'avez cependant informé de ce que vous éprouviez?

— Non; j'ai pensé que cette petite indisposition ne valait pas une remarque.

— Peste! chère madame, que faudrait-il pour vous délier la langue?

Madame de la Genevraye regarda le vieillard avec inquiétude.

— Je suis donc bien malade? demanda-t-elle.

— Pas le moins du monde.

— Pourtant vous semblez me conseiller...

— Ce que je vous conseille! fit Percinal, en reconduisant de nouveau ses lunettes vers l'extrémité de son
nez, mais... rien du tout, pour le moment.

— C'est si désagréable ce que j'éprouve !

— J'en conviens, ricana le docteur. Mais l'heure
n'est pas venue de vous en délivrer. Mangez bien, dor-
mez bien, promenez-vous sans fatigue et méfiez-vous
des excès de la vie parisienne... Défiez-vous surtout
des médecins de la capitale. La plupart sont des char-
latans qui cherchent à prolonger les maladies pour
allonger leurs notes. Nonobstant, j'en connais un très
consciencieux, le docteur Ternois-Vitré, rue de Belle-
chasse, 17. Allez le voir de ma part, dans deux mois.

— J'en ai pour si longtemps ?

Percinal ouvrit tout grands ses yeux chocolat :

— Si longtemps !... Mais, chère madame, c'est neuf
mois... pour tout le monde.

La jeune femme tressaillit.

— Comment ! Je serais ?...

Elle n'acheva pas.

— Sans rémission ! s'écria le médecin aussi triomphalement que s'il eût été pour quelque chose dans
cet événement. Vous ne m'aviez donc pas compris ?

— Et... de combien donc ? demanda madame de
la Genevraye d'une voix mal assurée.

— Peuh! de quelques semaines. Je ne puis rien préciser, et il vous serait peut-être plus facile qu'à moi de déterminer l'époque.

Une rougeur ardente avait coloré les joues de la créole. Elle porta une main à son corsage, dont ses doigts griffèrent convulsivement le drap, et s'appuya, de l'autre, au bras du fauteuil.

— Excusez-moi, dit-elle, mais... l'émotion... Songez donc... Je m'attendais si peu!...

— Allez! allez! laissez libre cours à vos impressions. Je connais ça. Il y a des femmes auxquelles cette petite nouvelle donne des rires nerveux; d'autres pleurent comme des Madeleine. Heureusement la joie ne fait pas de mal, quoi qu'en dise je ne sais plus quelle comédie.

Et il ajouta, en tamponnant son foulard rouge au fond de son chapeau.

— Je prends une large part à votre bonheur, croyez-le bien, chère madame.

— Merci, docteur, fit la jeune femme en se levant.

— Non, restez; vous devez être très faible en ce moment. Mangez peu, ce soir : des aliments légers. Pas de farineux, surtout. Et puis annoncez vite la nouvelle à cet excellent M. de la Genevraye. C'est lui aussi qui va être heureux!

Percinal ne voulait pas être reconduit. Mais, soit par excès de politesse, soit par une réaction de sa fierté naturelle, la jeune femme l'accompagna jusqu'à l'antichambre où il reprit son manteau marron et ses galoches fourrées.

Un antique cabriolet, dont la capote rabattue était mouchetée de boue malgré la gelée, stationnait à quelques pas de là, dans le parc. La jument était bridée au tronc d'un platane.

Le docteur débarrassa la bête de sa couverture, grimpa fort juvénilement dans la voiture, enfila de gros gants feutrés, envoya à sa cliente le plus gracieux de ses sourires et tourna la pelouse.

Déjà il avait franchi la grille et courait sur la route de Mâcon, que madame de la Genevraye était encore sur le perron, écoutant d'une oreille distraite le trot lointain de la jument.

— Ah! les femmes! pensait Percinal en humant avec dépit une énorme prise. Quel besoin ce gentilhomme campagnard avait-il de s'enjuponner dans cette gamine?... Une fois engrené dans la vie parisienne, il y laissera non seulement ses os, mais encore sa fortune... Un si bon client! Une si jolie néphrite! Sans compter les complications qu'on pouvait espérer du côté des yeux et des intestins... Me l'enlever juste au moment où j'allais entrer dans la place! Après ça, tout n'est peut-être pas perdu. Cette grossesse est une dernière occasion...

Mercedès s'achemina à travers le parc. Une brise fraîche soufflait sous les quinconces dépouillés. Des essaims de feuilles mortes tourbillonnaient en farandoles ou fuyaient dans un coup de vent, avec des effarements et des culbutes. Çà et là, dans les hautes branches, un vol de corbeaux passait lourdement; des battements d'ailes noires et des croassements éraillés traversaient les cimes. Le soleil, rasant la terre, plaquait des lueurs sanglantes sur les troncs lisses des platanes.

Madame de la Genevraye suivait les allées, au hasard. Dans cette solitude, elle ne cherchait plus à contenir son agitation intérieure. Ses grands yeux noirs, dont le regard errait partout sans rien distinguer, lançaient des éclairs sous leurs cils; par instants, ses dents minces et blanches mordaient sa lèvre. La rougeur persistante de son visage prêtait à son teint brun et mat un éclat étrange. Le vent rejetait sur son front de folles mèches de cheveux noirs qu'elle ne songeait pas à chasser. Tandis qu'elle marchait, la queue de sa robe de drap balayait à grand bruit les feuilles sèches. Bien qu'elle fût nu-tête et qu'un simple ruban de velours entourât son cou, elle ne paraissait pas sentir le froid de la brume.

A l'extrémité du parc, au delà d'un ruisseau d'eau courante, s'élevait une butte plantée de sureaux, d'aubépines et de symphorines. Un sentier tournant montait en pente douce, à travers ces arbustes dépouillés, vers un petit kiosque à toit de ramée, rustiquement soutenu par six troncs de sapin. De cette éminence on découvrait, par-dessus le chaperon du mur de clôture, la campagne jusqu'à Mâcon dont les toits de tuile s'étageaient vaguement au loin.

Mercedès gravit rapidement ce sentier, sans prendre garde aux accrocs de sa robe écorchée par les épines. Elle pénétra dans le pavillon et, montant sur une chaise de jardin, regarda un groupe de maisonnettes situées à huit ou neuf cents mètres, au bord de la route. Puis elle abaissa l'un des six stores verts relevés entre les travées de sapin, et redescendit le sentier.

Une expression moins farouche animait ses traits, tandis qu'elle revenait vers la maison.

Sur le seuil du château, — car on prêtait ce nom à la modeste gentilhommière de M. de la Genevraye, — une vieille femme jetait des mies de pain aux oiseaux. Sa large figure, au teint de brique, s'épanouissait sous deux bandeaux gris. Elle était coiffée d'un bonnet noir et vêtue d'une robe de laine protégée par un tablier blanc à poches dont elle tenait les coins relevés. Des clefs pendaient à sa ceinture, au bout d'un double cordon.

En apercevant madame de la Genevraye, elle fit un geste de surprise et, secouant les pans de son tablier pour en faire tomber les miettes, à la grande frayeur des moineaux mis en fuite :

— Jésus! s'écria-t-elle avec la familiarité d'une ancienne nourrice promue femme de charge, c'est-il possible qu'une jeunesse si frileuse s'aille geler, à cette heure, dans le parc, toute nue comme ça, quand la brouillasse est si pernicieuse après la Toussaint !... Ah! si Monsieur savait ça!

— Presles! fit brusquement madame de la Genevraye.

— Lui qui a tant soin de Madame, qu'est-ce qu'il dirait? C'est toujours pas le médecin, au moins, qui a pu ordonner cette promenade à Madame?

Sans répondre à cette interrogation déguisée, la jeune femme traversa le vestibule, chauffé par un immense poêle de faïence bleue, et monta dans ses appartements. Un grelottement la secoua; elle poussa une chauffeuse devant le feu et s'assit.

Là, les coudes sur les genoux et le front dans les mains, elle parut s'abandonner à une méditation douloureuse :

— De quelques semaines... murmurait-elle entre ses dents.

II

Le soir même, à onze heures, comme dans les romans à effets de nuit, une ombre de petite taille sortit de la maison et, longeant la muraille, se glissa jusqu'à l'écurie, qu'elle contourna. De là elle s'engagea dans le potager, le traversa, franchit une passerelle de bois jetée sur la Ronce et s'arrêta devant une longue serre vitrée. Elle tourmenta un instant la serrure, l'ouvrit sans bruit et disparut.

Aussitôt, dans les profondeurs de l'intérieur, une voix chuchota :

— Mercedès !

— André ! répondit l'ombre en s'avançant à tâtons, dans l'obscurité, jusqu'à une seconde porte située à l'autre bout de la serre.

— Par ici ! reprit la première voix.

A peine la porte fut-elle close, que deux soupirs profonds se répondaient dans une muette étreinte.

Puis le frottement d'une allumette retentit sur le
plancher et la lumière jaillit.

C'était une pièce étroite, dont la fenêtre semblait
hermétiquement condamnée par des panneaux de
carton. Le long des cloisons, sur des tablettes, s'en-
tassaient pêle-mêle toutes sortes de verreries, depuis
des fioles imperceptibles jusqu'à des litres. Puis
c'étaient des plaques de cuivre ou de verre, des
boîtes, des châssis, des passe-partout, des cuvettes.
Un paquet de linges noircis pendait dans un angle, à
côté d'une espèce de pompe minuscule. Au fond, sur
un évier, deux ou trois albums gisaient. Le plancher
était parsemé de taches noires et de rognures de
papier; dans un coin se dressait, sur trois pieds,
un objectif de photographe enveloppé de sa couverture.

L'odeur âcre des réactifs imprégnait l'atmosphère
d'ailleurs réchauffée par le voisinage de la serre.

Tout en cherchant à dégrafer le burnous de satin
ouaté dont le capuchon lui cachait la tête, madame de
la Genevraye couvait du regard un grand jeune homme
qui, après avoir déposé son fusil de chasse, approchait d'elle l'unique chaise de paille qui se trouvait
dans ce réduit.

Il paraissait âgé d'une vingtaine d'années. Fortement musclé et replet, malgré sa haute taille, ses

cheveux roux tombaient en boucles de chaque côté de
son front et cachaient ses oreilles. Les yeux étaient
d'un bleu pâle, les lèvres fortes et surmontées d'une
épaisse moustache rousse, les joues pleines. Son teint,
parsemé de taches de rousseur, avait perdu, sous
l'action du soleil, la blancheur rosée des hommes de
sa couleur.

Il ôta sa casquette de loutre. Sous le manteau qui
l'enveloppait tout entier, il portait une blouse de
molleton gris, fermée aux poignets, serrée à la taille
par une ceinture de laine rouge; son pantalon de
drap à côtes, très collant, était rentré dans des bottes
fortes. Il jeta son manteau sur la chaise, y fit asseoir
la jeune femme et, sans se débarrasser du carnier de
peau qui pendait sur sa hanche, s'accroupit, dans une
pose caressante, aux pieds de Mercedès en disant :

— Sais-tu que je n'en croyais pas ma longue-vue,
tantôt, en apercevant le store baissé? Moi qui n'espérais pas te voir avant demain!...

— Hélas! ne vous hâtez pas de vous réjouir.

— Comment! que veux-tu dire?

— Vous allez le savoir. Mais, d'abord, vous rappelez-
vous quel jour je me suis trouvée si malade, ici même?

— Parbleu! Est-ce que chacun de tes actes n'est pas
une date pour moi! C'était le...

Il cherchait.

— Le 23 peut-être? demanda Mercedès d'une voix incertaine, en se penchant vers celui qu'elle interrogeait.

— Non, c'était le 19.

— En êtes-vous sûr?

— Parbleu! c'était l'avant-veille de *son* départ.

— Ah! je respire!...

Puis, après un court silence :

— Si vous saviez comme j'ai eu peur! ajouta-t-elle.

— Mais de quoi? Qu'est-ce qu'il y a? Qu'est-ce que tout cela signifie?

— Il y a, André, que je suis... que je vais être...
Elle n'osa pas achever.

Une expression d'effroi passa sur le visage du jeune homme. Il regarda anxieusement sa maîtresse et, saisissant dans sa forte main les doigts mignons qu'elle cherchait à lui soustraire :

— Mercedès! dit-il...

Elle lui mit la main sur la bouche.

— Je vous arrête, interrompit-elle avec un sourire triste, voilà la seconde fois que vous manquez à nos conventions. Vous savez bien que je ne veux pas être appelée de ce nom; c'est Juana que vous devez dire.

— Eh bien! soit, reprit-il d'une voix brève, réponds-moi. Est-ce Mercedès ou Juana qui?...

Il était pâle. La jeune femme frissonna.

— Oh! s'écria-t-elle, pouvez-vous penser?... Non, non, rassurez-vous.

— Vrai? insista-t-il avec une incrédulité inquiète.

— Absolument, mon ami.

Il respira.

— C'est que je connais mon père, vois-tu! Si un pareil malheur m'arrivait et qu'il l'apprît...

— Il vous battrait! s'écria Mercedès avec une naïve épouvante.

— C'est-à-dire qu'il serait capable de me déshériter!...

Aveuglée par son amour, madame de la Genevraye ne parut pas choquée de cette exclamation. En face d'une éventualité mille fois plus redoutable pour elle-même que pour lui, elle s'associait à ses préoccupations financières sans s'apercevoir qu'il ne prenait aucune part à ses angoisses maternelles.

— Et cela à cause de moi! fit-elle... Mais non, allez, vous n'avez rien à craindre... Seulement, ajouta-t-elle avec hésitation, vous devez comprendre... D'ailleurs, il revient la semaine prochaine... Vous le voyez, cela ne pouvait durer.

Il lui reprit la main.

— Vivre sans te voir, Juana, pendant des mois!... Est-ce que je pourrais!.. Mais toi-même, t'en sens-tu la force?

— Il le faut bien... Si du moins quelque chose peut nous consoler, que ce soit de souffrir en même temps... du même mal.

Ils restèrent un instant silencieux. On n'entendait que le clapotage monotone de la Ronce sur ses rives et les grognements sourds du chien d'André qui attendait son maître dans le champ voisin, au pied du mur.

— Nous penserons l'un à l'autre, reprit-elle, nous nous rappellerons ces heures si vite envolées... Isolés, nous revivrons dans le passé...

— Et dans l'avenir? ajouta le jeune homme en regardant fixement sa maîtresse.

Elle détourna les yeux et se tut.

— Ah! je ne sais comment je supporterai cette séparation , continua-t-il ; mais vois-tu, Juana, si je n'avais pas l'espoir, la certitude de ne te perdre que pour un temps, je ne consentirais pas à...

Elle l'interrompit :

— Toute révolte est impossible, dit-elle. Il n'y a qu'à se soumettre.

— Me soumettre! oui. Mais après?

— Après? Qui peut prévoir de si loin? Laissons faire les événements.

— Juana! Juana! tu éludes mes questions comme si tu n'osais pas les affronter... C'est donc pour cela que tu me dis *vous*... Réponds-moi, les yeux sur les miens.

— Que voulez-vous que je vous dise, si vous doutez de moi ?

Il se leva sans répondre, mais son visage refléta une expression de colère si saisissante que la jeune femme, se levant à son tour, lui posa les mains sur les épaules en disant :

— Vous savez bien, mon ami, que je suis à vous... à une condition pourtant.

— Laquelle ?

— C'est que pendant les mois qui vont s'écouler vous ne chercherez pas à me voir.

Il la considéra un instant sans répondre, puis, d'un ton brusque :

— Soit, fit-il.

Il était près de minuit. Madame de la Genevraye reprit son burnous, le jeune chasseur sa limousine et son fusil. Après avoir soufflé la lumière, ils rouvrirent doucement la porte et rentrèrent dans la serre, en se tenant par la main. Une lourde émanation sortait de ces plantes attiédies. Caladions, dracœnas, gandasulis et scitaminées de toutes sortes condensaient dans l'air leurs parfums capiteux. M. de la Genevraye, docile aux goûts créoles de sa femme, avait formé une collection de végétaux exotiques pour lesquels cette serre avait

été construite, l'été précédent. Il y avait même fait installer un long divan de cuir . Et parfois, les soirs
d'automne, on y avait pris le thé, entre intimes.

— Juana, murmura le jeune homme en passant
son bras autour de la taille de sa maîtresse, ne trouves-
tu pas ces vapeurs enivrantes?

Ils marchaient de plus en plus lentement.

— Oui, dit-elle, mais il serait malsain de les respirer longtemps.

André s'arrêta.

— Sais-tu, demanda-t-il d'une voix molle, quelle
est la plus dangereuse de toutes ces fleurs?

Mercedès sentit le bras de son amant l'enlacer plus
étroitement.

—André! murmura-t-elle d'un ton suppliant.

Elle tenta de s'échapper et se débattit.

— André!... répéta-t-elle d'une voix impérieuse.

Et, d'un mouvement brusque, elle se dégagea.

III

Madame de la Genevraye ne connaissait pas les hypo-
crisies de la prudence. Ses sorties furtives, ses rendez-
vous nocturnes, ses correspondances surtout, témoignaient assez qu'elle faisait ses premiers pas hors du
devoir.

Comme tant d'autres, elle était tombée sans prémé-
ditation, de son propre poids.

Jeune fille, elle avait rêvé, sous le ciel profond des
tropiques, au bord des eaux vertes de la *Rivière-aux-
herbes*, d'un beau garçon aux allures mâles et pourtant câlines, impressionnable et robuste, artiste et
crâne, épris comme elle des nuits chaudes et claires,
de l'infini des vagues, des romances sentimentales et
des valses langoureuses.

M. de la Genevraye ne répondait guère à ce portrait.
Il avait, certes, toutes les qualités d'un gentilhomme :
tenue, tact, droiture, délicatesse, bonté même. Mais
l'exigeante créole avait appliqué vainement son oreille

contre la poitrine de cet homme; elle n'y avait entendu battre que l'honneur, non l'amour. La déférence était sa façon d'aimer. Il était prêt à satisfaire les caprices de sa femme, prompt à excuser ses défauts, serviable enfin'; mais le sentiment n'était pas son fait. Il ne comprenait rien aux caresses du regard ni à la musique des soupirs.

A Paris, bien qu'il ne se fît jamais prier pour aller au théâtre, il apportait dans sa loge les journaux du jour. En soirée, au bal, il gardait un sérieux diplomatique et préférait le whist à la danse. Il avait, avec sa face blême et sa parole lente, le don néfaste de jeter des froids.

Un soir que Mercedès l'avait retenu dans le parc, sous le charme des transparences pâles d'une nuit d'août, il n'avait répondu à ses élans poétiques que par d'énergiques éternuements. Hasardait-on une promenade sur la Saône, en barque-tente, à l'italienne? il entreprenait d'exposer à sa femme une nouvelle théorie de chromophotographie. Dans une chevauchée à travers la forêt de la Crucée, sous la voûte silencieuse des longues allées, il lui avait révélé d'une manière si frappante la différence entre ses procédés chimiques et ceux de Poitevin, qu'elle avait absolument renoncé à l'équitation.

Elle avait horreur du *vous*, ce pronom banal et

froid. Cependant elle n'avait pu obtenir de son mari
qu'il la tutoyât. « C'eût été, prétendait-il, manquer
aux traditions de sa famille. »

Bref, son affection contenait tant de protection,
qu'elle ressemblait parfois à un devoir. S'il l'aimait,
c'était de haut, royalement. Il y avait quelque chose
de *salique* dans ses sentiments pour elle.

Ainsi rebutée, Mercedès s'était d'abord repliée sur
elle-même. Elle avait repris avec ardeur ses études de
dessin et de piano. L'idée lui était venue de se faire
dame de charité et de visiter les pauvres. Elle se persuada pendant quelque temps qu'elle devait être
heureuse ainsi.

Son retour à Trèfles, vers les premiers jours du
printemps, avait mis cette résignation à une trop rude
épreuve. En sortant de l'étuve parisienne, elle avait
senti le plein air de la Genevraye l'imprégner de froid
tout entière. Le parc, avec ses quinconces déserts, lui
avait rappelé les maussades promenades de petite ville.
La maison, dérobée sous des ombrages immobiles,
s'était refermée comme un cloître sur sa jeunesse. Des
glycines tapissaient les murailles de leurs grappes en
demi-deuil. Deux vulgaires bouquets de pivoines offi-
cinales s'arrondissaient de chaque côté du perron. Les
inévitables girouettes seigneuriales grinçaient aigre-
ment sur les tourelles. Des chauves-souris voletaient,

le soir, autour de l'habitation et deux hiboux se répondaient, la nuit, au fond du parc.

Dans cette solitude, le sable avait des craquements étranges sous les pas des rares visiteurs qui en troublaient le silence. Le docteur Percinal, le père d'André, le curé de Trèfles et un magistrat de Mâcon faisaient seuls, de temps en temps, une courte apparition.

Mercedès avait éprouvé, dans ce vide, les symptômes d'une asphyxie morale. Un grand découragement l'abattit. Le dessin l'ennuyait; elle n'y réussissait plus. La musique l'agaçait; elle n'avait jamais fait tant de fausses notes. Le sommeil la surprenait sur l'*Introduction à la vie dévote*. Elle passait des journées entières sans rien faire, se tourmentant l'imagination pour se prendre à quelque chose.

L'une des villas voisines était habitée par trois Parisiennes qui venaient y passer la belle saison : madame Lemahodon, femme du conseiller général du canton, et ses deux filles.

Malheureusement, cette dame, chez laquelle Mercedès avait rencontré, à Paris, — trois ans auparavant, — l'homme qui devait lui donner son nom, semblait garder rancune à la jeune femme des suites de cette rencontre. Ses rapports avec madame de la Genevraye étaient empreints d'une tendresse aigre-douce qui cachait évidemment quelque mécompte inavoué.

D'ailleurs, cette quinquagénaire ne pouvait être pour la sentimentale créole une société bien attrayante. Femme d'un employé supérieur du ministère de la marine, c'était une de ces bourgeoises vaniteuses chez lesquelles le besoin de paraître atteint les proportions d'une monomanie. Elle avait toujours la bouche pleine des plus grands noms du monde officiel, parlait familièrement du Président et connaissait l'Élysée « comme sa poche ». Pas d'ambassade où elle n'eût pénétré jusque dans les escaliers de service. Elle avait refusé les hommages de plusieurs grands-croix et valsé avec les quatre-vingt-six préfets. La Chambre des députés n'était guère composée que de ses amis. Jamais cuisinière n'avait eu autant de cousins dans l'armée qu'elle en avait dans les états-majors. Elle savait la biographie de tous les personnages politiques, leur fortune, leurs alliances, le secret de leurs variations, et laissait finement entendre que ce qu'elle pouvait dire n'était rien auprès de ce qu'elle savait taire.

Mademoiselle Bertrande, l'aînée des jeunes filles, n'était guère plus sympathique que sa mère. Elle avait traversé les salons de l'aristocratie administrative et coudoyé les sommités hiérarchiques sans rencontrer un mari. Fièrement retranchée dans la splendeur incomprise de ses vingt-six ans, elle semblait, avec son œil hardi, son teint de poupée, sa chevelure modèle

2

et ses poses prétentieuses, si fraîchement échappée des
vitrines d'un coiffeur, que personne ne se fût étonné
de la voir tourner sur son pivot. On ne lui connaissait,
du reste, qu'une seule passion, celle des filles mé-
connues : la gourmandise. Elle avait eu, dans le cours
de la dernière année, huit indigestions notoires.

Mais ces deux caricatures ne faisaient que plus purement ressortir le pastel délicieux d'Edwige. Elle avait
des cheveux blonds voltigeant sur le front, de grands
yeux bleus pleins de surprise, une bouche mignonne où
le moindre sourire découvrait ses fines dents blanches.
Elle n'aimait que les fleurs, les fauvettes, les gâteaux
et la crème au café. Son bonheur était de se rouler sur
les pelouses, d'attraper des papillons pour les relâcher
aussitôt et de regarder dans les nids sans les prendre.
Toute rose dans son col blanc chiffonné, un œillet aux
cheveux, sans chaîne au corsage, sans boucles aux
oreilles, sans bagues aux doigts, le geste mutin, le babil
clair et le rire de cristal, elle avait je ne sais quelle
printanière séduction.

Mercedès s'était éprise de cette joyeuse enfant dont
l'enjouement l'égayait. C'était un oiseau charmant
qui venait chanter au bord de sa mélancolie et qu'elle
se plaisait à apprivoiser. Sa tâche était facile. Edwige,
au milieu de ses ébats folâtres, avait senti avec étonnement la chaleur de cette Espagnole aux lèvres sen-

suelles, au regard noir et sans fond. La jeune femme
et la jeune fille s'étaient admirées avec une égale
naïveté. Dans le vide de leur cœur, leur affection
était rapidement devenue une enfantine intimité.

Elles s'étaient vues presque chaque jour, pendant
l'été. Le plus souvent c'était Edwige qui venait à la
Genevraye. Les jours de pluie, elles s'enfermaient
dans la chambre de Mercedès. Là on bavardait à tort
et à travers, on médisait un peu, on riait beaucoup,
on travaillait même. La jeune femme esquissait les
profils de son amie sur toutes les pages de son album
et celle-ci donnait à sa portraitiste des leçons de crochet tunisien. Quand il faisait beau, elles s'enfuyaient
dans le parc, légères et chuchotantes, en robes claires.

Le kiosque était leur rendez-vous favori ; elles y
jouaient aux dominos ou aux cartes, quand la grande
chaleur les empêchait de se promener, et y appor-
taient à goûter. Quelquefois même elles s'y retrou-
vaient le soir, après le dîner. C'était l'heure des plus
douces causeries. Elles se donnaient des noms caress-
sants : Edwige devenait Wigette. Mercedès ne voulait
plus être appelée que de son second prénom : Juanina.
Cependant la nuit descendait lentement sur le parc,
effaçant peu à peu toutes les perspectives. Les étoiles
s'allumaient dans le ciel muet. Des pointes de lumière
brillaient au loin, à Mâcon, et quelques-unes plus

rapprochées, à Trèfles. Pour rentrer il fallait traverser le quinconce. Les deux amies glissaient silencieusement entre les fantômes des platanes, enlacées,
s'arrêtant au moindre craquement des branches et,
palpitantes de peur et d'une vague émotion, s'embras-
saient pour se rassurer...

Octobre était venu interrompre cette idylle. Madame
Lemahodon et Bertrande grillaient de faire leur rentrée sur la scène officielle. Mercedès ne pouvait suivre
sa chère Wigette, l'hôtel de la Genevraye ne devant
pas être habitable avant la fin de novembre. C'était un
mois de séparation !

Les adieux furent tendres. On échangea des souvenirs. Wigette reçut un joli médaillon d'or contenant
un cheveu noir et donna un bouquet de myosotis arti-
ficiels passé dans sa première bague de jeune fille...
On ne se quitta qu'après s'être juré de s'écrire chaque
semaine, en attendant le prochain revoir.

Madame de la Genevraye s'était retrouvée plus seule
que jamais, après ce départ. Tout lui manquait avec
Edwige. Elle avait acheté des pastilles d'edwigie
qu'elle s'amusait à faire brûler dans une cassolette,
comme si cette résine de son pays natal eût exhalé,
en se consumant, le double parfum de la patrie
lointaine et de l'amie absente. Elle était retombée
encore une fois dans son vide, touchait à tout,

n'entreprenait rien. L'avenir s'emplissait d'ennui.

Son humeur se ressentait de ce découragement ; ses gens en recevaient le contre-coup. Elle n'était guère moins maussade pour son mari que pour son entourage, et quand René, appelé par les derniers travaux de son hôtel, avait pris à son tour le chemin de Paris, elle l'avait, sans le moindre déplaisir, accompagné jusqu'à la grille.

Quelques jours plus tard, Wigette elle-même était oubliée...

Ce dimanche-là, à la messe du village, tandis que, de ses mains hâlées, André faisait chanter l'harmonium asthmatique, elle avait cru trouver dans ces mélodies brisées un écho de ses aspirations déçues. Courbée sur son prie-Dieu de velours rouge — l'admiration des bonnes femmes — elle avait vu, entre ses mains jointes, le regard de l'organiste traverser la nef toute bleue d'encens et s'attacher sur elle. Un trouble étrange l'avait saisie, tel qu'elle n'en avait jamais éprouvé... Et comme, depuis lors, cette première séduction s'était accrue par l'intimité !... Soit qu'il lui contât les souffrances de sa mère, qu'une paralysie retenait depuis sept ans dans un fauteuil, ou le génie de son père, parvenu, de simple éleveur, à la dignité d'agronome et de maire ; soit qu'il peignît sa jeunesse laborieuse au lycée de Mâcon, son amour des champs,

2.

ses courses à travers bois, ses affûts nocturnes ; soit,
enfin, qu'il lui confiât ses agitations d'artiste, son culte
pour Weber, dont il traduisait les œuvres dans l'hum-
ble église du village, il avait, en lui parlant, des
intonations et des regards qui l'embarrassaient délicieusement. Elle retrouvait dans les tournures de son
langage cette phraséologie dont elle s'était nourrie
autrefois, et il lui arrivait, en l'écoutant, de se demander avec une admiration candide :

— Où donc ai-je lu cela ?

Sous le rude sarrau du chasseur, comme sous la
redingote de l'organiste, quelque chose battait pour
elle. Il savait, d'un mot, d'un geste, lui faire res-
sentir plus d'émotions qu'elle n'en avait éprouvé en
trois ans de mariage... Il avait l'instinct merveilleux de
deviner ses goûts. Dans cette blouse à ceinture rouge,
dans ses bottes tachées par la boue des sillons, la
créole trouvait un charme bizarre comme le débrail-
lement du *squatter*. Le manteau réveillait en elle le
souvenir vague de cavaliers entrevus quelque part,
dans son enfance. La casquette de loutre lui rappelait
ces patrons de la Basse-Terre, qui, du haut du
banc de quart, commandaient d'un geste altier les
manœuvres. Enfin, avec une audace tremblante
qu'elle n'avait pu s'empêcher de lui pardonner, il
avait, le premier, fait résonner à son oreille la

douceur caressante du *tu* et du *toi*. Et elle se disait :

— Il n'y a qu'un amour comme le sien pour avoir de ces intuitions !

Loin d'opposer la moindre résistance à cet envahissement d'elle-même, elle lui ouvrit toutes les frontières de son âme. Le roman rêvé pénétrait dans son existence. Et quand elle courait, à travers la nuit, au-devant de ce chasseur qui escaladait les murs pour un baiser d'elle, il lui semblait qu'elle vivait enfin...

Quant à M. de la Genevraye, miné sourdement par une maladie des reins, dangereuse transformation d'une goutte héréditaire, il ne prétendait guère à la passion. Gourmé jusque dans l'intimité, ses tendresses étaient convenables, ses baisers comme il faut. Sa femme le trouvait terriblement poli pour un mari ; elle, qui ne demandait qu'à se laisser un peu chiffonner, s'était étonnée d'abord de ces respects.

Était-elle vraiment mariée ? Elle se le demandait quelquefois. Son alcôve était si froide ! Au lieu de la bonbonnière conjugale qu'elle eût souhaitée, elle habitait une grande pièce séparée de la chambre de René par la largeur d'un vestibule commun. La familiarité du mariage n'était pour elle qu'une perpétuelle irritation. Les galanteries cérémonieuses du comte lui devinrent insupportables.

Et cependant, aux inquiétudes vagues de l'adoles-

cence en avaient succédé les fièvres. Une âpre désillusion la gagna. Pour avoir appris son mal sans en
guérir, elle en souffrit doublement.

Or, ce que le mariage lui refusait, l'adultère le lui
avait prodigué. Elle n'avait eu qu'un mot à dire, —
bien moins ! — qu'un silence à garder... et toutes ces
émotions pressenties, elle les avait éprouvées. Le jeune
colosse aux cheveux roux avait pris sur elle l'ascendant brutal de la force, et elle y avait obéi avec la joie
servile d'une femme qui a trouvé son maître.

Hélas ! cette ivresse qui durait depuis dix-huit jours
ne devait pas être éternelle. Mercedès n'était pas
de ces femmes qui vident insoucieusement la volupté
jusqu'à la lie. Aucune réflexion n'avait précédé sa
faute ; elle ne s'était pas retournée vers le devoir
quitté. Et, de même qu'elle avait accepté son bonheur sans rougir, elle l'avait savouré sans remords.
Mais la première circonstance propre à lui rendre le
sang-froid, devait lui rendre, en même temps, le sens
moral.

La révélation du docteur produisit cet effet. Ce fut
un éclair à la lueur duquel la femme tombée aperçut
tout à coup l'abîme. D'un regard, elle put mesurer la
profondeur de sa chute. Car ce petit être, inopinément sorti du néant, d'où venait-il ? Était-il le fruit du
mariage ou de l'adultère ? Venait-il pour aimer sa

mère ou pour la châtier? Lui apportait-il la honte ou
le pardon?...

L'anxiété avait été plus forte encore que la pudeur.
Madame de la Genevraye avait frémi, et, la sueur au
front, la fièvre dans les membres, elle s'était mise à ras-
sembler ses souvenirs. Elle avait ramené de force, dans
sa mémoire, tous les détails du partage, fouillé dans
l'alcôve conjugale et dans l'ombre des rendez-vous,
compté ses baisers refroidis... O bonheur!... Mais ne
se trompait-elle pas? Son amant seul pouvait confir-
mer son espérance ou la détruire.

Aussi, avec quelles appréhensions l'avait-elle inter-
rogé! Comme elle tremblait, en lui citant un faux
quantième, qu'il ne tombât dans le piège! Et avec
quel soulagement elle avait entendu de sa propre
bouche la date espérée!... Elle n'avait plus qu'à
rompre avec lui pour que le passé fût effacé tout
entier.

A ce moment décisif, une défaillance l'avait prise.
Soit que l'excitation nerveuse qui l'avait soutenue
jusque-là eût cessé avec la crainte d'une catastrophe,
soit qu'un peu de pitié se fût mêlée à son repentir, elle
avait senti la force lui manquer.

— Est-ce qu'il m'obéirait, pensait-elle, si je lui
interdisais tout à coup de me revoir?... Le chasser!
Non, mais l'éconduire. Pour cela, il faut un prétexte,

un délai. Or voici huit mois de trêve : le temps d'obtenir par la ruse, sans luttes, sans éclat, ce que ne donnerait pas la violence.

Dès le lendemain, madame de la Genevraye s'empressa d'écrire à son mari. Sa lettre fut respectueuse et tendre. Elle avait tant à se faire pardonner! Elle lui parla de la « joie » qu'elle avait éprouvée en se sachant mère, de ses « espérances », de « l'animation » qui allait entrer dans leur intérieur, des « consolations » assurées à leur vieillesse, etc. Elle terminait par une petite flatterie : « Vous n'avez pas besoin de mon avis pour acheter le piano, les tableaux et les livres; je m'en rapporte entièrement à votre goût. » Enfin, dans un *post-scriptum*, elle l'engageait, pour ménager ses forces, à effectuer son retour en deux traites et à coucher à Dijon.

En relisant sa lettre, elle s'étonna de n'avoir trouvé, dans une circonstance aussi émouvante, que de pareils lieux communs. Ses mots sonnaient le creux. Mais elle eut beau chercher, elle n'imagina rien de mieux.

Pendant les trois semaines de folie qu'elle venait de traverser, elle n'avait guère pensé à son mari. En songeant qu'il allait revenir, que la grille du parc s'ouvrirait toute grande devant le maître, que sa voix douceâtre traînerait de nouveau dans les couloirs; que, ficelé dans sa longue robe de chambre marron, il

s'adosserait bientôt à la cheminée du cabinet de travail,
éteinte depuis des semaines, ou, les pieds sur le garde-
feu, s'endormirait, comme auparavant, sur *le Monde ;*
qu'il allait enfin reprendre ses habitudes, sa chaise à
table, en face d'elle, et sa place au lit, Mercedès se
demandait si vraiment tout cela devait arriver et si sa
vie, depuis un mois, n'était pas un rêve.

Elle se ressouvint alors de l'hôtel qu'on venait de
lui élever, sur ses instances, et se félicita d'avoir pris
l'initiative de cette construction. Elle éprouverait un
soulagement à fuir la gentilhommière, à ne plus revoir
cette chambre où elle avait combiné ses entrevues et griffonné ses billets, ce kiosque d'où partait
le signal de ses rendez-vous, cette serre, cette campagne, cet horizon qui lui parlaient sans cesse d'adultère...

Elle se mit à faire ses préparatifs de départ comme
si elle l'eût ainsi précipité, rassembla ses toilettes,
coucha ses jupes, empila son linge et vida complètement les armoires, se réservant à peine le nécessaire
quotidien.

La femme de chambre, enchantée de retourner à
Paris, aidait les emballeurs. Seule, la mère Presles
regardait avec étonnement madame de la Genevraye
jeter pêle-mêle, dans des caisses de son, les bibelots
de ses étagères.

— Ne dirait-on pas que la maison va s'écrouler! grommelait-elle. Comme si on ne pouvait pas attendre le printemps!... C'est donc Madame qui a voulu faire bâtir ce palais, là-bas!...

Madame de la Genevraye reçut, le lendemain, une courte réponse de son mari. Il la félicitait galamment, remerciait Dieu d'avoir exaucé son vœu le plus cher et s'excusait de n'en pouvoir écrire plus long. Il avançait son retour de deux jours et, suivant le conseil de sa femme, s'arrêterait à Dijon.

Aussitôt on procéda à l'emballage de quelques meubles auxquels Mercedès tenait particulièrement, des pendules, des lustres. La maison fut jonchée de foin, de paille, de sciure, de tampons. C'étaient des allées et venues, des bruits de voix, des coups de marteau continuels. Mercedès pressait les ouvriers, harcelait les domestiques et secouait jusqu'à la mère Presles ahurie. Elle fit si bien, que tout fut prêt dès le jeudi soir. Il ne lui restait plus que quarante-huit heures à tuer jusqu'à l'arrivée de René.

La journée du lendemain fut employée à diverses mesures de précaution. Elle rassembla les lettres d'André et les brûla sans en rouvrir une seule, tant cette lecture lui faisait peur. Elle arracha les bandes des journaux reçus depuis un mois, pour laisser croire à son mari qu'elle les avait régulièrement parcourus.

Puis elle se rendit à la serre, où des traces de désordre avaient pu rester.

Les pauvres plantes se ressentaient de l'abandon dans lequel elles étaient tombées depuis que Mercedès, profitant d'une circonstance fort propice à la sécurité de ses rendez-vous, avait renvoyé le jardinier, coupable d'une retenue de quelques francs sur le produit d'une coupe. Elle remit en place les flacons dérangés et enleva les cartons qui avaient été soigneusement ajustés sur les vitres sales. Des allumettes gisaient à terre, elle les ramassa et les compta : il y en avait dix-sept...

Puis elle sortit à la hâte ; cette atmosphère la suffoquait.

IV

Comme il l'avait annoncé, M. de la Genevraye arriva de Dijon par le train de midi quarante minutes. L'une des premières personnes qu'il aperçut, en sortant de la gare, fut sa femme. Il courut à elle.

— Comment! s'écria-t-il, par ce froid! Dans votre état!... Vous me comblez, ma chère amie!... Où est la berline? Vous allez vous refroidir.

— Par ici, dit-elle d'une voix un peu altérée... Que j'avais hâte de vous revoir! Tenez, voici Victor qui nous attend.

— Pauvre enfant, je comprends cela. Avec votre nature impressionnable vous avez dû éprouver une certaine secousse en apprenant...

Ils montèrent en voiture. Il était temps que Mercedès pût s'asseoir.

— Voyons un peu cette mine, reprit le comte.

Il la regarda en face, fixement. Ces quelques secondes d'examen parurent un siècle à la jeune femme.

Elle sentit sa rougeur augmenter.

— Eh! vous êtes rose comme une aurore! Allons, je suis content de vous. Aussi je vous apporte votre récompense. Vous la méritez, certes, pour le bonheur que vous me donnez. Si vous saviez le bien que m'a fait votre lettre! J'étais ravi... Vous avouerai-je qu'il y avait aussi un peu de surprise dans ma joie? Cette nouvelle était si inattendue! Car après trois ans de mariage... Voulez-vous que je vous dise? je n'espérais plus... Mercedès s'efforça de sourire.

— J'avais compté sans la Providence, reprit M. de la Genevraye... Et vers quelle époque aurons-nous ce bonheur?

— Vers la mi-juin, je suppose.

— En plein été! mais c'est parfait!...

La voiture venait de passer la Saône et, laissant Saint-Laurent à sa gauche, roulait sur la grand'route de Bourg. En face d'eux, dans la direction de Saint-André de Bagé, les prairies s'allongeaient, couvertes de givre.

— Prenez donc la couverture, dit Mercedès en tirant la peau d'ours sur les genoux de son mari... Je vous en prie. J'ai très chaud.

Et, lui enveloppant les jambes le plus conjugalement du monde :

— Vous n'avez pas répondu à ce que je vous écrivais au sujet du jardinier.

— C'est que je n'avais rien à répondre. Cet homme avait volé, n'est-ce pas? Vous avez bien fait de lui donner son compte.

Puis, comme la jeune femme retenait mal un bâillement :

— Est-ce que vous n'auriez pas déjeuné? demanda-t-il.

— Non.

— A deux heures! Quelle folie!

— Nous déjeunerons ensemble.

— Vous êtes vraiment charmante! s'écria le voyageur flatté de tant d'attentions, mais, dans votre position, il faut savoir sacrifier les égards à la santé. Je suis sûr que vous tombez de besoin.

— Je n'ai guère d'appétit, en ce moment.

— Cela vous reviendra... Et Percinal?

— Il va bien.

— Et l'abbé?

— Je l'ai peu vu ; il a été souffrant.

La berline traversait le bourg de Trèfles. Au moment où elle franchissait la Ronce, auprès du moulin, un *hop!* du cocher attira l'attention des voyageurs.

— Tiens, voilà précisément Manchard, fit M. de la Genevraye en riant.

Le père d'André, précédé d'un terrier feu, suivait la grand'rue, un peu en avant de la voiture et dans le même sens. En dépit du froid, il ne portait pas de cravate et tenait son feutre d'une main, sa canne de l'autre. Vu ainsi par derrière, avec ses cheveux gris roux en brosse, ses oreilles bronzées, sa forte encolure, ses larges reins et ses jambes courtes dans une culotte étoffée, il ressemblait à quelque vieux officier de cavalerie engraissé sur la selle et vieilli sur le harnais. Il détourna sa face rubiconde, au moment où la berline allait le dépasser, et fit un profond salut auquel le gentilhomme répondit familièrement.

— Le plus aimable des maires de Bresse! dit le comte. Son fils vous a-t-il envoyé un peu de gibier?

— Certainement, fit Mercedès.

Puis, détournant aussitôt la conversation :

— Avez-vous vu M. de Charmalières ? demanda-t-elle.

— Ah! lui aussi vient d'être père... mais de son troisième! Désolé !... Dame, la situation devient difficile. Sa petite place de sous-bibliothécaire est une maigre pitance pour cinq personnes. Aussi, sa femme est d'une humeur!... Il faut croire qu'elle s'en prend à tout le monde, car c'est à peine si elle m'a regardé.

— Naturellement. Vous êtes riche, ils sont pauvres ; entre parents, on ne se pardonne pas ces choses-là. Vous avez pourtant assez fait pour eux.

La voiture franchissait la grille du parc. Ce fut la mère Presles qui accourut pour ouvrir la portière. Le premier soin de l'excellente femme, après les expansions de son cœur pour l'homme qui avait été son nourrisson, quarante-huit ans auparavant, fut de le conduire à là salle à manger. Mercedès avait elle-même réglé le menu selon les goûts de son mari ; aussi le voyageur fit-il honneur à sa table. Elle le suivait des yeux et ne touchait guère aux plats.

— Véritablement, ma chère, on voudrait tous les jours revenir de voyage pour être ainsi gâté, s'écria le comte en humant son café. Mais, si vous avez pensé à moi, je ne vous ai pas oubliée. Vous désiriez quelques tableaux, j'en ai acheté... Quatre natures mortes pour la salle à manger ; six sujets religieux pour votre chambre et une douzaine de tableaux de genre pour les salons.

— Que vous êtes bon !... Et de qui ces toiles ?

— Je ne sais plus. J'ai chargé le tapissier de me procurer cela. Un homme de goût, ce Spielman... Je lui ai demandé quelque chose de grand, qui pût garnir les tapisseries. Et puis vous allez avoir un nouveau piano.

— De Pleyel ?

— D'un facteur américain dont le nom m'échappe. Mais quelle belle pièce ! Tout en ébène tourné, avec découpures d'ivoire et d'argent ; pédales et poignées ciselées... Un meuble magnifique... J'avais aussi trouvé une console Louis XVI délicieuse ; puis j'ai appris qu'elle avait appartenu à une femme équivoque... Vous jugez si je l'ai laissée !... J'ai acheté, en outre, une bibliothèque. Ne m'aviez-vous pas demandé une bibliothèque ?

— Oui. Et les livres ?

— Assortis par Spielman. Les tapissiers ont tellement l'habitude de ces fournitures !... J'ai choisi quelques bronzes d'art, au Palais-Royal. Quant aux chevaux, nous sommes en pourparlers avec Moyse. Les voitures sont en remise. J'ai pris, entre autres, un trois-quarts circulaire ravissant, chez Felber.

— Nous étions convenus d'un coupé.

— Il y a un mois, oui. Mais un coupé ne contient que deux personnes ; et quand on est trois...

— Trois ?

— Dame ! Nous et... ce cher petit.

Madame de la Genevraye regarda son mari en se demandant s'il ne se moquait pas d'elle. Il se curait les dents avec tout le calme que comportait le labeur de sa digestion. Son œil étroit et gris n'exprimait d'autre sen-

timent que la crainte d'une piqûre aux gencives.
D'ordinaire, son front chauve, son nez incurvé, ses
favoris droits, son menton carré, son teint blafard et
sa longue main blanche lui donnaient la froide distinction d'un substitut; mais les fatigues du voyage avaient
effacé de ses traits toute trace de dignité. Quelques
cheveux blonds s'emmêlaient sur ses tempes; ses favoris s'écartaient à l'anglaise, un sillon bleuâtre se
creusait sous ses yeux gonflés.

— Le docteur avait raison, pensa Mercedès. Qu'il
faut peu de chose pour l'exténuer!

— Ah! reprit-il, j'oubliais madame Lemahodon. La
pauvre femme est bien changée; elle me rappelle de
plus en plus la loueuse de chaises de Saint-Augustin.
Elle est dans la consternation; son mari craint d'être
mis à la retraite, le 1er janvier prochain. Comprenez-vous cela? Un homme si bien en cour!... Je lui
ai promis de voir M. de Clarigny qui est l'ami intime
du ministre. Sa fille aînée est plus prétentieuse que
jamais... Quant à votre amie Edwige, elle est tout à
fait fâchée contre vous. Il paraît que vous l'avez bien
négligée dans ces derniers temps. Elle va vous écrire
quatre pages de reproches.

— M'écrire! fit madame de la Genevraye, n'êtes-
vous plus décidé à repartir tout de suite?

— J'y étais d'abord résolu, ma chère amie, mais

votre lettre m'a fait changer d'avis. Votre position réclame une foule de ménagements. Les constructions
nouvelles sont toujours plus ou moins humides. En
outre, vous avez ici la ressource du parc, tandis que,
là-bas, le jardin est insignifiant... Et puis, une raison
plus pressante encore : à Paris, les occasions de fatigue, bals, spectacles, soirées, ne vous manqueraient
pas. Vous souffririez de ne pouvoir vous donner tout
entière aux soins de la maternité. Si vous vouliez
m'en croire, nous passerions à Trèfles le temps de
votre grossesse. C'est l'avis du docteur qui m'a écrit
avant-hier pour me donner ce conseil... Qu'en pensez-
vous?

Le premier mouvement de Mercedès fut de s'obstiner
à partir. Elle s'était flattée, en changeant de milieu, de
changer le cours de ses idées. Pour se distraire d'elle-
même, elle avait compté sur ces exigences de la vie
parisienne, et s'était d'avance ingéniée à se faire une
existence si active, qu'elle n'aurait plus même le
temps de se souvenir. Elle ne doutait pas que son
mari ne s'inclinât devant sa décision. Mais avait-elle
bien le droit d'opposer son désir à celui de René?
L'obéissance était la seule vertu conjugale qui lui
fût accessible. A la question qui lui était posée,
elle répondit :

— Ce sera absolument comme vous voudrez.

3.

Le soir même, on commença le déballage des
paquets, au grand plaisir de la mère Presles,
si bien acclimatée à la gentilhommière, qu'elle ne
comprenait pas qu'on préférât Paris à Trèfles, même
l'hiver.

V

Le zèle conjugal de madame de la Genevraye survécut à cette déception. Elle veilla, par elle-même, à tous les besoins de son mari, conforma soigneusement à ses goûts le menu quotidien, soutint la conversation quand il ne paraissait pas d'humeur loquace, écouta ses digressions photographiques. Elle changea ses costumes voyants contre des toilettes plus sombres, se coiffa à la Lamballe, bien qu'elle trouvât cette mode horrible.

C'était une manie de cet amateur de vouloir faire poser tout le monde devant son objectif. Mercedès posa dans toutes les attitudes et supporta l'exhibition de clichés où elle était outrageusement défigurée. Enfin elle lui faisait, au coin du feu, sans céder au sommeil le plus légitime, la lecture du *Monde* ou de *l'Union photographique*. Elle lui tapotait à satiété la romance de Chateaubriand et le *Noël* d'Adam, ses airs favoris.

Mais toutes ces attentions ne se rapportaient qu'au

bien-être matériel de son mari. Elle ne pouvait faire
davantage. Elle n'éprouvait plus pour cet homme qu'un
respect froid et une soumission triste. Ses délicatesses
conjugales portaient le cachet sévère du devoir accompli. Son mari lui apparaissait comme un créancier
qu'elle ne pourrait jamais rembourser et qu'il fallait,
faute d'argent, combler d'égards. Elle se sentait humi-
liée par les inaltérables qualités du gentilhomme. Elle
eût souhaité de lui trouver bien d'autres défauts que
le sang-froid et le manque de goût, s'apitoyant sur elle-
même d'avoir un maître si parfait. Plusieurs fois, à
la suite de vomissements et de coliques, elle désira
mourir.

Puis, sans avoir aucune relation avec André qui,
tenant religieusement sa promesse, n'accompagnait
jamais son père à la gentilhommière, elle en subissait
encore l'influence. Quelquefois, le soir, alors que,
rentrée dans sa chambre, elle s'apprêtait à se coucher,
les plaintes lointaines d'un cor s'élevaient dans le silence. C'était André qui lui envoyait, à travers la nuit,
ces évocations pleines de langueur et d'amour. Elle
soupirait et, tout en refusant d'entendre, écoutait...
Enfin, chaque dimanche, à la messe de la paroisse,
n'était-ce pas la voix de son amant qui sortait de
l'orgue et lui parlait? Dans ces mélodies mystiques,
ponctuées de silences et de soupirs, elle comprenait

toutes sortes de protestations, d'élans, de souvenirs et d'espérances. Elle n'osait tourner ses regards vers l'organiste. Il lui semblait que ce langage allait être compris de tous et que l'artiste trahissait les confidences de l'amant.

Plusieurs semaines se passèrent ainsi dans une sorte d'atonie interrompue par des révoltes folles. Un matin, du haut du kiosque, Mercedès aperçut André qui traversait la plaine couverte de brouillards. Il marchait, les mains dans ses poches, son fusil en bandoulière et suivi de son chien. Elle reconnut à ses pieds les grandes guêtres qu'elle aimait tant. Quand il se fut enfoncé dans le bois de la Crucée, elle resta longtemps immobile à la même place, le regard fixé sur le point où il venait de disparaître. Elle songeait...

M. de la Genevraye n'était pas sans s'apercevoir des tristesses de sa femme ; il les attribuait aux influences de la grossesse et s'efforçait de lui procurer toutes sortes de distractions. Un matin, une immense caisse arriva de Paris. C'était le fameux piano, non seulement un fort beau meuble, mais encore un excellent instrument de Steinway. Mercedès parut l'accueillir avec plaisir.

Les tableaux survinrent quelques jours après. Ils avaient été choisis avec goût, l'acheteur ne s'étant nullement mêlé de l'achat. C'étaient, entre autres, deux charmants *Enfantillages*, de Toulmouche, une brillante *Chevauchée*, de Lewis Brown, et une merveille, *l'Oseraie inondée*, de Daubigny. Les cadres florentins juraient affreusement avec ces toiles; mais le mal était facile à réparer. Mercedès fit mettre ces tableaux en place, ce qui lui permit de reléguer les horribles « portraits de famille » de son mari dans une grande salle qui servait de cabinet de travail à M. de la Genevraye.

La bibliothèque ne tarda pas à faire également son entrée. Les *Oraisons funèbres* heurtaient *les Aventures de Pantagruel; les Confessions* de Rousseau, celles de saint Augustin ; *la Henriade* coudoyait *le Petit Carême ; Manon Lescaut, Paul et Virginie.* Le Buffon obligatoire et l'inévitable Chateaubriand formaient les pièces de résistance. Lamartine, Hugo, Musset, Balzac, Sand, Flaubert étaient représentés par leurs chefs-d'œuvre.

Ces nouveautés déridèrent un peu Mercedès. Elle fit venir de Mâcon quelques partitions. Elle lut *Rolla* et *Jocelyn,* et en crayonna même quelques scènes sur son album.

VI

Absent de la gentilhommière depuis l'âge de dix-huit ans, M. le comte de Trèfles de la Genevraye n'y était rentré qu'à l'époque de son mariage. Or, pendant les vingt-sept années qu'il avait passées à Paris, une notoriété malheureuse s'était attachée au nom de la Genevraye. Son père, misanthropiquement retiré dans une robe de chambre, avait soigné à huis-clos ses incurables infirmités. Toujours souffrant et souvent maussade, il ne lui plaisait pas de geindre en public et de fournir aux médisances du vulgaire ce thème invraisemblable : un La Genevraye grognon. Mais cette pudeur de l'hypocondrie n'avait pas été comprise, et il était mort sans que le monde lui sût gré de toutes les quintes qu'il lui avait épargnées.

Le fils aîné de ce sage méconnu avait poussé beaucoup plus loin l'art de déplaire. Vrai tyranneau de village, se passant, pour trente francs de plus par mois, la fantaisie de cravacher ses domestiques ; se donnant pour rien le plaisir de cavalcader dans les avoines du pauvre monde ; s'adressant à des fournisseurs parisiens, au grand scandale de la menue gent ; ne saluant personne, pas même les principicules du terroir, messire Hugues avait su faire autour de lui un vide tout féodal.

M. de la Genevraye, en héritant des biens de son frère, auquel il avait magnanimement reconnu jadis un droit d'aînesse imaginaire, avait d'abord hérité de l'antipathie générale. Il ne s'en était guère ému, et le temps lui avait ramené peu à peu quelques amis. Rien d'ailleurs ne valait à ses yeux la société des iodures et le tête-à-tête des objectifs.

Les mélancolies de sa femme le décidèrent à entre-bâiller son salon aux profanes. Il n'avait pas à craindre pour elle les servitudes fatigantes du monde ; en hiver, les seules notabilités locales se présenteraient, et la distance qui sépare Trèfles de Mâcon abrégerait forcément les réunions.

La gentilhommière, lavée, cirée, rangée, retrouva quelque animation. Le docteur Percinal, l'abbé Piou, curé de la paroisse et neveu de Mgr de Belley, Manchard, maire du bourg, et deux ou trois gros bonnets de Trèfles, devinrent le noyau autour duquel ne tardèrent pas à se joindre cinq ou six patriciens du cru, accompagnés de leurs femmes et de jeunes filles plus nubiles les unes que les autres, deux riches propriétaires du Bel-Air, le curé de Saint-Pierre de Mâcon,

l'aumônier de l'Hôtel-Dieu, maître Fourdinoy (une cé-
lébrité départementale!), le capitaine Jordanel (du 4ᵉ
chasseurs) et quelques membres du Cercle agricole.

La beauté méridionale de madame de la Genevraye
eut un vrai succès parmi ces messieurs de la ville. On
la trouva distinguée et « pas poseuse ». Le capitaine
Jordanel, jeune freluquet de vingt-neuf ans, témoigna
même à la châtelaine une sympathie dont l'enjouement
dissimulait la vivacité.

Ces dames devaient être plus difficiles à gagner. En
moins de trois semaines, Mercedès se fit plus encore de
jalouses que d'admirateurs, ce qui eût contribué à la
vogue de la maison si son mari n'eût surveillé les entrées. Cependant, comme les dévotes les plus clair-
voyantes ne pouvaient rien trouver à lui reprocher,
les bonnes âmes furent bientôt réduites à faire tenir
toute leur jalousie dans ce mince grief : — C'est une
Parisienne!... Pourquoi, en effet, M. de la Genevraye
avait-il été chercher femme à Paris ? N'y avait-il pas
en Bresse ou en Mâconnais une créature digne de soigner ce gentillâtre essoufflé ? Avoir préféré à toutes
les fleurs du pays... Quoi ? Ce camélia artificiel! En
vérité, c'était outrageant!

De Paris, où elles dansaient les premiers cotillons
de l'hiver, mademoiselle Bertrande, que le bruit public
avait autrefois fiancée à René, et madame Lemahodon,

chez qui, disait-on, M. de la Genevraye avait jadis rencontré Mercédès, confièrent aux plus bavardes ma-
trones de la paroisse que la jeune femme était tout simplement la fille d'un pauvre petit employé de l'enregistrement, à la Guadeloupe, et que, si les parents de
Madame ne paraissaient jamais à la gentilhommière,
c'était parce que Monsieur leur avait interdit sa
porte...

Mais ces griffes féminines se rétractaient sous le
velours. Le rang de madame de la Genevraye la
mettait à l'abri des jalousies qu'il lui valait, et les plus
envieuses de ses nouvelles amies devaient se borner à
se mordre platoniquement les lèvres.

La société de la gentilhommière offrait un passe-
temps de plus à des gens que la monotonie provinciale
rendait peu difficiles sur le choix de leurs distractions.
On ne s'ennuyait pas à la Genevraye. On y causait de
tout; on faisait de la musique, on dansait même, entre
soi. Quelques-uns des habitués ne manquaient pas
d'esprit. L'un d'eux, surtout, avait le talent de mettre
en fuite les conversations sérieuses : c'était Manchard,
le père d'André.

Rustre parvenu, successivement cultivateur, éleveur,
agriculteur, agronome, cet homme était, par sa fortune et par ses fonctions de maire, le premier notable
du bourg.

Ses relations avec M. de la Genevraye avaient d'abord
été purement administratives. Puis, il s'était montré
si coulant dans une affaire de servitude où l'intérêt
de René avait failli se heurter aux droits de la commune, que celui-ci s'était cru obligé de lui faire l'honneur d'une invitation. Depuis lors, le maire avait paru
souvent à la gentilhommière, et les farouches de l'en-
droit n'avaient pas tardé à l'accuser d'y prendre le mot
d'ordre municipal. D'après madame Lemahodon, entre
autres, Manchard aurait subi jusqu'à l'abdication l'influence du hobereau, et M. de la Genevraye était le vrai
magistrat de la commune.

Le père d'André était devenu rapidement le boute-
en-train de cette petite société. Quand il entrait au
salon, un sourire distendait toutes les lèvres jusqu'aux
plus pincées. Où aurait-on pu trouver, en effet, une
face plus triomphale? des pattes d'oie mieux rayonnées?
une bouche plus fendue? des joues plus pendantes? Puis
sa conversation, sans être spirituelle, était amusante;
elle avait parfois le pittoresque militaire. Le geste
valait souvent mieux que la parole. Comme il suait la
gaieté par tous les pores, on avait fini par rire non de
ce qu'il avait dit, mais de ce qu'il allait dire, et on le
trouvait toujours drôle, surtout quand il prétendait
rester grave.

Seul, le vieux docteur Percinal mettait une pointe

d'aigreur dans son rire. Il ne trouvait rien de moins franc que cette physionomie ouverte. Le rustre, en outre, préconisait effrontément l'usage des farineux, ennemis intimes de Percinal...

Mais la répulsion du médecin reposait sur un motif plus sérieux. Le pauvre homme n'avait guère amassé, dans sa laborieuse carrière, plus de mille francs de revenu. Il éprouvait le besoin de se reposer, sans en avoir les moyens. Son cousin, le vicaire, lui avait conseillé de se faire adopter par quelque châtelain mal portant, qui, en échange de ses avis quotidiens, lui donnerait le vivre et le logement. Recommandé par ce prêtre, il furetait donc, depuis deux ans, tous les environs de Mâcon. C'est ainsi qu'il s'était introduit, depuis quelques mois, chez M. de la Genevraye.

Or, comme si Manchard eût juré de desservir le médecin en décriant la médecine, il se trouvait que l'art de guérir était une des cibles où le maire se plaisait à loger ses plaisanteries. Il se vantait de ne pas croire « aux drogues », citait, en exemple, l'incurabilité de sa « pauvre femme » atteinte depuis sept ans d'une paralysie du côté droit, déclarait ne connaître, en fait de médicaments, que « la pommade Raspail et l'eau-de-vie camphrée »... Encore préférait-il un simple verre du cru de monsieur le comte « pour vous remonter un homme »!...

Madame de la Genevraye accepta volontiers toutes ces diversions. Elle fut ouverte, affable, enjouée. Elle aimait ce bruit qui couvrait par instants la voix de ses souvenirs.

La passion même du capitaine Jordanel était pour elle une distraction. Cette jolie poupée l'amusait et elle lui aurait volontiers appuyé sur le cœur pour lui faire dire : « Je vous aime... » Sûre d'elle-même, elle pouvait bien se permettre ce passe-temps. Il y avait des jours où elle oubliait...

— Allez toujours, disait familièrement le docteur à René entre deux coups d'échecs, ne craignez rien ; j'ai l'œil sur elle... Au roi ! s'il vous plaît... Laissez-la même faire un tour de valse, si cela lui convient ; à moins pourtant que M. le curé...

— Du tout, répondait l'abbé Piou, je ne suis pas ennemi d'une valse décente. J'en connais même une de Chopin qui est tout à fait religieuse.

Grâce à la neige qui encombrait les chemins, Mercedès s'était fait dispenser de la messe. Elle ne voyait donc plus son amant. Sa seule crainte était qu'André n'accompagnât son père dans ses visites. Un mot de celui-ci la rassura.

— Ah çà ! pourquoi donc n'amenez-vous jamais votre fils ? avait, un soir, demandé M. de la Genevraye.

— Ah ! monsieur le comte, s'était écrié Manchard, je suis désolé, il devient sauvage comme un lièvre... Il n'y a plus moyen de l'arracher à sa musique. C'est une rage qui l'a pris depuis quelque temps.

Noël fut l'occasion d'une fête intime à laquelle assistèrent une quinzaine de garçonnets et de fillettes. Les enfants dansèrent de joie autour du sapin aux branches duquel se balançaient, entre les petites bougies roses, des bonbons et des joujoux minuscules.

Le 1er janvier, la mère Presles, avec une simplicité patriarcale, fit présent à Madame d'une belle couverture de berceau en tapisserie de sa façon. Elle pleura d'attendrissement quand son cadeau fut accepté.

L'hiver s'écoula dans ces innocentes distractions. Mercedès y retrouva des éclairs de gaieté. Les premiers malaises de sa grossesse devenaient plus rares. Son appétit augmenta; son sommeil s'alourdit. Elle avait des somnolences bienfaisantes où tout son être se détendait.

Vers les premiers jours de mars, l'état de sa santé ne lui permit plus de paraître au salon. Elle se vit menacée d'un nouveau tête-à-tête avec elle-même. Heureusement, le courrier apporta, un matin, une lettre rose à son adresse. C'était Edwige qui, à travers les épanchements d'une tendre semonce, annonçait la prochaine arrivée de sa famille.

— Ah! dit René avec un sourire, vos amours reviennent bien à propos.

Mercedès accueillit cette bonne nouvelle avec une satisfaction placide. L'amie qui avait partagé, pendant plusieurs mois, ses pensées les plus intimes et emporté, en la quittant, la promesse d'un inaltérable attachement, cette amie allait lui être rendue et elle n'éprouvait que l'égoïste plaisir d'échapper à la solitude. Avait-elle jamais aimé Wigette? Elle ne s'adressait même plus cette question, tant il lui eût paru invraisemblable d'avoir aimé quelqu'un qui ne fût pas André. Ce qu'elle attendait de la jeune fille, c'était moins l'affection que la distraction.

— Elle est si gaie!... voilà tout ce qu'elle se disait.

Un matin d'avril, au moment où Mercedès se faisait coiffer par sa femme de chambre, Edwige se précipita dans le cabinet de toilette. Effrontée comme un moineau, elle courut à son amie, la prit par le cou et se mit à l'embrasser follement, avant même que la jeune femme eût le temps de rejeter en arrière les longues mèches de sa chevelure noire.

— Nous arrivons, dit-elle, nous viendrons vous voir tantôt; mais je n'ai pu attendre une demi-journée pour vous embrasser.

La main de la jeune fille tremblait dans celle de la créole et des larmes brillaient dans ses yeux bleus. Il y avait dans ses traits mutins une expression de doux reproche. Mercedès eut à peine le temps de répondre. Edwige s'enfuit aussi rapidement qu'elle était venue, en criant :

— A tantôt !

Cette apparition avait fait sur madame de la Genevraye une singulière impression. Sous le regard d'Edwige la maîtresse d'André avait éprouvé un vague embarras et, jusqu'au soir, il lui resta comme une gêne de cette entrevue.

La visite de madame Lemahodon et de ses deux filles accrut encore cette pénible sensation. L'amitié de Mercedès était paralysée par quelque chose d'inconnu. Elle garda, malgré elle, une réserve si évidente, que, profitant d'un moment où sa mère et sa sœur causaient avec M. de la Genevraye des démarches déjà tentées pour écarter la menace de retraite suspendue sur la tête de l'employé septuagénaire, Edwige lui glissa ces mots qu'elle accompagna d'un sourire amer :

— Vilaine ! je me doutais bien que vous m'aviez oubliée... Ah ! si vous saviez comme je me suis ennuyée cet hiver ! Méchante, qui m'aviez tant promis de m'écrire !... Mais voilà, les absentes ont tort. Madame aura fait quelque connaissance par ici et la pauvre Wigette a été jetée au rebut. Elle est donc plus chatte que moi ? dites...

Il y avait bien de la tristesse dans sa raillerie; pour un rien, elle aurait pleuré.

Madame de la Genevraye se trouva tout inquiète de ce naïf attachement. Ces amitiés de jeune fille, dont les fleurs s'épanouissent dans l'imagination, ont pourtant leurs racines au plus profond du cœur féminin. Comme ces plantes folles qui poussent dans les terrains où l'homme n'a rien semé, ces tendresses éclatent spontanément dans les natures les plus vierges. Étonnée de ces floraisons inattendues, éprise de ses propres sentiments, la jeunesse leur prête tous les charmes dont elle rêve de s'enivrer, sans s'apercevoir que ce qu'elle aime, c'est moins son amie que son amitié et qu'elle caresse une chimère...

Mercedès se rappela ses affections de pensionnaire. Combien n'en avait-elle pas savouré de ces tendres enfantillages avant de goûter aux passions vraies! Combien n'en avait-elle pas souffert aussi parfois!... Fuir Edwige? Elle avait mieux à faire. Elle avait à panser l'égratignure de ce jeune cœur. Sa triste supériorité sur la jeune fille, celle de l'expérience, lui assignait le seul rôle digne de ceux qui connaissent le danger : la protection de ceux qui l'ignorent.

La confiance d'Edwige se prêtait à cette action tutélaire. On eût dit que la jeune fille était plus à son aise à la Genevraye que chez sa mère. Elle arrivait vers

4

midi, après son déjeuner. Souvent René et sa femme
étaient encore à table. Elle entrait comme chez elle
dans la grande salle à manger de vieux chêne, faisait,
sans rire, une révérence narquoise au hobereau, embrassait câlinement Mercedès et s'asseyait tout près,
tout près d'elle. Alors, en grignotant les friandises
du dessert, elle lui contait les gros événements de la
matinée : une lettre de son père, un morceau déchiffré,
un lilas en avance, une dispute avec sa sœur... La
mère Presles apportait le café. Il y avait des années que
la bonne femme s'était réservé ce monopole. Mais l'espiègle lui prenait le plateau des mains, remplissait la
tasse de M. de la Genevraye, puis, brandissant la cafe-
tière d'argent :

— Qui m'aime me suive ! disait-elle en offrant le
bras à Mercedès.

Elles descendaient au jardin, lentement, au pas
déjà traînant de la jeune femme, suivies de la mère
Presles, qui, moitié grommelant, moitié riant, portait
les tasses et le sucrier, et s'installaient dans le kiosque.
Puis, tout en s'apitoyant ironiquement sur l'infortune de
René qui préférait, au sourire des premiers bourgeons et
aux parfums des premiers lilas, la lecture d'un journal
ou l'arome du collodion, Edwige s'asseyait sur un tabouret, aux pieds de son amie, et trempait des *canards*
dans son café avec mille chatteries d'enfant gâté.

Par le seul fait de sa grossesse, madame de la Genevraye acquérait sur la jeune fille l'ascendant qu'elle avait précisément désiré de prendre. Une nuance de gravité tempéra son affection. Écoutant plus qu'elle ne parlait, elle sut provoquer un abandon tout filial. Edwige s'ouvrit sans réserve à son amie et lui fit peu à peu sur sa famille des confidences inattendues.

Le ménage Lemahodon se débattait, depuis vingt ans, entre les exigences de sa vanité et celles de sa bourse. A mesure que le mari, médiocrité laborieuse, avait gravi les échelons de la hiérarchie bureaucratique, Madame et sa fille aînée avaient successivement élevé leurs prétentions. Mais l'orgueil des deux femmes allait plus vite que l'avancement de l'employé. Quand les titres de chef de division et de conseiller général de l'Ain leur eurent ouvert les portes du monde officiel, les dépenses dépassèrent tellement les appointements que la dot de Madame dut être entamée... Lemahodon eut des remords, mais l'énergie lui manqua ; il ne put sauver que la propriété de Trèfles.

Pour payer la gloire de paraître aux soirées des ministres et de danser aux bals présidentiels, force fut d'économiser sur le nécessaire. On remplaça la bonne, par une femme de ménage ; on réduisit jusqu'aux frais de cuisine, et ces demoiselles blanchirent secrètement cols et manchettes. Enfin, ces épargnes ne suffisant

plus à payer les toilettes et les voitures, Madame
décida qu'elle passerait « avec les enfants » huit
mois par an à la campagne et qu'on ne conser-
verait qu'un pied-à-terre à Paris. On arrivait à
Trèfles en avril, M. Lemahodon rejoignait ces
dames en octobre et les ramenait à la Toussaint. Et
pendant toute la belle saison, on vivait de fromage,
de salade et de fruits, pour pouvoir, l'hiver suivant,
promener des traînes de faille sur les tapis des am-
bassades.

Ces épanchements, entremêlés de quelques larmes,
réclamaient des consolations et des conseils. Mercedès
se trouvait entre la mère et la fille. Une sorte de tu-
telle morale lui incombait sur l'enfant qui venait se
réfugier ainsi dans sa compassion. Elle se regarda
comme investie du rôle maternel à l'égard d'Edwige.
Elle lui faisait répéter ses morceaux, surveillait sa
santé, lui reprochait les désordres de sa toilette et la
récompensait en cadeaux utiles. Elle voulait en faire
« une petite femme accomplie ».

— Ce sera un vrai trésor pour l'homme qui l'aura,
disait-elle souvent à son mari. Si nous pouvions lui
trouver un bon parti !...

Dans cette tâche généreuse, Mercedès trouva mieux
qu'une distraction. Elle se rendit justice du bien qu'elle
s'efforçait de faire et saisit ce prétexte de se rendre

un peu de sa propre estime. Elle reprit quelque confiance en elle-même. Comme elle regardait moins derrière elle, ses excitations s'éteignaient une à une, ses
souvenirs se figeaient lentement, comme une lave re-
froidie. Elle se faisait l'effet d'une convalescente.
Quand vinrent les derniers jours d'avril, un rayon
d'espoir se glissa dans son calme. Pourquoi l'enfant
attendu ne serait-il pas pour elle une absolution et une
défense ?...

Elle y songea longuement pendant ces tièdes journées de printemps. Que de rêves devant ce berceau !
Sa vie ne serait plus qu'un perpétuel dévouement. Elle
ferait litière de ses tristesses, de ses regrets, de ses
désirs. La maternité serait sa seule passion !... Oh !
qu'elle serait patiente et vigilante pour ce petit être !
Personne qu'elle ne toucherait son chérubin. Elle le
nourrirait elle-même, le veillerait, le soignerait, l'élèverait seule. Seule, elle lui enseignerait à aimer son
père, à prier, à lire, lui donnerait la première instruction. Jusqu'à vingt ans, il ne quitterait pas ses parents;
il serait leur joie commune, leur vivante union.

Est-ce que, dans ce long oubli d'elle-même, elle ne
retrouverait pas enfin la réhabilitation ? Oui, son
amour lui referait une fidélité. Ce qu'elle allait en-
fanter, ce serait le pardon du passé et la caution de
l'avenir.

4.

VII

Un après-midi du mois de mai, elle se promenait dans le parc, en peignoir blanc, au bras d'Edwige, avec l'indolence boiteuse mais charmante d'une grossesse facile, écoutant la jeune fille qui lui racontait le retour des hirondelles arrivées la veille, lorsque sa femme de chambre vint l'avertir qu'une dame, qui refusait de se nommer, l'attendait au petit salon. Madame de la Genevraye s'y rendit.

En entrant, elle aperçut une forme courtaude, penchée sur les superbes jardinières de Delft qui ornaient les fenêtres.

Au bruit de la porte la visiteuse se retourna.

— Ton mari n'y est pas? demanda-t-elle vivement.

— Si! fit Mercedès avec un geste de surprise, mais il est au lit.

— Malade?

— Il a été un peu indisposé cette nuit; il se repose.

— Bon, je les connais ses indispositions. Avant son mariage... Eh bien, qu'est-ce que tu as à m'inspecter comme cela? Tu ne m'attendais pas, hein?...

— J'avoue que...

— Parbleu! interrompit la grosse femme en regardant autour d'elle, je comprends que le souvenir de ta pauvre mère tienne peu de place dans ta pensée. On est mieux ici que chez nous, hein? Peste! quel confortable!

Mercedès s'était avancée pour tendre la joue à sa mère; elle s'arrêta.

— Oh! maman, s'écria-t-elle, ta première parole en me voyant, c'est un reproche!

— Pardon, j'oubliais qu'ici on ne doit rien dire qui ne te plaise... Et puis, tu me parais dans une situation... qui mérite des ménagements. Tu remarqueras, du reste, que j'ai refusé de donner mon nom à la domestique. Vois-tu que je lui aie dit : — Annoncez à madame la comtesse que sa mère, la veuve Pepin, désire lui parler!... Quelle avanie! mon Dieu!... La comtesse, une Pepin!...

Elle s'assit lourdement sur le canapé. Mercedès regardait sa mère avec plus d'étonnement que de dépit. Madame Pepin paraissait âgée de cinquante ans. C'était une petite femme au ventre saillant, aux seins énormes et bas. Ses cheveux, teints depuis trop longtemps, laissaient apercevoir, vers les tempes, leurs racines grises; sa lèvre supérieure, mal épilée, s'ombrageait d'un fort duvet brun. Elle avait, aux commissures des paupières et des lèvres, ces rides à brusques arêtes qui sont comme le paraphe de certains vices. Ses yeux, rapetissés plus encore par la duplicité que par la fatigue, lançaient un regard oblique à travers les cils. Une poudre de riz blafarde recouvrait sa peau bistrée. Sa robe de moire fripée avait des cicatrices sous les manches et des éraillures aux boutonnières; ses gants étaient déteints entre les doigts. Elle portait des boucles d'oreilles de strass et une chaîne de montre en chrysocale terminée par un pince-nez.

— Tu me trouves vieillie, n'est-ce pas? reprit-elle. C'est que les années de misère comptent triple, ma belle; j'en ai mangé de ce pain-là, depuis deux ans!

— Pourquoi ne m'as-tu pas écrit? Pouvais-je me douter?...

— Voilà! tu ne pouvais pas te douter... Est-ce que je ne jouis pas de quatre cents francs de pension, comme veuve d'un employé de l'enregistrement aux colonies!...

Une ironie haineuse perçait sous le grasseyement de son accent cubain. Elle avait relevé son voile et campé devant ses yeux son pince-nez d'écaille, dont un verre était fendu.

— Tu es injuste, fit Mercedès. Si j'avais été prévenue, je me serais empressée de pourvoir à tes besoins.

— Eh bien, pourvois-y donc. J'ai besoin de dix mille francs. Veux-tu me les prêter?

— Tout de suite?

— Cette semaine.

— Mais, peut-être... J'espère...

— Sans en parler à ton mari?

— René ne contrôle jamais mes dépenses, dit madame de la Genevraye avec assurance.

— Tu me sauves la vie! Cedès; car sans cette somme je n'aurais plus qu'à me jeter à l'eau. Tu sais que j'avais monté, avec mes pauvres économies, une fabrique de futailles à Blaye. Tout incendié, ma chère! Cinq mille stères de merrain! On n'a pas sauvé une douve... Et à la veille de me faire assurer! Enfin, tu me promets ces dix mille francs?

— Oui.

— Embrasse-moi... Je te les rendrai par acomptes, à partir de janvier.

— Ne parlons pas de cela, maman.

— Soit, puisque tu le veux. Après tout, si tu as aujourd'hui château, équipage et valetaille, c'est à moi que tu le dois. Jamais tu n'aurais eu l'esprit de monter ce coup-là. Les Lemahodon, en quête d'un mari pour leur aînée, avaient fini par tourner la tête à mon hobereau, grâce à toutes sortes de mauvaises insinuations sur notre compte. Ton affaire ne tenait

plus qu'à un fil. Mais je savais bien que mon homme
ne résisterait pas à un joli titre... C'est alors que mon
petit truc fit son effet. J'étais marquise d'Areda, réfu-
giée espagnole! Nous appartenions à la plus vieille
noblesse de l'Andalousie. Ce qu'il y a de mieux, c'est
que j'avais toutes sortes de pièces probantes entre les
mains! Sans cela, j'aurais préféré descendre de Pepin
de Landen ou même de Pepin d'Héristal... Ah! j'en ris
encore quand ça me revient.

Elle poussa quelques hoquets en manière de gaieté.

— Je prévoyais qu'il ne me pardonnerait pas le tour.
De rage il m'a fermé sa porte. Ca m'est bien égal aujourd'hui. Qu'est-ce que je voulais? Te voir riche.
Tu l'es. Il est vrai que ton mari n'est pas la fleur
des mâles; mais ne t'en plains pas. Les néphrites,
cela ne fait pas grâce. Son frère aîné est mort comme
ça, d'une goutte tombée dans les reins. Entre nous, je
le crois très avancé...

— Maman! interrompit vivement Mercedès.

— Deux ou trois ans de patience, ma chère,
et...

— Je t'en prie, s'écria la jeune femme avec indignation. De pareils calculs...

Madame veuve Pepin haussa les épaules.

— Tu me remercieras un jour de les avoir faits, ma
pauvre caille. Je te connais, tu es comme moi : pas

de dispositions pour le travail ; tu ne t'habitueras
jamais qu'à la fortune.

— Oh ! tu me calomnies, protesta Mercedès. L'honneur...

La veuve éclata de rire.

— Voyons, dit-elle, tu ne vas pas me la faire à
l'honneur, hein? L'honneur! mais mon pauvre mari
en est mort de ce préjugé-là !

— Quand mon père ne m'aurait laissé que ce sentiment pour héritage, j'en bénirais encore sa mémoire.

— Ta, ta, ta ; tout ça, c'est de la phrase... Parbleu!
moi aussi j'ai été honnête. Tu es jeune ; cela te passera
avant que cela me revienne, et alors tu te repentiras
de ne m'avoir pas gardée auprès de toi. Je t'aurais
évité d'ici là bien des déboires... Tu verras, tu verras.

Elle tira de sa poche une petite tabatière de buis et
se bourra le nez.

— Mais je suis très heureuse, crois-le bien, répliqua Mercedès.

La grosse femme ricana dédaigneusement.

— Attends que tu sois accouchée et tu jugeras autrement, dit-elle.

— Pourquoi donc ?

— Ton mari, ma chère, n'a qu'une passion : l'orgueil de caste. L'aristocratie, il croit que c'est arrivé.

Quand tu lui auras donné une progéniture, — rappelle-
toi ce que je te dis, — tu ne seras plus rien ici. Son
enfant sera tout pour lui.

— Quand cela devrait être !... Je ne vois pas pourquoi je m'en affligerais. Est-ce qu'une bonne mère ne
jouit pas des caresses que reçoit son enfant ?

— Sans doute, mais si tu t'avises de vouloir en disposer, tu t'apercevras vite qu'il ne t'appartient pas.
M. le comte ne souffrira jamais la moindre entrave à
son autorité paternelle. Il aura, comme les chefs des
familles royales, sa raison d'État... C'est alors que tu
regretteras de ne pas m'avoir à la rescousse, parce que
moi je te ploierais comme un jonc sa vieille branche
généalogique.

— Eh bien, je suis moins ambitieuse ; si son bonheur était de commander, ce n'est pas moi qui songe-
rais à lui disputer une parcelle de son autorité.

Ces derniers mots furent prononcés d'une voix brève
qui n'admettait plus de discussion. La veuve Pepin
lorgna sa fille, qui, droite dans l'ampleur de son peignoir sans taille, supporta fièrement ce regard. Alors,
changeant de conversation, elle se souvint d'une magnifique occasion de vin de Bagnyuls 1864 (généralement recommandé aux personnes convalescentes ou
débiles) à soixante-quinze francs le baril de vingt-cinq
litres, rendu en cave. Elle regrettait vivement que ses

moyens ne lui permissent pas d'en faire cadeau à sa
petite Cedès; mais qu'est-ce qui empêchait la petite
Cedès d'en toucher un mot à son mari, sans dire d'où
venait la proposition?

Elle se leva.

— Est-ce que tu es venue de Mâcon à pied? lui demanda sa fille.

— Par ces premières chaleurs!... Non pas, j'ai pris
un cabriolet en ville.

— Si tu voulais te rafraîchir?

— Volontiers, il fait si chaud! Et puis...

Elle acheva sa phrase en frappant doucement sur
son gros ventre.

— Veux-tu un verre de bière ou de sirop?

— Oh! un simple doigt de vin.

On apporta une vénérable bouteille de vieux mâcon.
Madame Pepin, tout en causant du bonheur d'être
mère, de la stagnation des affaires, de la rareté des
capitaux... vida peu à peu la bouteille et se retira, après
force baisers à sa chère bichonne, pour aller prendre
à Mâcon le train de six heures. Elle laissait un effluve
de musc derrière elle.

Le soir, après le dîner, un cocher se présenta au
château. Il réclamait le prix de sept heures de voiture
que madame Pepin avait dédaigné de lui payer. La
digne femme s'était fait descendre au portail de la cathédrale et n'en était plus ressortie.

5

Madame de la Genevraye passa la journée suivante sous une impression pénible. Jusqu'à son mariage elle n'avait guère jugé sa mère. Quoi ! elle était la fille de cette coquette fanée, suant l'intempérance et le besoin ! Elle songea au passé, à leur modeste logis de la rue du Marché, à cette pauvreté singulière où les prodigalités s'entremêlaient aux privations, à son père, ce travailleur chauve, qui passait des nuits à copier des devis ou des rôles, pour payer les primeurs de sa femme, et qu'on trouva mort, un matin, le front tombé sur le papier, sous la lumière agonisante de la lampe... Elle pénétra alors le secret de ces discussions domestiques, qu'elle surprenait parfois sans les comprendre.

Elle songea surtout à cette manœuvre matrimoniale qui venait de lui être cyniquement révélée. Ainsi, M. de la Genevraye avait été victime des supercheries de sa belle-mère. Il fallait savoir, comme Mercedès, avec quel soin jaloux le comte respectait en lui-même l'honneur de ses ascendants, pour comprendre ce qu'il avait dû souffrir de son erreur. Certes, il aurait sans doute racheté au prix de tous ses biens sa liberté mésalliée. Cependant rien n'avait transpiré de ses désillusions. Sans colère, sans tristesse, il avait accepté le fait accompli. Il s'était montré aussi délicat, aussi dévoué pour Mercedès roturière, qu'il l'eût été pour la plus Rohan des Chabot.

Décidée à ne plus rien cacher à son mari, madame de la Genevraye venait de lui raconter la visite de la veuve Pepin. Au premier mot d'argent, René fit un soubresaut dans son lit.

— Ah ! s'écria-t-il, c'est ma faute, j'ai oublié de...

— De quoi ?

Le comte parut embarrassé. Il balbutia. Mercedès insista. René, pris au piège, dut s'expliquer... Il faisait à sa belle-mère une pension de six mille francs.

Si ce dernier trait achevait de peindre madame Pepin, il complétait aussi la physionomie de M. de la Genevraye. La supériorité morale du gentilhomme grandissait encore aux yeux de sa femme, et la distance qui la séparait de lui s'augmentait de toute la hauteur de tels sentiments. Entrée par une fraude dans la maison de la Genevraye, elle ne possédait rien, depuis son titre de comtesse jusqu'à sa dernière camisole, qu'elle ne tînt de son mari. Ce contrat véreux qu'il avait respecté, sans y être tenu, c'était elle qui l'avait violé....

Mercedès se trouva plus ingrate encore et plus coupable. Elle avait hâte de pouvoir faire enfin quelque chose pour l'homme qu'elle avait tant méconnu. Altérée de sacrifice et de dévouement, elle bénit, dans l'ardeur de son repentir, cette maternité dont elle se voyait si peu digne. Chacun des tressaillements de

son enfant avait des retentissements dans sa con-
cience. Elle l'attendait comme son Messie et comptait les jours.

Une famille d'hirondelles avait repris possession
d'un angle de sa fenêtre. Elle suivait leurs ébats domestiques... Image du bonheur espéré. Pour tromper les longueurs de l'attente, elle confiait à son
mari ses projets charmants. Elle se plaisait à le faire
jouir par anticipation des dédommagements qu'elle
lui réservait.

Lui, heureux de voir la gaieté revenue sur le front
pensif de sa femme, redoublait de prévenances. A la
galanterie du gentilhomme s'ajoutait, depuis peu,
l'indulgence paternelle. Sa déférence pour l'épouse
s'était légèrement amollie pour la mère. Quand la
capricieuse créole exprima le désir d'acheter une quatrième layette, il ne fit aucune observation. Il con-
sentait à passer avec elle la revue des langes, des che-
misettes et des jambières. Il la vit même acheter des
hochets, des joujoux, jusqu'à des images et des alpha-
bets, sans témoigner la moindre surprise de ces acqui-
sitions prématurées.

Parfois, cependant, un nuage d'incertitude traversait les espérances de Mercedès.

— Pourvu qu'il vive! se disait-elle. S'il allait mourir
en naissant!

Mais elle ne tardait guère à se rassurer. Sans doute, la santé de M. de la Genevraye laissait souvent à désirer; pourtant était-il aussi malade que la veuve Pepin voulait bien le dire? Elle-même, d'ailleurs, n'était-elle pas robustement constituée? Son enfant serait magnifique. Le docteur, qui devait s'y connaître, l'avait prédit.

Puis, superstitieuse comme une Espagnole, elle allait à Mâcon consulter clandestinement une somnambule dont elle ne put rien tirer que ces pronostics bizarres : *Enfant mâle... gras... violent... mais chevaleresque... La bosse de l'honneur... comme sa mère !...*

Par la même occasion, elle fit une visite à la cathédrale et commanda douze messes pour obtenir un garçon. La veille même du jour où elle accoucha, elle faisait brûler vingt cierges de cire bénite à la chapelle de la Vierge.

VIII

Enfin, l'heure tant désirée sonna. Un mercredi, dans la soirée, après quelques symptômes significatifs, madame de la Genevraye éprouva les premières douleurs de l'enfantement.

Toutes les précautions avaient été prises. Depuis trois jours, le docteur Percinal, souriant enfin à l'espoir de s'implanter à la Genevraye, ne quittait plus la gentilhommière, où une chambre lui avait été préparée. La mère Presles, forte de son expérience personnelle, s'était vigoureusement opposée à ce qu'on fît venir une garde de Mâcon.

— Ça me connaît, disait-elle. J'ai reçu le père à sa naissance ; personne que moi n'a le droit de toucher à l'enfant.

Son dévouement fut accepté, et le docteur n'eut qu'à s'en louer. Dans l'intervalle de ses souffrances, Mercedès ne pouvait s'empêcher de sourire des bavardages de la bonne femme. Enfin, vers deux heures un quart du matin, le médecin s'écria :

— C'est un garçon !

— Dieu soit loué ! fit M. de la Genevraye d'une voix grave.

L'accouchée accueillit cette nouvelle par un sourire de suprême émotion ; mais elle ne trouva pas de mots pour exprimer ce qu'elle éprouvait. Les vagissements du nouveau-né répondaient à sa pensée. Son sauveur était venu, son pardon était là !...

— Vous aviez deviné, lui dit son mari.

— Oh ! nous lui ferons un beau baptême, n'est-ce pas ? soupira-t-elle.

Et elle pensait :

— Ce sera mon baptême aussi.

La mère Presles, qui s'était emparée de l'enfant, s'acquittait des soins délicats dont elle s'était chargée.

— Est-ce assez le portrait de sa mère, hein ! répétait-elle. Voyez donc ses yeux, son nez, cette bouche... Il est plus beau que nature !

Et, tout en se hâtant, elle louait sa jolie peau rose, ses reins vigoureux, s'extasiait sur la sonorité de ses cris et la vivacité de ses mouvements... Tout à coup elle s'arrêta.

— Mon Dieu, s'écria-t-elle, qu'est-ce qu'il a au jarret, le pauvre mignon ?

— Au jarret? demanda vivement Mercedès.

Percinal regarda le point qu'on lui montrait.

— Ce n'est rien, dit-il. Une petite tumeur, un nævus insignifiant...

Au même instant, madame de la Genevraye poussa
un cri rauque, étranglé, et retomba sur son oreiller, après un vain effort pour se dresser sur son
séant.

— Maladroite! s'écria le docteur en s'adressant à
la mère Presles.

Puis, se penchant sur l'accouchée :

— Quoi? quoi donc? ma chère enfant, qu'est-ce
qu'il y a? C'est cette tache qui vous fait peur!... Mais
ce n'est rien, absolument rien... Il n'y a pas la moindre adhérence... Oh! j'ai vu de pauvres enfants qui en
avaient bien d'autres!...

Mercedès n'écoutait pas. Elle suivait d'un œil ha-
gard les mouvements de son mari examinant, à la
lueur des lampes rapprochées, le jarret du nouveau-né
que lui montrait la mère Presles tout en pleurant sur
son étourderie.

— Ce n'est rien du tout, ma chère amie, dit-il.
Tenez, vous allez voir...

— Non, non! je vous crois... Tout à l'heure... Ha-
billez-le...

— Le gaillard vivra cent ans, reprit Percinal, il est

membré comme un hercule... Dame ! il sera plus fort
que son père.

— Bien sûr que Monsieur n'était pas si gros quand
il est venu au monde, gémit la mère Presles à travers
ses larmes. Il pèse au moins huit livres !

— Avalez-nous ces deux gorgées, ordonna le docteur, et tout ira à merveille.

Mercedès obéit automatiquement. Puis elle resta
immobile, sur le dos, muette, le regard fixe, la bouche
entr'ouverte.

Les premières lueurs de l'aube traversaient les rideaux et, se mariant aux clartés pâlies des trois lampes,
emplissaient la chambre d'un jour faux. Des volées de
pierrots criaient dans le parc. L'enfant y mêlait tantôt
un vagissement plaintif, tantôt un claquement des
lèvres quand la mère Presles appliquait à sa petite
bouche le biberon rempli d'eau sucrée.

René admirait son enfant, pendant que l'accoucheur
achevait son œuvre. La patiente paraissait ne rien
voir, ne rien entendre, ne rien sentir. Elle ressemblait, avec ses cheveux échappés sur l'oreiller, ses
bras pendants et sa poitrine nue, à un cadavre
d'assassinée. Elle était si absorbée dans son atonie,
qu'elle n'entendit pas le docteur répondre à une question :

— Non, la syncope n'est plus à craindre ; toutefois

5.

cet engourdissement pourrait avoir des inconvénients.
Donnez-lui l'enfant puisqu'elle a l'intention de nourrir. Il faut la tenir éveillée.

La mère Presles se pencha sur Mercedès, puis,
écartant la camisole de la jeune femme, approcha de
son sein légèrement soulevé la bouche du nouveau-
né...

A ce contact, madame de la Genevraye tressaillit et,
d'un brusque mouvement, elle repoussa la tête de
l'enfant en s'écriant :

— Non, non !... je vous en prie !

Son mari la regardait, étonné.

— Oh ! tenez, je suis folle, reprit-elle en entendant
les cris du nourrisson... Si ! si ! mettez-le comme vous
voudrez... Voyons, est-ce comme cela !

Et, pressant sa chair sous ses doigts, elle tendait la
mamelle à l'enfant qui s'en saisit.

Percinal, sur l'invitation de M. de la Genevraye qui
le priait de venir prendre une tasse de café, sortit en
promettant de redescendre bientôt. La femme de
charge alla manger un bol de soupe à la cuisine, où
les domestiques tenaient des propos grivois en attendant les nouvelles.

Dès que madame de la Genevraye fut seule, elle dé-
maillota rapidement le nourrisson et chercha sur sa
petite jambe le nævus signalé. Quand elle l'eut trouvé,

un pli convulsif crispa ses lèvres. Elle considéra la tache, pendant quelques secondes, avec une sorte d'hébétation...

Cette macule ronde et grisâtre, légèrement convexe, de forme lenticulaire, elle la connaissait depuis long-temps. Son amant aussi en était taché. L'enfant présen-tait le cachet authentique de son origine, la signature indélébile de l'adultère. Mais ses traits ne présentaient aucune trace de sa filiation. Comme l'avait dit la Presles, il était « tout le portrait de sa mère ! » Il en avait le front peu élevé, les sourcils hardis, la bouche étroite, les lèvres fortes et la fine oreille. La teinte brune de sa peau assombrissait sa rougeur congéniale, et ses paupières clignotantes laissaient entrevoir des yeux d'un bleu presque noir. Pourtant, il avait les cheveux châtain clair.

La femme de charge rentra. En voyant sa maîtresse tourner le visage vers la muraille, elle craignit, sans doute, que ce ne fût avec l'intention de s'endormir, car elle entama une dissertation sur les marques de naissance.

Mais, en dépit de ces intéressantes révélations, Mer-cedès, brisée par la fatigue et les émotions, s'assoupit...

A son réveil, quand elle aperçut le désordre mal réparé de sa chambre et la mère Presles occupée à changer les couches du nouveau-né, elle éprouva quelque difficulté à se rendre compte de ce qui se passait. Puis, se rappelant tout à coup les événements de la nuit, elle referma les yeux comme pour échapper à ce spectacle.

Alors sa vie entière lui apparut.

Toute cette existence qu'elle se rappelait, était-ce bien elle qui l'avait vécue ? Tout ce passé qu'elle embrassait d'un coup d'œil, depuis son enfance sentimentale au bord des eaux bleues de la mer des Antilles, jusqu'à sa grossesse rêveuse au bord d'un berceau préparé, elle le voyait de si loin et de si haut qu'elle s'en détachait. Elle sortait du néant, non d'une léthargie. La femme qu'elle avait été n'existait plus. Quelle nouvelle créature se trouvait-elle donc ? L'horizon devant elle s'ouvrait sombre, profond comme une nuit d'orage. Le chemin de sa vie descendait vers un gouffre. Cependant elle l'entrevoyait sans frisson. La certitude instinctive de sa perte lui enlevait jusqu'au sentiment de l'effroi.

Quel miracle, en effet, eût pu la sauver ? Sa faute avait pris un sang et des os, et vivait pour porter témoignage contre elle. Son amour adultère, incarné dans cet innocent, prenait définitivement place au foyer conjugal. Entre son mari et elle, il y avait désormais un mur de chair infranchissable.

Qu'il était loin, son rêve de réhabilitation !... Sa

maternité était corrompue dans son essence. Loin d'être une réparation, sa tendresse pour l'enfant eût été une nouvelle injure au mari. Elle n'avait pas le droit d'être mère. Chacun de ses baisers à son fils serait une récidive d'adultère ; il ne lui était pas plus permis de chérir son enfant que son amant. Plus elle serait dévouée, plus elle serait coupable. Tous ses efforts de relèvement aggraveraient sa chute, comme les mouvements d'un nageur, pris dans les herbes, l'enlacent plus étroitement. Elle était condamnée au remords à perpétuité...

René n'avait pas plus qu'elle le droit d'aimer ce bâtard, et chaque caresse qu'il donnerait à l'intrus serait un soufflet pour elle. Mère ou marâtre, sa vie devait être un supplice.

Elle se sentait broyée sous le poids du châtiment. Une torpeur s'emparait d'elle.

Elle en fut tirée par la voix de la mère Presles :

— J'ai oublié de dire à Madame que mademoiselle Edwige était venue trois fois prendre de ses nouvelles. Monsieur l'a rassurée, mais sans l'engager à entrer.

— Il a bien fait.

— Il y a aussi M. Manchard...

— Le fils ?

— Non, le père, qui est venu dès cinq heures, ce matin, savoir comment Madame se trouvait.

Mercedès tressaillit. Une peur la prit. L'incident de la tache eût été une révélation pour André et pour son père...

— Que lui a-t-on dit ? demanda-t-elle aussitôt.

— Les domestiques ont répondu qu'ils ne savaient encore rien. C'était la vérité. Il repassera tantôt.

— Tu n'as parlé à personne de cette... tache ?

— Non, madame.

— Eh bien, tu m'obligeras, ma bonne Presles, de garder pour toi cette ridicule histoire. C'est si drôle, n'est-ce pas, cette espèce de lentille ? Cela ferait rire à mes dépens et j'en serais furieuse.

— Non ! pour ça, non ! Si cela déplaît à Madame, je lui jure bien, sur le saint Évangile, que jamais de la vie la mère Presles...

René survint, suivi de Percinal.

— Eh bien ? interrogea le docteur, comment nous sentons-nous ?

L'accouchée fit un geste vague.

— Pas d'oppression ?

— Non.

— Avons-nous faim ?

— Soif.

— Le pouls n'est pas mauvais. Vous pouvez boire un peu de tilleul ou d'orge tiède. Et puis, il faut re-

mettre au sein ce petit gaillard-là, puisqu'il est entendu que vous nourrissez.

Mercedès cherchait le moyen d'écarter cet enfant
dont la vue lui faisait mal, dont les cris la poursui-
vaient, dont le contact lui brûlait la poitrine.

— Nourrir! docteur, répondit René, mais c'est son
rêve! Voilà trois mois qu'elle se ménage ce bonheur.
La jolie nounou qu'elle fera!

— Si je le puis? murmura la jeune mère.

— Vous en avez trop le désir pour ne pas pouvoir.

— Nous allons bien voir, dit Percinal.

Tandis que le docteur, ses lunettes d'argent sur le
bout du nez, procédait à cet examen, René caressait
doucement la joue du nouveau-né en lui disant :

— Comment ne t'aimerais-je pas? Petit malin, tu
t'es fait la miniature de ta mère.

— Quelle fatalité! s'écria le médecin, vous ne pouvez pas nourrir.

— Vraiment! fit Mercedès avec une satisfaction retenue.

— Pourquoi cela? demanda René.

— La conformation des seins ne le permet pas.

— Cependant, fit M. de la Genevraye, il me semblait
que...

— N'en croyez rien, monsieur le comte. L'enfant
s'épuiserait.

— Mais avec un bout de sein?

— Mauvaise invention. Ces instruments fatiguent les enfants et peuvent blesser la mère. J'ai vu des abcès graves causés par la pression de ces tétines. Mieux vaudrait encore l'allaitement artificiel du biberon.

M. de la Genevraye dut se rendre.

Mercedès se sentit soulagée d'un grand poids. Son mari s'attachait à la consoler en lui faisant observer qu'elle ne jouirait pas moins de *leur* enfant, qu'elle ne le perdrait pas de vue un seul instant.

Après avoir donné quelques conseils sur le choix de la nourrice et le régime de l'enfant, Percinal déclara qu'il ne reviendrait pas avant cinq heures.

— Surtout, ajouta-t-il, gare aux courants d'air? Mangez un peu tantôt : un filet de sole ou un blanc de poulet... quelque chose de léger... Mais ne recevez personne; pas de visites. Parlez le moins possible.

— Un mot seulement, dit Mercedès d'une voix faible. Je ne vous cache pas, docteur, que je suis tout à fait... vexée de cette... tache, et je ne serais pas du tout flattée qu'on sût... que dans le monde...

— Oh! rassurez-vous, protesta le vieillard, la discrétion est un de nos devoirs professionnels, même quand il s'agit — comme ici — d'un enfantillage. Car ce *nævus*, je me plais à vous le répéter, ne signifie

rien de plus qu'un signe sur la joue d'une brune, ou
une éphélide sur celle d'une blonde...

Et il ajouta en riant :

— C'est un tatouage naturel; ça servira à le faire
reconnaître.

René, conseillé par Percinal, ne voulait pas d'une
nourrice de la ville. Il fit venir de la campagne une
« payse » de la mère Presles, grosse fille de dix-neuf
ans, qui avait des mains rouges, garnies d'engelures,
et mangeait deux livres de pain à chaque repas.

Percinal, après l'avoir examinée depuis les aines
jusqu'au cuir chevelu, la déclara bonne laitière.

Mercedès fit installer le berceau dans sa propre
chambre. Elle voulait pouvoir surveiller l'enfant et
s'assurer que personne ne porterait sur la tache un
regard indiscret.

IX

Madame de la Genevraye et son mari, dans une de ces douces causeries où elle se préparait au bonheur d'être mère, avaient autrefois discuté le choix d'un nom. Elle avait penché pour Robert. Bien que rien n'eût été décidé à cette époque, M. de la Genevraye, sans prendre l'avis de sa femme, déclara que son fils s'appellerait Albert.

Mercedès n'osa faire aucune observation. Mais, de lui-même, René s'expliqua.

— Vous savez, lui dit-il un soir, en s'asseyant au chevet de son lit, la vénération de mon père pour les gloires de notre famille. Il avait distribué entre ses trois fils les prénoms de ses trois plus proches ascendants : mon frère aîné s'appelait comme l'historien des moines de Saint-Odilon; mon prénom est celui du bienfaiteur de la commune; enfin mon frère cadet se nommait Gontran, comme l'édificateur de notre clocher. Eh bien, il me semble que je ne saurais mieux honorer la mémoire de mon père qu'en lui appliquant sa pieuse idée et en donnant son prénom à mon enfant. Sous ce patronage, il n'oubliera jamais, je l'espère, de quelle souche il est issu.

Il était un peu pâle ; sa voix avait une intonation grave... Mercedès le regardait à la dérobée. Soupçonnait-il déjà la vérité ? Allait-il, tout à l'heure, lui jeter son crime à la face, et ne se plaisait-il à rappeler la valeur de son nom que pour mieux lui en reprocher la flétrissure ? Elle put le redouter un instant. Mais rien ne vint justifier ses appréhensions. Elle se rassura. — Suis-je sotte ! pensa-t-elle.

Une alerte plus sérieuse lui était réservée.

Un après-midi, son mari venait de lui offrir le bras pour aller de son lit à la chaise longue, quand on vint annoncer à M. de la Genevraye que Manchard demandait à lui parler.

— Tiens, fit René, il est déjà venu avant-hier. Que peut-il avoir à me dire ?

Cette visite inattendue éveilla aussitôt de nouvelles craintes dans l'imagination tourmentée de Mercedès. Restée seule avec la nourrice, qui venait de coucher l'enfant et balançait doucement le berceau, elle songeait... La mère Presles ou le docteur avaient-ils parlé de la lentille ? Un domestique avait-il écouté aux portes ?...

Le soupçon s'enfonça dans sa pensée. Pourquoi Manchard, qui ne paraissait guère que tous les quinze jours, accourait-il ainsi? Il fallait qu'il sût quelque chose. Il venait sans doute, sous un prétexte quelconque, vérifier par ses propres yeux l'existence de cette tache...

Elle attendait, palpitante de peur. Un quart d'heure s'écoula.

Tout à coup la porte s'ouvrit et M. de la Genevraye entra.

— Manchard voudrait voir l'enfant, dit-il.

— Manchard! balbutia la jeune femme.

— Eh bien, nous pouvons le recevoir ici, n'est-ce pas?

— Vous croyez? demanda Mercedès d'une voix qu'elle s'efforçait d'assurer.

Le comte ne s'embarrassait pas de Manchard. Il se croyait trop au-dessus de ce brave homme pour régler sur l'étiquette ses relations avec lui. Aussi le recevait-il alors même que sa porte restait close à toute visite. Au « vous croyez ? » de sa femme, il répondit :

— Bah! ce n'est que Manchard...

Toute résistance eût paru singulière. Mercedès dut se soumettre. Le maire fut introduit. La nourrice sortit.

En entrant, il inclina lentement, dans un profond salut, sa tête rousse et rasée.

— Madame la comtesse, dit-il, veuillez excuser mon indiscrétion. J'ai eu chaque jour de vos nouvelles par le docteur et par madame Lemahodon ; mais j'avais hâte de venir vous offrir mes respectueuses félicitations.

L'écarlate de ses joues pendantes, la gaucherie de sa tenue et l'indécision de sa parole témoignaient de son embarras. Il était clair que la situation, en lui interdisant de recourir à sa ressource habituelle — la plaisanterie — mettait son savoir-vivre de fraîche date à une dure épreuve. Comme Mercedès, presque aussi rouge que lui, murmurait un mot de politesse, M. de la Genevraye le mit à l'aise.

— Nous savons, dit-il, tout l'intérêt que vous nous portez, monsieur le maire.

Manchard s'inclina de nouveau.

— Je vois avec joie, reprit-il, que madame la comtesse semble mieux portante que jamais.

— Elle est si heureuse ! fit René. Le bonheur est le meilleur des régimes... Et le bonheur est là, ajouta-t-il en montrant l'angle de la chambre où reposait l'enfant.

— Il dort, s'empressa de dire Mercedès.

Manchard s'approcha du berceau dont René écarta avec précaution les rideaux entr'ouverts.

— Prenez garde ! supplia la mère.

Mais déjà le frôlement avait réveillé le nouveau-né ; il remua les bras, cligna des yeux et se mit à vagir.

— Quelle poitrine ! s'écria Manchard. A la bonne heure, j'aime à entendre crier comme ça. Il me rappelle le mien... Mon Dieu, qu'il ressemble à sa mère !

— Je crois qu'il aura mes cheveux, hasarda René.

— Pas tout à fait. Vous êtes blond et il sera châtain. Mais c'est très naturel : madame la comtesse étant brune, l'enfant a pris la teinte intermédiaire entre celles de ses parents. Il arrive souvent qu'un produit tient tout d'un de ses producteurs, à l'exception d'un détail. J'en ai rencontré bien des exemples dans l'élevage.

La nourrice avait été sonnée. Elle prit l'enfant, le fit téter, le promena à travers la chambre ; puis, désespérant de le faire taire, elle s'assit et s'apprêta à le changer de couches. La mère, qui suivait chacun de ses mouvements, l'arrêta.

— Donnez-le moi, dit-elle.

— Mais, madame, il a besoin d'être changé.

— Pas du tout.

— Madame...

— C'est probable, dit Manchard. Il y a des enfants qui ne veulent pas rester dans la malpropreté.

La nourrice retirait déjà les épingles anglaises du maillot.

— Vous allez voir ces membres ! monsieur l'éleveur, dit René en riant.

— Donnez-le-moi, répéta impérieusement Mercedès.

Elle commença à démailloter l'enfant avec une circonspection qui pouvait passer pour une douceur maternelle. Elle rabattait l'un après l'autre chaque pli du linge, de peur qu'un mouvement inattendu n'exposât tout à coup, aux yeux de Manchard, la tache révélatrice.

L'éleveur était debout, à côté de René, penché et regardant. Quand Mercedès eut retiré la couche, sa main gauche tremblait en redressant l'enfant, tandis que sa main droite retenait vigoureusement le jarret marqué.

— Quelle admirable chose que l'amour maternel, déclama Manchard. Rien ne dégoûte une mère. Les plus aristocrates mettent la main à la pâte. Ce que c'est pourtant !.. Du reste, nous voyons la même chose chez les animaux. La plupart lèchent leurs petits, ce qui est beaucoup plus répugnant que de les laver.

— Tenez, dit René, voyez-vous ces cuisses ?... et ces bras !

L'éleveur se mit à toucher l'enfant pour s'assurer de « la fermeté » de ses muscles. Mercedès, la main crispée sur la tache, sentait la sueur perler sur son front, tandis que Manchard palpait ces petits membres en murmurant :

—Du biceps!... de la poitrine!... fameuse carrure! Et quel râble!... Voyons le pied?

— Bon pour le service, n'est-ce pas? demanda René.

— Il a faim, dit Mercedès en remmaillotant aussitôt son fils.

— Ce sera un hercule, je vous le certifie, reprit le maire. J'avais prédit la même chose du mien, quand il est né; je ne me suis pas trompé. André est le plus fort gaillard du pays. C'est absolument le même genre. Il était taillé comme celui-ci. Seulement...

Mercedès s'empressa d'interrompre cette apologie de son amant.

— Et madame Manchard? demanda-t-elle.

— Toujours dans son fauteuil. Oh! elle a bien baissé, dans ces derniers temps. Les facultés s'en vont tout à fait.

— Qu'est-ce que dit M. Percinal?

—Rien. Que voulez-vous faire contre une paralysie?

— A quarante ans, c'est affreux!

—Heureusement qu'elle ne voit pas son état.

L'enfant avait été rendu à la nourrice qui, les poings sur les hanches, regardait avec admiration la double chaîne d'or passée autour du gros cou de Manchard, s'étonnant seulement qu'il n'eût pas d'anneaux aux oreilles puisqu'elles étaient percées. Elle mit le bébé à son sein et sortit en chantonnant.

— Et le docteur qui prétend que les races dégé-
nèrent! s'écria le hobereau.

— Le docteur parle en vieux garçon. Si les parents
avaient la moindre notion d'élevage, il n'y aurait plus
que des géants dans un siècle.

Manchard prit son chapeau.

— Et notre pressoir? demanda M. de la Genevraye.

— L'épure est terminée, monsieur le comte. Si
vous voulez bien l'examiner, j'aurai l'honneur...

— Bon, nous verrons cela demain.

— J'ai refait mes calculs hier. Je suis convaincu que
mon nouveau modèle donnera un rendement supplé-
mentaire d'un trentième.

En s'en allant, Manchard s'arrêta dans la pièce
voisine pour embrasser le bébé. Puis, le bruit de ses
souliers ferrés s'éteignit dans l'escalier.

M. de la Genevraye se retourna alors vers sa femme.

— Savez-vous, dit-il, ce qu'il est venu me demander?

— Non, fit Mercedès inquiète.

— Je vous le donne en mille.

Elle le regardait. Il se mit à rire.

— Il me demande si, dans le cas où M. Lemahodon
donnerait sa démission de conseiller général, j'ac-
cueillerais sa candidature.

Madame de la Genevraye respira. Elle sourit même.

— Eh bien, l'accueillerez-vous? demanda-t-elle.

6

— Peut-être bien. J'ai mon idée...

Le surlendemain, M. de la Genevraye annonça à sa
femme qu'il avait fixé le jour du baptême au lundi
suivant.

Dans cette cérémonie dont les familles font une fête,
Mercedès ne vit que le premier acte du rôle hypocrite
auquel sa situation la condamnait. Ne pouvant s'y soustraire, elle avait compté sur des retards successifs
qu'elle avait obtenus jusque-là.

— Pourquoi si tôt? demanda-t-elle.

— Pourquoi plus tard? fit René.

— Mais nous n'avons encore ni parrain...

— Pardon!... Mon cousin de Charmalières... Vous
savez que nous étions un peu en froid; il ne m'avait
pas écrit depuis mon dernier voyage à Paris. Ce sera
une occasion de nous rapprocher.

Mercedès se souvint aussitôt du prétendu testament
dont, au dire de sa mère, son mariage avec René avait
fait perdre le bénéfice au pauvre bibliothécaire.

— Que pouvait-il y avoir entre vous? demanda-t-elle.

— Je n'en sais rien ; quelque question d'intérêt probablement... Je n'ai jamais eu le bonheur de plaire à
sa femme.

— Mais vous allez lui imposer des dépenses...

— ... Qui me serviront de prétexte pour lui venir en
aide sans froisser son amour-propre.

— Et la marraine ?

— Oh ! la marraine c'était plus difficile à trouver. J'avais d'abord songé à ma vieille tante Léa. Mais comme elle est célibataire, j'ai craint que mon choix ne parût intéressé. Alors je me suis rabattu sur votre chère petite amie.

— Qui donc ?

— Vous le demandez !... Eh ! mademoiselle Lemahodon. Est-ce que cela ne vous fait pas plaisir ?

— Mais si... bien certainement.

— Vous m'avez répété si souvent que vous considériez Edwige comme votre sœur !

Mercedès se mordit les lèvres.

— J'espère que la cérémonie se fera le plus simplement possible, reprit-elle.

— Certainement... tout en respectant certaines convenances que notre rang nous impose.

— J'insiste pour que nous ne recevions personne.

— Vous m'avez dit cent fois que vous vouliez faire les choses solennellement.

— J'ai réfléchi.

— A quoi ? On ne baptise pas un La Genevraye comme un jeune rustre.

Mercedès sentit qu'elle se heurtait à la fierté du hobereau. Elle se tut...

Dès le matin, les cloches sonnèrent à toutes volées.

La petite église de Trèfles était tendue de draperies
blanches, sur lesquelles ressortait l'écusson sinople
du comte. L'autel disparaissait sous deux forêts de lis.
A onze heures, la foule devint telle sur la place, qu'une
fillette faillit être écrasée.

Cependant Manchard avait mis sur pied toutes les
forces dont il disposait. Le garde champêtre, en bour-
geron neuf, plaque astiquée, sabre au poing, défen-
dait vaillamment l'entrée de l'église ; les pompiers, en
grand uniforme, formaient haie devant la porte. Le
tambour battit aux champs à l'arrivée des voitures, et
le curé, escorté des enfants de chœur, du bedeau, des
chantres et du serpent, reçut, au seuil du temple, ses
nobles paroissiens.

La messe fut d'une longueur inusitée. André, qui
tenait l'orgue, s'abandonnait à des inspirations si
riantes, que plus d'un fidèle se sentit pris d'une folle
envie de danser... L'abbé Piou, dans une allocution
émue, ramena les esprits vers des régions moins profanes. Il rappela les bienfaits dont les pauvres étaient
comblés par la charité des La Genevraye. Il célébra
les vertus dont le noble couple donnait l'exemple,
montra la naissance de l'enfant comme la juste récompense de leur mérite et affirma que la bénédiction di-
vine, si manifestement descendue sur cette maison,
ne s'en détournerait jamais...

La sortie, favorisée par un soleil magnifique, s'effectua triomphalement. Deux cents boîtes de dragées furent distribuées.

Cette cérémonie fut un supplice pour Mercedès. Ces chants, ces exultations lui serraient le cœur. C'était sa honte que tout ce monde — jusqu'à son amant — célébrait. Prosternée sur son prie-Dieu, dérobant son visage aux curiosités de la foule, elle n'éleva pas vers le ciel ses souhaits maternels; elle ne songea pas à échafauder dans une vision l'existence de son chérubin. Ces retours religieux auxquels cèdent les moins croyantes, ces rêves d'avenir auxquels s'abandonnent les plus malheureuses, elle ne les connut pas. Les soucis de sa situation la harcelaient sans répit; c'était son rôle à soutenir au milieu de tous ces gens qu'elle trompait, depuis son mari jusqu'au prêtre; c'était, par-dessus tout, la surveillance de ses propres sentiments. Car ce n'était pas sans appréhensions qu'elle allait se retrouver, pour la première fois, en face de son amant.

Ces inquiétudes se trouvèrent exagérées. Si elle pâlit légèrement en s'asseyant à la table où elle allait le rencontrer, parmi les quarante invités du comte, il lui fut impossible de ne pas se rassurer en voyant sa bonne mine et sa bonne humeur. Jugeant de l'état moral d'André par le sien, elle s'attendait à lire sur

6.

ses traits amaigris les souffrances qu'il avait dû éprouver, à constater dans son attitude quelque brûlante mélancolie... Et voilà qu'elle se trouvait prosaïquement
en face d'une réalité joufflue et satisfaite.

Ce bien-être avait pour elle quelque chose d'insul-
tant. Elle s'en froissa. Ce fut sans trouble qu'elle soutint, au dessert, les regards significatifs d'André. Elle
éprouva même une irritation douloureuse quand le
jeune homme, avec du kirsch dans la voix, crut devoir joindre ses félicitations à celles des autres con-
vives.

Le repas fut d'une gaieté croissante. On ne tarissait
pas sur la beauté du petit baptisé. C'était à qui lui
pronostiquerait la plus brillante destinée. Le joli capitaine Jordanel, tout en décochant à Mercedès son
œillade la plus caressante, prédit à l'enfant le bâton
de maréchal.

Point de mire de tous ces compliments, madame de
la Genevraye se sentait visée par-dessus son fils. Cha-
cune de ces flatteries la frappait au cœur. Il lui fallait
sourire cependant. Au toast porté par son cousin de
Charmalières, « à la prospérité de la famille! » son
verre trembla dans sa main.

Ces joies insultantes la poursuivirent jusqu'à la nuit.
Le soir, tandis que, seule enfin avec elle-même, elle
laissait déborder, dans l'isolement de l'alcôve, toutes

les amertumes de son âme, des lueurs changeantes vinrent éclairer ses fenêtres et des détonations retentirent. C'étaient les gamins de Trèfles qui tiraient les fusées et les pétards que leur avait distribués Manchard.

A la même heure, mademoiselle Bertrande payait d'une neuvième indigestion sa sympathie exagérée pour les bartavelles du comte.

X

A quelques jours de là, M. de la Genevraye, prenant sa femme par le bras, la conduisit mystérieu-
sement dans son cabinet de travail, en lui disant d'une
voix grave :

— J'ai à vous parler, venez.

Mercedès s'assit, tout interdite par ces allures
solennelles.

— Je regrette, reprit René après s'être installé devant son bureau, de devoir appeler votre attention
sur un sujet aussi délicat. Malheureusement, mes
derniers rapports avec mon cousin de Charmalières,
le lendemain du baptême, ne me permettent pas de
vous épargner la confidence que j'ai à vous faire.

Il prit sur son bureau un cahier sans couverture et
qui paraissait entièrement rempli.

— Ceci est mon testament, continua-t-il.

Et, comme Mercedès faisait un mouvement de surprise :

— Attendez, dit-il, vous allez avoir l'explication...
A l'époque où j'ai ressenti pour la première fois les
atteintes de la maladie dont je souffre encore, j'ai cru
devoir prendre les précautions que me commandait
l'incertitude de l'avenir. Je n'avais pas alors d'autres
parents que ma vieille tante Léa et mon cousin. Ce
dernier étant père de famille, je l'ai institué mon lé-
gataire universel..... Depuis lors, les circonstances
ont complètement changé. C'est à vous, c'est à Albert
que revient naturellement ce que je possède. Cela ne
peut souffrir aucune contestation. Cependant M. de
Charmalières ne paraît pas songer à me remettre le
testament olographe dont il était appelé à profiter.
Est-ce oubli ? Est-ce calcul ? Je ne sais. L'aigreur de
sa femme n'est pas faite pour me rassurer. J'ai donc
dû penser à vous mettre à l'abri de toute revendica-
tion, dans le cas où après ma mort...

— De grâce ! interrompit Mercedès.

M. de la Genevraye sourit froidement.

— Eh ! ma chère amie, reprit-il, n'est-ce pas dans
l'ordre de la nature que je disparaisse le premier ?
Est-ce que je pouvais vous laisser exposés, Albert et
vous, à une pareille spoliation ! Je viens de refaire mon
testament ; le voici entièrement écrit de ma main, daté
et signé, comme le veut la loi... Je vous le remets.

Mercedès se leva vivement.

— Non, certes, s'écria-t-elle, je ne prendrai pas cela.

— Mais il est tout naturel que...

Elle ne le laissa pas achever.

— Non! accentua-t-elle d'une voix vibrante d'émotion, non, je vous en prie...

Et, sentant qu'elle n'était plus maîtresse des sentiments qui l'agitaient, elle allait se diriger vers la porte, quand M. de la Genevraye ajouta :

— Soit!... Il restera dans ce tiroir... Mais un mot encore... Peut-être, ma chère amie, avez-vous été surprise de me voir négliger mon titre de comte. Vous saurez que, depuis mon quadrisaïeul, fondateur de la commune de Trèfles, tous les La Genevraye se sont fait un point d'honneur de mériter leur titre avant de le porter. Mon trisaïeul, Hugues, signait comme un bourgeois avant de publier sa célèbre *Histoire de l'abbaye de Cluny;* mon bisaïeul, René, ne se para de sa couronne comtale que lorsque les Tréflois, sauvés, par sa prévoyance, de la terrible famine de 1741, l'eurent porté en triomphe à travers le bourg; enfin, mon grand-père, Gontran, ne se crut digne de son blason qu'après avoir réédifié, de ses deniers, le magnifique campanile de notre paroisse... Depuis lors, nul n'a plus porté son titre dans ma famille. A mon fils de faire revivre l'honneur de nos ascendants!...

Cette confidence n'était que la préface de nouvelles résolutions. Les préparatifs faits par sa femme, et auxquels il avait souri avec indulgence, lui paraissaient peu dignes de son héritier. Il déclara que sa chambre devait être cédée à l'enfant. Ce fut en vain que Mercedès, qui avait réussi à garder son fils dans son propre appartement, se débattit contre cette prétention. Il fit venir de Paris son tapissier et lui donna des instructions dont sourit l'homme d'art. C'était la mode de 1840 qu'on lui imposait. Le comte voulait faire reproduire exactement la chambre où était mort Albert de la Genevraye, appliquant ainsi son idée de considérer sa propre existence comme non avenue pour la tradition de sa race, et de faire succéder directement son enfant à son père.

Aux portraits de l'historien, du pourvoyeur de la commune et du bienfaiteur de la paroisse, il fit joindre le portrait de son père lui-même. Tout ce que sa femme put obtenir, ce fut de faire poser des stores aux fenêtres, pour éviter à l'enfant les éblouissements du grand jour. Et rien n'était bizarre comme cette salle antique noyée dans une lueur rose.

La mère Presles, transformée en gouvernante anglaise, revêtit la jupe de cachemire et coiffa le chapeau fermé. Elle fut exclusivement affectée au service de « Monsieur ». Tout le linge de l'enfant fut marqué aux

armes de La Genevraye; il n'y avait pas jusqu'à sa
petite victoria à deux chèvres qui ne portât ses armoiries sur les panneaux.

Mercedès était condamnée au spectacle de cette
prodigalité. En voyant le hobereau sortir de sa simplicité aristocratique et semer l'or à pleines mains
pour la plus grande gloire de son bâtard, tout ce qu'il
y avait en elle de délicatesse se révolta.

— A quoi bon ce luxe? demanda-t-elle à son mari.

— Est-ce que je puis trop faire pour un La Genevraye?
répliqua René.

— Mais vous ne paraissiez pas disposé à toutes ces
folies?

— Parce que je n'attendais qu'une fille; dans ce cas
je vous en aurais absolument abandonné la direction.
Mais c'est au chef de famille à régler la vie des gar-
çons.

Une somme de treize mille francs fut dépensée pour
l'installation du nouveau-né. Mercedès rougit de
honte quand son mari, croyant sans doute flatter son
amour-propre de mère, la chargea de solder les fac-
tures. Il fallut que, de ses mains, elle distribuât aux
fournisseurs l'argent de René. Si elle lui eût apporté
une dot, elle eût pris assurément sur ses propres biens
pour acquitter ces dépenses...

Elle songeait au jardinier renvoyé pour avoir dé-

tourné le prix d'un abatage... Mais elle-même!... Est-
ce qu'elle allait vivre d'un abus de confiance perpétuel?
Après avoir trahi son mari, elle se voyait condamnée
à le voler!...

Elle fut prise d'une horreur subite pour la toilette.
Sa femme de chambre la vit avec étonnement fouiller
elle-même dans les oubliettes de sa garde-robe et en
exhumer ses costumes. Il y avait là des robes de printemps et d'été qui s'étaient reposées depuis la saison
précédente. La soubrette, qui comptait en hériter, reçut
l'ordre de les battre et d'y faire les réparations nécessaires.

— Tiens, remarqua M. de la Genevraye quelques
jours plus tard, il me semble vous avoir déjà vu cette
jupe l'année dernière.

— Eh bien, dit Mercedès, pourquoi me comman-
derais-je des costumes quand j'en ai vingt qui pour-
rissent dans mes armoires?

Mais ces économies ne suffiraient pas. C'était un
moyen d'existence qu'il lui fallait, afin de pouvoir se
dire qu'elle contribuait aux charges du ménage, qu'elle
payait au moins la pension de son fils.

Elle crut avoir trouvé une ressource : donner en
secret, sous un faux nom, des leçons de français, de
piano et de dessin. Elle pourrait, au besoin, y joindre
l'enseignement de l'espagnol, qu'elle avait parlé

7

dans son enfance, et que trois mois d'étude suffiraient
à lui restituer...

Si impraticable que fût ce travail, si insignifiant qu'en
fût le salaire, madame de la Genevraye eut l'illusion
de s'y préparer. Elle sortit de leur poussière ses gram-
maires, ses exercices, et se mit avec ardeur à
l'étude.

XI

Entre sa trentième et sa quarantième année Manchard avait subi une véritable mue morale. Jusque-là,
bien qu'il eût déjà les moyens d'acheter son droit de
bourgeoisie, ce n'était qu'un paysan aux allures mili-
taires, franc du collier, rougeaud, ronflant creux, riant
fort, parlant gras, buvant sec et crachant loin. Le premier parmi ses égaux, sa bonhomie faisait pardonner
sa supériorité. Il n'y avait pas un vigneron ou un mar-
chand de grains, un maquignon ou un éleveur qui ne
fût fier de trinquer contre lui.

La mort de son beau-père lui avait ouvert de nouveaux horizons. Après avoir encaissé les trois cents
billets de mille francs du défunt, il avait songé, sans
rompre avec ses pareils, à se faufiler dans la classe
moyenne. Il s'était habillé de noir, sous prétexte de
deuil, avait fait réparer, de ses deniers, l'abreuvoir
communal et, de conseiller municipal, n'avait pas
tardé à devenir maire.

Mais cet ambitieux de village rêvait bien d'autres destinées. Ses prétentions étouffaient dans la commune ; l'écharpe municipale — qu'il traitait cavalièrement de sous-ventrière — devenait trop étroite pour son gros abdomen. C'était le titre de conseiller général qu'il convoitait !

A ce point de son ascension, Manchard faillit se voir arrêté. Sa femme, boulotte au crâne étroit, à vue courte, refusa de le suivre dans ces régions supérieures. Il eut beau lui énumérer tous les hommages que peut attendre une « dame » dont le mari siège au chef-lieu, elle s'obstinait à rester ce que la naissance l'avait faite et à manger en paix son bien...

Par bonheur, elle fut frappée de paralysie, à la suite d'une violente colère. Il fallait la faire manger, la lever, la coucher. Elle passait sa vie dans un grand voltaire, à l'entrée du jardin, immobile, poussant des grognements indistincts. Son mari la laissait grincer et se regardait comme veuf. Cette femme, vissée sur son siège, n'était plus qu'une sorte de meuble par destination. Il arrivait à Manchard de dire, en parlant d'elle :

— A-t-on sorti le fauteuil ? A-t-on rentré le fauteuil ?

Il s'était donc mis à l'œuvre. La nature même le favorisait. Une femme grasse peut être astucieuse, mais les roués sont maigres, c'est convenu. Il eut le bonheur d'engraisser encore. Sa fourberie se capitonna dans cet embonpoint. Tout en lui, geste, attitude, regard, devint onctueux. Il avait de l'huile jusque dans la voix.

Cependant sa nouvelle visée semblait presque une chimère. Lemahodon, qui tenait la place de conseiller général, ne paraissait pas disposé à la céder. Quant à lui disputer les voix des électeurs, il n'y fallait pas songer, le chef de division ayant l'appui du gouvernement. Puis, M. de la Genevraye ne viendrait-il pas à la traverse, soit en posant sa propre candidature, soit en soutenant un concurrent?

C'était pour se fixer sur ce point que le maire avait fait au comte une première ouverture électorale.

— Mais la place n'est pas libre, objecta le hobereau.

— Je raisonne dans la supposition où elle le deviendrait, avait répondu Manchard.

M. de la Genevraye, après avoir observé, non sans réprimer un sourire, la face naïve de son interlocuteur et attendu vainement la justification de cette hypothèse, s'était renfermé dans sa réserve habituelle.

— Nous reparlerons de cela, avait-il dit. Quand la place sera vacante, nous verrons... nous verrons...

L'enseignement qui ressortait le plus clairement de cet entretien, c'était la nécessité d'obtenir la démission de Lemahodon. Ce problème : persuader à un homme commodément installé dans un fauteuil de céder la place à autrui... avait exercé depuis long-temps les méditations de Manchard. Seulement, les manœuvres qu'il avait imaginées pour le résoudre, étaient d'une nature si délicate, qu'il avait dû, plutôt que de les communiquer à M. de la Genevraye, se résigner à passer provisoirement pour un étourdi... Sans s'obstiner davantage à scruter les intentions du comte, Manchard jugea qu'il était temps d'assiéger Lemahodon.

Ce travail insidieux se manifesta d'abord par cer-taines assiduités auprès de la femme du conseiller. Il s'informait, avec un intérêt touchant, de la santé du bureaucrate, des chances qu'il pouvait avoir de se maintenir au ministère, quoiqu'il dût atteindre, au 1er janvier suivant, la limite d'âge. De temps en temps, il lui envoyait des lapins de garenne, par son fils, ni plus ni moins qu'à M. de la Genevraye. Il lui offrait de faire ses commissions en ville, prenait la peine de la reconduire chez elle, le soir, en sortant de la gentilhommière où ils se rencontraient. Il s'en-tendit avec le curé pour que les quatre chaises de la famille du conseiller fussent placées au premier rang de gauche, vis-à-vis de celles de La Genevraye et non plus à la suite.

Madame Lemahodon professait une profonde admiration pour les prépositions nobiliaires. C'était pour elle
un perpétuel sujet de regrets que son mari n'appar-
tînt pas au ministère de la justice. Les subordonnés
du garde des sceaux n'obtenaient-ils pas la faveur de
la particule? Est-ce que tous les magistrats ne s'ano-
blissaient pas ainsi? Elle en citait non sans amertume
une longue liste... Ce fut donc avec une douce surprise,
qu'elle aperçut, sur ses quittances de contribution,
son nom écrit en deux mots : *Le Mahodon*, selon la
fantaisie qu'elle se permettait volontiers, depuis la
promotion de son mari dans la Légion d'honneur.
Elle écrivit à Paris : « Le maire me fait toutes sortes
d'avances. Bertrande a dans l'idée qu'il voudrait acheter la propriété. Après tout, s'il en donnait un bon
prix... »

Cette considération tempéra son dédain pour Manchard et, tout en riant des complaisances du gros
homme, elle jugea prudent de ne pas les décourager.

C'était, sans doute, à la mystérieuse combinaison
tramée par le maire que devait aussi être attribuée
l'attitude qu'il prit alors à l'égard de son fils.

Durant les longs mois de la séparation, l'ancien
amant de Mercedès ne perdait pas de vue l'échéance
fixée. Se reposant sur la parole reçue, il n'avait
pas donné signe de vie. Aucune impatience de sa

part n'était venue troubler la sécurité de la jeune femme.

Après l'expansion d'allégresse jaillie sous ses doigts, pendant la cérémonie du baptème, la froideur singulière avec laquelle madame de la Genevraye avait reçu ses félicitations était bien faite pour le déconcerter. Un doute était passé entre elle et lui... Depuis lors, il s'était présenté plusieurs fois à la gentilhommière, sous divers prétextes. C'était une truite fraîche ou une partition nouvelle pour Mercedès; une espèce rare pour l'herbier de René ou un réactif que Manchard avait été chargé d'acheter à Mâcon. Les domestiques recevaient l'objet avec une politesse indiscutable, et répondaient invariablement aux questions du jeune homme :

— Monsieur est au laboratoire.

— Et Madame ?

— Madame n'y est pas.

Ces vaines tentatives avaient achevé d'éveiller ses méfiances. Mercedès prétendait-elle manquer à sa parole et rompre avec lui? Le mari avait-il eu vent des relations secrètes de sa femme? Ce revirement exigeait une explication. André la demanda par écrit; il n'obtint pas de réponse. Un second, un troisième billet eurent le même sort. Le doute n'était plus possible; sa disgrâce était évidente...

Si Mercedès, du fond de la retraite où elle s'enfer-

mait, eût pu juger de l'effet produit par son silence
sur l'homme qu'elle avait aimé — qu'elle aimait peut-
être encore — sa surprise eût été grande.

Le fils du maire poussa quelques jurons, haussa
plusieurs fois ses larges épaules, braconna pendant
quelques jours pour secouer son dépit et retourna
vers ses amis qu'il avait un peu négligés pour ses
amours. Il revint se faire raser chez Julien, le perru-
quier-mercier qui centralisait tous les cancans du
bourg. On le revit au jeu de boules, où ses plaisanteries faisaient autrefois le désespoir des joueurs sérieux; chez le sellier, dans la boutique duquel se réunissait la fleur des meneurs; à l'auberge, dont il avait
jadis chiffonné la servante. Il renoua avec le fils du
charron, dit « le bel Arnaud ». Enfin il reparut au
Café français, en compagnie du clerc de maître Rou-
gelot. C'était sa société habituelle. On pouvait, par la
fente des rideaux fanés de la devanture, les entrevoir
tous deux, vers midi, faisant leur cent de piquet au
milieu des mouches qui assiégeaient leur gloria, ou, le
soir, en bras de chemise, carambolant sous la lumière
jaune de la suspension garnie de mousseline. Il fut
même aperçu, le dimanche, au bal du *Cheval blanc,*
chez Prétavoine.

Un matin, Manchard entra dans la chambre de son
fils. André était encore au lit.

7.

— Ah ça ! dit le maire, quelle vie mènes-tu donc ? Tu rentres à des trois heures de la nuit !

— Pardon, papa, à deux heures.

— On ne voit plus que toi au *Café français !*

— Où veux-tu que j'aille ?

— Tu vas danser au *Cheval blanc !*

— Oh ! un pauvre quadrille...

— Le curé m'a signifié hier soir qu'il ne pourrait plus te laisser l'orgue si cela continuait. C'est un affront. J'ai dit que tu allais changer. Il le faut, tu entends ?

André ne répondit rien. Manchard reprit d'une voix inquiète :

— Est-ce que tu t'ennuierais, par hasard ?

— Oh ! pour ça, oui ! s'écria le jeune homme.

Le maire se dérida, comme si cet aveu l'eût soulagé.

— Et pourquoi ? demanda-t-il.

— Est-ce que je sais ?... Tout m'assomme.

Cette réponse aggravante épanouit complètement la face de Manchard.

— Eh bien, reprit-il d'une voix caressante, il faut te distraire, mon garçon. Nous avons de belles relations, profites-en. Va à la Genevraye.

André jeta à son père un regard de méfiance.

— Il n'y a jamais personne, répliqua-t-il.

— Va chez madame Lemahodon.

— Merci, pour qu'elle me fasse accorder son piano !

— Dame ! que diable veux-tu ? En province, il faut savoir se contenter de peu... As-tu envie de voyager ?

— Où ?

— A Paris...

André se leva sur un coude. Que de fois il avait rêvé ce grand voyage ! que d'allusions timides il avait faites à ce désir secret, sans que son père parût le comprendre !... Un jour qu'il paraissait envier le bonheur des élèves du Conservatoire, il s'était attiré cette réponse désespérante :

— C'est dommage que tu aies passé l'âge.

Une autre fois, comme il vantait le talent de certaines célébrités médicales de Paris :

— Ta pauvre mère est incurable, avait gémi Manchard.

Cette proposition inattendue le stupéfia donc. Il regarda son père curieusement.

— Oh ! oh ! s'écria le maire, ça te réveille ce mot-là ! Paris ! hein ? ce n'est pas de la petite bière... Eh bien, écoute : si tu me promets de mieux te tenir, nous verrons à organiser quelque chose. Seulement, tu comprends... tu n'es pas le fils du premier venu; nous avons notre rang à garder et tu finirais par le compromettre. Tes sottises rejaillissent sur moi, et moi qui ne travaille que pour ton bonheur, qui n'ai d'autre but que d'élever ta position au-dessus de la mienne! Tu ferais si bien que nous retomberions tous les deux dans la crotte... Allons, sois gentil, et je te promets que l'hiver prochain ne se passera pas sans que tu aies vu Paris.

Le père et le fils se séparèrent également enchantés.

XII

L'été avait repeuplé une à une les villas des environs. Seigneurs de village, bourgeois parvenus, négociants en rupture de comptoir étaient revenus successivement. De temps en temps, on avait aperçu, sur la route de Mâcon, des chars à bancs bourrés de malles et des berlines chargées de voyageurs. Chaque semaine ramenait quelque voisin de campagne plus ou moins oublié depuis un an.

La naissance du petit Albert n'était pas la nouvelle la moins intéressante pour ces nouveaux venus. Percinal, d'ailleurs, n'aurait pas souffert qu'un tel événement passât inaperçu. Il fallait le voir détailler les perfections du nourrisson ! l'entendre discourir sur les difficultés du premier âge, et s'écrier, en penchant sa vieille tête vers cette tête d'enfant :

— Oui, monsieur, vous êtes un petit chef-d'œuvre !

Et dans l'assistance ordinaire de la châtellenie c'était un concert de compliments sur les deux époux. Le joli Jordanel, toujours rôdant autour des jupes de la créole,

flûtait sur ce thème facile. Les moins convaincus s'exé-
cutaient en se disant que « cela fait toujours plaisir ».

René recevait ces félicitations avec la dignité bien-
veillante d'un homme qui pardonne les procédés en faveur des intentions. Il s'efforçait de paraître inacces-
sible à d'aussi petites vanités, sans afficher, cependant,
une indifférence de mauvais goût. Percinal, qui guettait
l'effet, était le seul à démêler, sous la modestie feinte
du père, l'orgueil flatté du gentilhomme.

Quant à Mercedès, ces éloges banals, dont les mères
se délectent avec une si naïve crédulité, n'arrivaient
pas jusqu'à son cœur. La crainte d'être découverte pa-
ralysait en elle tout autre sentiment. L'enfant, à cause
de la chaleur de l'été, ne pouvait être emmailloté.
Une simple couche sans attaches, une petite jupe
de piqué, c'était tout ce que la température pouvait
permettre. Il témoignait assez, par ses gigotements
joyeux, du bien-être qu'il éprouvait à se sentir demi-
nu. Sa mère tremblait, à chacun de ses mouvements,
qu'une attention indiscrète ne découvrit la maudite
tache, car la moindre remarque eût été infailliblement
répétée jusqu'aux Manchard.

En répondant du bout des lèvres aux flatteries de
son entourage, madame de la Genevraye ne perdait pas
de vue les embarras croissants de sa situation. Au parc,
à la serre, en promenade, partout où un regard étran-

ger était à craindre, elle épiait, pour y faire face, ces menaces de l'imprévu qui se multipliaient de toutes parts.

L'obséquieux docteur faisait école; tout le monde se mêlait de caresser le « joli bébé », grâce aux complaisances de la nourrice qui prenait pour elle la moitié des éloges adressés à son nourrisson, grâce aux complicités de la mère Presles qui ne trouvait rien de plus gentil qu'un enfant « nu comme un petit Jésus ». C'était sans cesse le même danger sous mille prétextes charmants.

Les transes par lesquelles Mercedès avait passé pendant que Manchard examinait le nouveau-né, elle les traversait maintenant presque chaque jour. Elle ne connaissait de sa maternité que ces alarmes incessantes. Comme un ulcère rongeur, la tache s'était étendue sur toutes les grâces de son enfant. Elle croyait voir ce point noir sur tous ses membres, et il lui arrivait de tressaillir quand quelqu'un disait :

— Voyez donc la jolie petite main...

Vainement elle s'efforçait de conjurer le péril. Ses précautions trouvaient dans le comte un censeur inattendu. Voulait-elle confiner l'enfant dans les appartements? René insistait pour qu'on le descendît au parc. Dirigeait-elle à l'écart ses promenades avec la nourrice? René trouvait le moyen de l'y rejoindre en

compagnie de quelque visiteur importun. Supprimait-
elle sur les robes et les pelisses du petit Albert toute
dentelle et tout ruban qui pût attirer l'attention? René
ne tardait pas à les faire rétablir. Elle cherchait vainement à effacer l'enfant; son mari assurait qu'un
fils de famille doit, dès le berceau, « tenir son rang ».
Tous ses expédients avortaient ainsi.

A défaut d'André qu'elle avait réussi à éloigner,
Manchard venait de plus en plus fréquemment au château. Ces jours-là, madame de la Genevraye était réduite à prendre elle-même son enfant dans ses bras,
jusqu'à ce que le maire fût parti. Elle était sur un
qui-vive perpétuel.

Percinal poursuivait ses circonvolutions sans se décourager, sachant bien que l'adulation est comme la
calomnie :

— Cajolons, pensait-il, cajolons, il en restera toujours quelque chose.

Un soir, madame de la Genevraye le prit à part,
pendant que René faisait les honneurs de la serre à
quelques invités.

— Voyons, cher docteur, dit-elle, il y a une question que je veux vous faire depuis longtemps.

— Eh ! laquelle ? madame, s'écria le vieillard doucement intrigué.

— Pensez-vous qu'il soit au pouvoir de la médecine de faire disparaître la... tache que vous savez?

Percinal s'attendait sans doute à une ouverture plus agréable, car le sourire errant sur sa bouche disparut tout à coup.

— Mon Dieu! madame, répondit-il, certainement... certainement, la médecine a des moyens d'enlever... quelques espèces de protubérances. Cela s'est vu, cela se voit. Seulement...

Il tourmentait entre ses doigts ridés ses trois pieuses breloques.

— Eh bien, reprit Mercedès, croiriez-vous pouvoir tenter avec succès cette opération?

Percinal avait lâché la Foi, l'Espérance et la Charité. C'étaient ses favoris dont il tirait les touffes blanches jusqu'à son faux-col. Son petit œil chocolat s'agitait dans les cercles d'argent de ses lunettes.

— Sans doute, sans doute, répliqua-t-il, cela peut se tenter... ce n'est pas impossible... La saillie paraît être assez superficielle, et la coloration... En tout cas, l'opération laisserait toujours une cicatrice... une cicatrice bien plus visible encore...

— Mais ce ne serait plus une lentille... Car c'est une énorme lentille; avez-vous remarqué? Et c'est si grotesque!

— Si vous désirez que j'examine?

— C'est cela, vous examinerez, et s'il y a quelque chose à faire...

— Je le ferai, soyez-en sûre, madame la comtesse.

Le vieux médecin rentra chez lui consterné. Mis au pied du mur, il n'avait pas eu le courage de se récuser. Pourtant, il ne se dissimulait pas les difficultés de l'opération. Cette lentille, malgré les assurances optimistes qu'il avait données lors de l'accouchement, intéressait peut-être le muscle sous-jacent ; le moindre danger, dans ce cas, était d'estropier l'enfant. En outre, le tétanos serait le résultat possible d'une opération imprudente...

Le pauvre homme se voyait acculé dans une impasse. Tenter l'ablation, c'était s'exposer à une catastrophe ; s'y refuser, c'était renoncer à tout espoir de se faire héberger au château.

Il fallut, pour le tirer de cet embarras, un bon avis de son cousin le vicaire.

— Consentez à tout ce qu'elle voudra, lui répondit celui-ci, jamais son mari ne lui permettra une fantaisie aussi ridicule, pour peu que vous laissiez entrevoir les risques d'un accident. Engagez-vous envers elle, il se chargera de vous dégager.

Percinal, suivant ce sage parti, retourna le lendemain à la Genevraye. Convaincu, par un sérieux examen du *nævus*, que l'ablation pouvait aboutir à une issue fatale, il s'empressa de se mettre gracieusement au service de Mercedès.

— Nous avons pour nous, ajouta-t-il, toutes les probabilités du succès. Seulement, j'ai besoin de vingt-quatre heures pour visiter mes instruments, réunir quelques médicaments et demander un aide à Mâcon. Réfléchissez encore pendant ce temps, consultez monsieur le comte...

— Je préfère lui épargner cette inquiétude.

— Cependant je ne puis guère entreprendre l'opération à son insu. J'ai ma responsabilité à couvrir, et c'est une de nos règles professionnelles de...

— Soit, puisqu'il le faut.

Toutes les probabilités ! mais c'était presque la certitude. Toutes les probabilités d'effacer l'unique vestige de sa faute, d'assurer le secret de son déshonneur. Comment n'avait-elle pas eu plus tôt cette pensée ? Que d'anxiétés elle se serait épargnées !... Telle était sa hâte qu'elle n'avait pas même songé à interroger le docteur sur les conséquences d'un insuccès.

— Quoi ! s'écria René, vous pensez encore à cette bagatelle ? Il faut que vous ayez bien peu de préoccupations pour vous en forger d'aussi futiles. Un grain sur ce jarret ! cela ne vaut pas le souci que vous semblez en avoir. Albert en aurait cinquante sur le corps que je n'aurais jamais eu l'idée de l'en débarrasser.

— Mais vous ne trouvez pas cela affreux !...

— Ah ! fit M. de la Genevraye avec un sourire, je ne nie pas que ce ne soit une imperfection au point de vue plastique. Mais vous poussez un peu loin l'amour de l'art... D'ailleurs, l'opération laisserait probablement une marque.

— Peut-être, mais ce serait toujours moins ridicule qu'une lentille de cette taille.

— Ah ! ah ! c'est à ce légume que vous en avez ! Comme le docteur, vous en voulez aux farineux !...

Cet enjouement décelait une résolution si arrêtée, que Mercedès jugea inutile de prolonger la discussion. Cet homme n'était-il pas le maître ? Elle se souvint des paroles de sa mère :

— Ton enfant ne t'appartiendra pas, avait prédit la veuve Pepin.

Il fallut bien céder. Mercedès ne trouva rien de mieux que de couvrir la tache sous un morceau de taffetas chair.

XIII

Au milieu de ces transes qui empoisonnaient chaque
minute de sa vie, madame de la Genevraye ne pouvait
songer à son ancien amant sans éprouver aussitôt une
irritation équivoque.

Le père de son fils, l'homme qui avait introduit
dans sa destinée, sous cette forme angélique de l'enfant, le démon du remords, elle se le représentait tel
qu'elle l'avait entrevu le jour du baptême, souriant et
fleuri, répugnant de santé. Tandis qu'elle se débattait
dans les embarras de sa maternité, il menait la joyeuse
vie de célibataire, chassait, pêchait, s'amusait, et comme
disait odieusement Manchard, « profitait »!... Il l'a-
vait quittée au seuil du malheur et l'avait attendue à
la sortie. Est-ce qu'elle ne devait pas le haïr ? Il avait
partagé sa faute et ne partageait pas son châtiment.
N'était-il pas juste qu'il souffrît aussi?

Cependant, par une contradiction étrange, elle n'eût
pas souhaité qu'il payât sa part de la dette commune.
Ce qui la choquait, ce n'était pas qu'il échappât aux

suites de leurs relations, c'était qu'il en acceptât avec tant de résignation la rupture. Sans doute, elle ne pouvait lui faire un grief d'ignorer les conséquences de leur liaison ; mais n'avait-il pas souffert d'un isolement de dix mois?

Ce n'était pas dans sa conscience, mais dans son amour qu'elle eût désiré qu'il souffrît. Si elle avait pu lire sur son visage les ravages de la passion inassouvie, s'il lui était apparu avec la pâleur des émotions contenues, l'œil fiévreux, les traits creusés, elle eût trouvé dans ce spectacle une sorte de compensation à ses propres maux. Elle se serait dit : Il ne souffre pas moins de mes résistances que je ne souffre de mes faiblesses; mes remords ne sont pas plus implacables que ses désirs... Et elle se serait considérée comme assez vengée.

C'était cette excuse qu'elle se donnait pour se disculper d'accueillir encore les lettres d'André. Son devoir était de les jeter au feu sans les ouvrir. Elle le sentait bien. Mais chacun de ces billets pouvait lui apporter enfin la seule représaille qu'elle désirât. Elle les lisait donc et les relisait, cherchant même entre les lignes les douleurs qui s'y dissimulaient peut-être, et pressant chaque phrase, chaque mot pour en faire sortir des larmes supposées... Peines perdues! Elle ne découvrait sous ces formules déclamatoires qu'une brutale réclamation. C'était quelque chose comme la sommation d'un créancier las d'attendre.

Elle les brûlait alors, ces lettres maudites, et, blessée, indignée, se promettait de n'en plus recevoir aucune.

Certes, de telles colères auraient pu passer pour de simples dépits. Cette victime qui choisissait cette dangereuse vengeance : être adorée ! ne se faisait-elle pas illusion sur sa façon d'entendre la justice ? N'y avait-il pas dans sa balance un grain d'amour-propre, sinon d'amour ?...

S'il en était ainsi, c'était à son insu. Elle croyait en toute sincérité à la vertu de ses ressentiments.

André, d'ailleurs, ne tenait plus que le second rang dans ses pensées. C'était sur son enfant que convergeaient ses plus vives inquiétudes. Chaque jour ajoutait de nouveaux soucis à ceux de la veille, et, comme si ce n'était pas assez des tracas du présent, ceux de l'avenir commençaient à se dresser devant elle.

Enfouir au plus profond de sa conscience la vérité connue d'elle seule et emporter dans la mort le mystère de sa vie, c'était en quelque sorte légaliser son adultère. Le bâtard gardait au foyer la place qu'il y avait surprise. Le jour où il ensevelirait sa mère, il acquerrait définitivement, par une sorte de prescription, la qualité de légitime. Tout était effacé...

Mercedès recula d'horreur devant cette hypo-
crisie.

Réduite à vivre aux dépens de l'homme qu'elle avait
trompé, elle ne voulait pas attabler son fils à la même
honte. Plutôt que de voir son bâtard jouir de l'affection, du nom et de la fortune de René, elle eût préféré le voir s'éloigner et chercher sa vie dans le travail.
Alors, il n'aurait pas à rougir de ses biens et de ses
titres; et si son verre était moins grand, du moins
boirait-il dans son verre !

Albert serait donc désabusé sur sa filiation, dès
qu'il aurait la raison de comprendre les sacrifices
qu'elle lui imposerait et le courage de les accepter.

Mais jusque-là ?...

Jusque-là, il fallait qu'il restât à la charge du mari
de sa mère; qu'il reçût de lui une éducation et une
instruction supérieures au rang modeste qui l'attendait; enfin, qu'il en subît l'aveugle tendresse.

C'était pour Mercedès un supplice de chaque jour
à supporter. Mais le seul moyen qu'elle eût de s'y
soustraire eût été de tout avouer à René et de s'enfuir
avec son enfant. Or, ce moyen, elle l'avait déjà repoussé; elle n'était pas disposée à y revenir. Le repos
de son mari était fait d'une ignorance qui commandait
le respect. Dissiper l'illusion de René, c'était empoi-
sonner son existence; c'était lui faire partager une

honte qui devait retomber sur elle seule. C'était le
tuer...

Le bonheur de son mari se rencontrait, d'ailleurs,
avec les timidités de son propre orgueil. Un tel aveu
eût été peut-être -audessus- de ses forces...

Elle ne désirait que plus vivement contribuer aux
charges de la maison. Elle se promettait de pousser
l'économie aux dernières limites, et songeait plus que
jamais à chercher des leçons, dès sa rentrée à Paris.
Si peu que son travail lui rapportât, elle aspirait au
jour où elle pourrait verser discrètement dans la
bourse de René son premier salaire. Elle complétait
ses études de piano, de dessin et d'espagnol, avec une
ardeur impatiente. Il y avait des jours où elle y travaillait cinq ou six heures.

Parfois, cependant, elle se surprenait exécutant
pour la centième fois la même gamme, du bout des
doigts, ou répétant depuis un quart d'heure la même
conjugaison, du bout des lèvres.

C'est que sa pensée distraite franchissait les années.
Une scène, toujours la même! lui apparaissait alors...
Son fils se tenait debout devant elle. C'était un beau
garçon de vingt ans, dans tout l'éclat de la jeunesse et
de l'élégance. Grand, un peu pâle, avec des cheveux
drus et moutonnés, une moustache fine et des dents
blanches, portant fièrement la tête, il avait l'aisance

8

familière et la distinction hardie du fils de famille, heureux de vivre et ne s'en cachant pas. Elle, les yeux baissés et rougissante, confessait, à mots couverts, à travers mille circonlocutions et mille réticences, l'affreux secret de ses entrailles. Chaque parole tombée de sa bouche arrachait à son fils un lambeau d'illusion. Fortune, titre, nom, considération, il était dépouillé, mot par mot, de tous les privilèges dont il avait insoucieusement joui jusque-là. Sa personnalité factice roulait subitement des hauteurs sociales et venait s'abîmer dans l'obscurité prolétaire. Le faux baron de la Genevraye se retrouvait Pepin-Manchard...

Elle s'efforçait de se dérober à ce mauvais rêve. Elle ne voulait pas songer à l'avenir. A chaque jour devait suffire sa peine. Que d'événements se produiraient en vingt ans? Sa situation pouvait changer, son horizon s'éclaircir. Qui savait si elle ne serait pas dispensée de ces aveux?

Mais le cauchemar hantait obstinément sa pensée. Elle ne pouvait regarder son enfant sans songer à l'homme qu'il deviendrait. Plus elle le voyait grandir et se développer, plus elle se sentait portée à le plaindre. Elle suivait d'un œil rêveur l'éducation quotidienne de ses jeunes sens et, loin de s'en réjouir comme les autres mères, elle s'en serait volontiers affligée. Jamais elle ne se disait : il a deux mois, il a dix se-

maines... sans penser en même temps, que le dénoue
ment de cette enfance s'approchait d'un temps égal.

Une pitié croissante l'envahissait sans qu'elle crût
devoir résister. Ne pouvait-elle pas plaindre son bâtard
sans faire une nouvelle injure au mari trompé? Elle
se répétait avec amertume :

— Pauvre petit, que deviendra-t-il?

Un soir que M. de la Genevraye montrait à sa femme
une nouvelle épreuve du petit Albert, qu'il avait tirée
la veille, la mère Presles, qui tenait l'enfant sur ses
genoux, s'écria :

— Hein! mon petit poulot, quand vous ferez à votre
tour la photographie de votre papa?... Ah! le joli petit
photographe que cela fera!

— Certainement, dit René, je lui enseignerai le peu
que je sais. C'est une distraction charmante.

— On dit même que c'est un métier très lucratif,
hasarda Mercedès.

— Espérons qu'il n'en aura jamais besoin.

— Qui sait? ajouta la jeune femme en dissimulant
sa tristesse sous un sourire.

— Eh! ne riez pas, ma chère amie, tout homme,
fût-il destiné à la carrière des armes, doit être en état
de gagner sa vie d'une autre manière.

— Aussi ferons-nous donner une instruction solide
à ce chérubin-là, n'est-ce pas? demanda Mercedès

que les mots *carrière des armes* avaient fait fris-
sonner.

— C'est bien mon intention, répliqua René avec
son flegme habituel.

XIV

Manchard s'était récemment abonné au *Figaro*.
Chaque jour, il parcourait les faits divers et la chronique judiciaire, passait en revue les annonces, res-
tituait la feuille à ses plis et dépensait tant de génie
pour déterminer son fils à la porter immédiatement
chez madame Lemahodon, qu'il semblait, en vérité,
s'être abonné uniquement pour procurer au jeune
homme cette corvée ou à la vieille dame cette
distraction.

Un soir, comme André venait, avec une résignation
exemplaire, de remettre le journal à sa destination,
madame Lemahodon lui demanda :

— Auriez-vous l'obligeance d'entrer à la Genevraye,
en passant ? Vous diriez à mademoiselle Edwige que
j'ai besoin d'elle avant le dîner.

L'amant de Mercedès saisit avec empressement cette
occasion inespérée de forcer la consigne du château.
Il y courut.

8.

— Mademoiselle Edwige est chez madame de la Genevraye? dit-il à la femme de chambre.

Et, sans attendre de réponse :

— J'ai deux mots à lui dire de la part de madame Lemahodon; annoncez-moi, fit-il d'une voix impérative.

Il s'avança en même temps avec tant d'assurance que la femme de chambre obéit.

La jeune fille, assise sur un tabouret, brodait. Madame de la Genevraye, courbée sur ses crayons, travaillait à un pastel. Elle se redressa vivement en apercevant André. Il s'excusa et s'acquitta de la commission dont il était chargé.

—- Mon Dieu ! s'écria Edwige effrayée, est-ce qu'elle est malade ? ou Bertrande a-t-elle une crampe d'estomac ?

—Peut-être, mademoiselle Bertrande... dit André exploitant l'inquiétude de la jeune fille, car madame votre mère m'a paru bien portante.

— Encore quelque indigestion ! supposa Edwige.

En une minute, elle fut prête à partir. Elle embrassa rapidement son amie et s'enfuit.

Un moment de silence suivit son départ. André était debout, enveloppant sa maîtresse d'un regard avide, et cherchant sans doute une entrée en matière. Elle, avec un calme feint, s'était remise au travail.

C'était le portrait de son enfant endormi qu'elle

commençait. L'œil alternativement fixé sur son pastel et sur l'oreiller où sommeillait son modèle, elle semblait avoir déjà oublié la présence du jeune homme. Mais son crayon effleurait à peine le papier, tant elle craignait d'y laisser la trace de son trouble.

Pour la première fois, depuis cette nuit de novembre où elle s'était arrachée à ses embrassements, elle se retrouvait en tête à tête avec son amant. Toutes sortes de sentiments confus l'agitaient en ce moment. Elle était à la fois attirée et repoussée par cet homme. Aux vagues griefs qu'elle se sentait contre lui se mêlaient d'ardents souvenirs. Elle revoyait la serre tiède, pleine de fleurs capiteuses et surtout ce réduit de photographe, si étroit qu'on avait à peine la place de s'y aimer. Et l'homme qui s'était glissé avec elle dans l'obscurité des rendez-vous était là... Elle n'avait qu'un mot à dire pour qu'il tombât à ses pieds; le bonheur évanoui revenait au-devant d'elle, malgré elle.

Par une irrésistible attraction, elle leva les yeux sur André. Leurs regards se rencontrèrent.

L'impression pénible que Mercedès avait ressentie le jour du baptême, elle l'éprouva plus vivement cette fois. Le fils de l'éleveur ressemblait singulièrement à son père. Il en avait les fortes lèvres et les joues rebondies. Son teint enflammé semblait refléter les rutilances de sa chevelure; les poils fauves de sa mous-

tache avaient des rudesses de crins. Son cou épais
s'emboîtait brusquement dans des épaules trop larges.
Il avait les mains massives et les pieds vigoureux...
Elle fut tout étonnée de le trouver lourd, presque commun.

— Comme il a changé ! pensa-t-elle.

Son visage se baissa vivement sur le pastel et prit
une expression si significative que le jeune homme
déconcerté crut devoir s'excuser.

— Je vous dérange ? hasarda-t-il.

— Mon Dieu ! non, vous voyez, répondit-elle sans
plus relever la tête.

— D'ailleurs, reprit André en s'asseyant, il ne tient
qu'à vous...

— Pardon ! voulez-vous passer de ce côté? vous
m'interceptez le jour.

— Oh! vous ne me découragerez pas, dit-il en
s'exécutant. Il faudra bien que vous m'entendiez jusqu'au bout.

— Cela dépend de ce que vous me direz.

— Ce que je vous dirai ! vous le savez par avance.
— Nullement.

— Cependant, la situation que vous me faites n'a
pas besoin de longs commentaires. Bien que vous
m'ayez refusé jusqu'à l'occasion de m'en plaindre, mes
tentatives ont dû vous dire...

— Vous plaindre ! Et de quoi ? Quand on a, comme vous, tout ce qu'il faut pour être heureux, on est coupable de se plaindre.

Tout en parlant ainsi, elle regardait, penchant un peu la tête sur le côté, l'enfant baigné dans la lumière blanche de la mousseline...

— Être heureux ! s'écria le jeune homme, est-ce que je le puis ? Oh ! vous n'imaginez pas combien la solitude me pèse maintenant ! Savez-vous à quoi je passe mon temps ?

— Je ne vous le demande pas.

— Je vous le dirai pourtant... Je monte presque tous les jours aux bois du Saulx, pour avoir de l'ombre sous les châtaigniers... Quand je pense que je trouvais cela beau, autrefois ! C'est bien triste, les bois... Je tourne jusque vers la Crucée et je cherche le garde. Si je le rencontre, nous revenons sur la ferme et nous buvons ensemble un pichet de vin blanc, pendant que son chien et le mien s'ébattent sur les litières... Le meilleur moment de ma journée... Souvent je ne rentre qu'à la brune. Quand la nuit était belle, j'avais l'habitude de monter à ma chambre et de m'asseoir sur le rebord de la fenêtre. Là, les jambes pendantes, je fumais en rêvant de vous... Maintenant, je ne peux plus rester en place ; il faut que je marche, même quand j'ai mes cinq lieues dans les jambes. J'arpente le jar-

din jusqu'à extinction de tabac, puis je monte. Mon
cor de chasse se vert-de-grise à son crochet. Je n'ouvre
plus mon piano ; ça m'agace de rester sur ce tabouret.
Et puis, dans ces derniers temps, je tapais tellement
fort que ma mère, qui est presque sourde, en était
gênée... Je me couche donc... Pour dormir ? Oh ! non.
Je me retourne en tous sens jusqu'au petit jour. Alors
je cours prendre mon bain ; mais quand j'ai nagé une
demi-heure, il me vient des envies de me laisser
couler... Voilà mes journées. Si au moins la chasse était
ouverte ! J'aurais du plaisir à tuer... Et vous croyez
qu'il n'y a pas de quoi devenir fou de se sentir ainsi
une activité infatigable et d'en être réduit à tourner
niaisement sur soi-même !...

— Vous avez des connaissances en ville, des amis
de collège. Qui vous empêche de les voir ?...

— La plupart sont à Paris, étudiants ; les heureux,
ceux-là ! les autres sont retirés dans leurs terres. D'ailleurs, qu'est-ce que je gagnerais à leur compagnie ? Ce
ne sont pas des camarades, vous le savez bien, qu'il
me faut. C'est vous, Juana, qui m'êtes nécessaire...
Est-ce que j'éprouvais ces malaises quand vous me
permettiez de vous aimer ? Alors je ne me plaignais
de rien, pas même de la brièveté de nos réunions. Je
savais que vous me donniez tout ce que vous pouviez
et je m'en contentais. Je jouissais de vous par l'espé-

rance, avant de vous voir; par le souvenir, après. Un
baiser de vous me durait vingt-quatre heures... Oh !
j'étais bien heureux alors!...

Pendant qu'il parlait, Mercedès avait affecté de con-
tinuer son travail. De temps en temps, elle s'arrêtait
et penchait la tête pour juger des proportions, ou comparait les distances avec son canif. Elle avait repris
pleine possession d'elle-même. Les plaintes de son
amant ne réussissaient pas à l'émouvoir. Cette parole,
dont le timbre faisait vibrer autrefois les cordes les
plus intimes de son être, n'arrivait plus jusqu'à son
cœur. Elle fut surprise de trouver tant d'emphase dans
cette voix grasse, tant de déclamation dans sa phrase
filandreuse. Cette monnaie sentimentale sonnait faux...

— Mais ce n'est pas lui! se répétait-elle.

Elle se sentait assez forte en ce moment pour imposer silence à cet audacieux. Cependant elle se contenta de répondre :

— Vous ne savez pas vous occuper. Faites comme
moi : travaillez.

Il ricana.

— Que voulez-vous que je fasse ? Je ne suis bon à
rien. Toutes les sèves de la jeunesse bouillonnent en
moi sans pouvoir s'ouvrir une issue.

— Eh bien, revenez à la musique. Retournez à
votre maître préféré, à Weber; il vous enthousiasmait

autrefois. Apprenez de lui le grand art. Mettez à profit votre solitude; faites l'éducation de votre talent.

Il haussa les épaules.

— Mon éducation ! Il faut, pour étudier, une liberté d'esprit que j'ai perdue en vous connaissant. Je ne sais plus voir ni entendre que vous. Je ne suis plus d'âge à apprendre, mais à éprouver.

— Soit. Laissez alors un libre cours à vos inspirations. Ces images regrettées... que vous ne reverrez plus, faites-les revivre dans vos compositions. Toutes ces énergies comprimées, faites-les passer dans vos œuvres. Traduisez-vous... On dit que les grandes douleurs font les grands artistes !

Elle avait posé canif et crayons. Son regard, attaché sur le petit lit, semblait s'y reposer avec une complaisance distraite.

L'enfant dormait toujours... Charme adorable de l'innocence ! Mercedès se sentait prise de respect devant la majesté du berceau; il lui semblait que la moindre faiblesse eût troublé le sommeil de cette candeur.

— Ce ne sont pas les consolations de l'orgueil qu'il me faut, dit le jeune homme. On ne console pas la maladie, on la guérit ou elle vous emporte.

Cette exclamation dramatique fit sourire madame de la Genevraye.

— Laissez-moi espérer, dit-elle, que la vigueur de votre constitution...

Il interrompit brusquement.

— Oh! ne raillez pas! s'écria-t-il, car je parle sérieusement, moi.

— Alors, fit Mercedès d'une voix grave, je vous plains, voilà tout.

— Juana! Juana! vous cherchez à me tromper, à vous tromper vous-même. Car vous m'aimez, ne niez pas... Je vous dis que vous m'aimez.

Elle se leva, alla prendre son enfant, et le coucha si doucement sur ses genoux qu'il ne s'éveilla pas. Et, avec mille précautions, elle se mit à lui donner, du bout des lèvres, de longs baisers muets sur les yeux, sur les joues, sur ses mains mignonnes, qu'il tenait fermées en sommeillant.

— Vous voyez bien, reprit André, vous ne répondez pas...

— Mais si, dit-elle négligemment.

Ces baisers, c'étaient, en effet, autant de réponses, et les plus éloquentes qu'elle pût trouver. Elle mettait entre elle et lui la sainteté de l'amour maternel et se faisait un rempart de son fils.

Abasourdi par ce manège, le jeune homme se leva.

— Adieu, dit-il d'une voix mélodramatique.

— Adieu.

9

Il saisit son chapeau d'une main fiévreuse et sortit.

Madame de la Genevraye se pencha alors sur son enfant qu'elle balançait sur ses genoux. Elle le regarda longuement, fixement. Une expression indéfinissable assombrit son visage et une larme troubla ses yeux.

XV

Depuis cette matinée où, affolée sous le coup du châtiment, elle avait repoussé de sa poitrine le contact de son bâtard, cette première aversion avait été en s'affaiblissant de jour en jour. Chaque plainte, chaque sourire de l'innocente créature avait dissipé quelqu'une de ces répulsions. Elle avait subi, non sans s'y attarder volontiers, ce charme nouveau pour elle. Une ombre de sollicitude inquiète était descendue sur le berceau de son enfant. Elle ne le voyait plus qu'à travers de mélancoliques compassions... Mais cette pitié, dont elle n'avait pas songé à se défendre, n'était-ce pas de l'amour?

Pour la première fois elle se rendit compte du travail latent qui s'était opéré au plus obscur de son cœur. Les scrupules qu'elle avait si spontanément éprouvés l'assaillirent de nouveau avec plus de violence que jamais. Aimer son fils! Avait-elle ce droit? N'était-ce pas son amant qui la regardait par ces yeux tout pleins

de profondeurs étonnées? son amant qui lui souriait
par ces lèvres mignonnes? qui l'appelait par ces délicieux balbutiements? qui lui tendait ces petits bras?

Quand elle prenait cet enfant sur ses genoux, quand
elle l'appuyait contre son sein et se penchait sur sa
tête aux blonds duvets, n'était-ce pas son amant qu'elle
tenait ainsi, et comment ne sentait-elle pas courir
un frisson de remords? Pouvait-elle donc oublier quel
sang coulait sous cette peau rose?... L'aimer! Mais
c'était introduire la trahison sous le toit domestique!
C'était asseoir le déshonneur au foyer même de l'époux
déshonoré! René suivant, d'un œil bienveillant, les
caresses qu'elle donnait à cet enfant, les encourageant
d'un paternel sourire... Était-il rien de plus odieux?

Si du moins le mariage lui avait donné un enfant
légitime! Elle l'aurait comblé, celui-là, de ses caresses
les plus saintes; mais n'aurait-elle pu abandonner au
bâtard les miettes de cette affection? Après avoir adoré
le premier, elle aurait aimé le second. Elle se sentait
bien de la tendresse pour deux, et il lui semblait qu'en
partageant son cœur entre deux elle eût diminué sa
faute de moitié.

Hélas! M. de la Genevraye paraissait parfaitement
satisfait de sa lignée. Un jour que Mercedès vantait
le bonheur de ces familles fécondes, dont certaines
maisons nobles offrent encore aujourd'hui le tableau

patriarcal, son mari laissa tomber cette évangélique proportion :

— Dieu envoie dix enfants là où il a mis six cent mille livres de rente; nous qui n'avons reçu de lui que quatre-vingt mille francs de revenu, nous ne pouvons pas lui demander plus d'un héritier. Il nous épargnera le souci de voir notre fortune dispersée.

XVI

L'été s'achevait lentement. M. de la Genevraye songea que l'aménagement de son hôtel, fort négligé au
milieu de ses préoccupations domestiques, exigeait
encore quelques semaines de travail. Or, s'il tenait
à présider lui-même à ses vendanges, afin d'expéri-
menter le nouveau pressoir de Manchard, il regardait
aussi comme indispensable de rentrer à Paris aussitôt
après cette opération, pour éviter aux poumons de sa
progéniture le contact des brouillards de novembre.
Il résolut donc d'en finir au plus tôt avec les décora-
teurs et les tapissiers et partit immédiatement pour
Paris; son absence devait durer huit jours à peine.

Manchard passait pour un fécond inventeur. Il avait
imaginé un nombre respectable de machines agricoles,
essoreuses, turbines et autres engins industriels; mais
il ne les avait jamais exploitées personnellement. Il
en dressait l'épure, faisait construire un modèle qu'il
exposait au comice, recueillait quelques félicitations

dans le *Journal des Fermes*, et se hâtait de céder son brevet à un entrepreneur.

Le pressoir dont il avait proposé l'essai à M. de la Genevraye, était une machine ingénieusement combinée et dont l'ambitieux villageois attendait les meilleurs résultats pour sa candidature : un vrai pressoir électoral. L'appareil n'étant pas achevé au moment du départ de M. de la Genevraye pour Paris, l'essai en eut lieu en présence de Mercedès, à qui son mari avait envoyé ses instructions.

Le hangar se trouvait à sept cents mètres environ, entre Trèfles et la Genevraye. Manchard, pour donner à la jeune femme une idée de la facilité du travail, n'avait amené aucun auxiliaire. Il se mit en bras de chemise et exécuta seul les manœuvres.

Madame de la Genevraye félicita vivement l'inventeur, et celui-ci, rouge de vanité autant que d'efforts, remettait péniblement sa jaquette, quand quelques gouttes de pluie commencèrent à tomber. Le maire mit la main au-dessus de ses yeux, inspecta les nuages et déclara qu'il y en avait pour un quart d'heure.

Force fut d'attendre la fin de l'ondée. Mercedès s'assit sur un escabeau et on causa.

Manchard expliqua qu'il enverrait faire le lendemain un lessivage complet de l'instrument ; il passa en revue ses diverses découvertes, fit l'éloge des comices régio-

naux, et vira adroitement vers la politique. Puis, la
pluie ne cessant pas, il aborda la question électorale,
fit quelques allusions à la démission possible de
M. Lemahodon et posa tout doucement sa candidature.

Madame de la Genevraye fit poliment les plus rassu-
rantes conjectures sur l'issue de ce projet. De temps
en temps, elle se levait pour aller inspecter le ciel.
De larges nuées montaient du sud et soudaient leurs
nappes noires en s'avançant. Cette pluie n'était évidemment que l'avant-garde d'une averse. Manchard
secoua la tête, en accusant le vent d'avoir subitement
changé.

Cependant le temps s'écoulait; il était cinq heures
et les Lemahodon devaient précisément dîner à la Genevraye ce soir-là. On se consulta. Cet embarras four-
nit au maire l'occasion d'un dévouement héroïque ; il
offrit d'aller chercher un parapluie ! Mercedès feignit
de s'y opposer, mais Manchard, n'écoutant que les
intérêts de sa candidature, courait déjà vers Trèfles,
son mouchoir rouge autour du cou.

Dix minutes plus tard, André apparaissait tout à
coup devant la porte. Il était armé de deux parapluies,
dont l'un aurait pu abriter quatre personnes sous son
écran de coton bleu.

En apercevant son amant, Mercedès fronça les sourcils et se leva aussitôt.

— Vite ! dit-elle d'une voix brève.

— Est-ce que je vous fais peur? demanda le jeune homme.

Elle sourit dédaigneusement.

— A la bonne heure ! reprit André en juchant les parapluies sur le plateau du pressoir, hors la portée de Mercedès.

— Eh bien! que faites-vous donc? interrogea-t-elle.

— Mon père était trempé jusqu'aux os. Pour ne pas vous faire attendre qu'il eût changé de vêtements, il m'a dépêché à sa place... Mais il faut d'abord que je vous parle.

— A quoi bon? Partons, je vous prie.

— Oh ! vous m'accorderez bien le temps de m'expliquer. Les occasions comme celles-ci sont trop rares pour être perdues.

La jeune femme le regarda avec inquiétude.

— N'est-ce pas la première fois, depuis nos chers rendez-vous, que le hasard nous rend la sécurité d'un tête-à-tête.

— Les circonstances sont bien changées, dit sèchement Mercedès.

— Je ne sais... Vos sentiments ont-ils varié? J'en doute. Quant aux miens, vous les connaissez. Qu'y a-t-il donc de nouveau entre nous? Vous ai-je froissée, of-

9.

fensée sans le savoir ? Est-ce une épreuve que vous
voulez me faire subir ? Je me le demandais l'autre jour,
en vous quittant. Je me disais aussi : « C'est peut-être
mon impatience qui lui déplaît. » Tenez, Juana, un
mot de vous, seulement un mot, et j'attendrai...

— Vous savez bien que c'est impossible.

— Alors pourquoi m'avoir bercé de cette espérance ?
Pourquoi m'avoir trompé ?

— Trompé !...

— Souvenez-vous donc de cette soirée de novembre
dans la serre, huit jours avant le retour de votre mari.
Vous veniez de m'annoncer l'...accident qui allait
nous séparer. J'étais consterné. Cette séparation provisoire me semblait devoir être éternelle et je ne pouvais m'y résigner. Je vous pressais de questions sur
l'avenir ; je vous disais : « Promets-moi que nous nous
reverrons, que tu me reviendras ?... » Vous refusiez de
vous engager. Alors je me suis révolté ; j'ai crié, sup-
plié... C'était donc pour vous débarrasser de moi que
vous m'avez répondu : « Oh ! mon ami, vous savez bien
que je suis à vous pour toujours ! »

Madame de la Genevraye avait rougi.

— La hardiesse de vos procédés, dit-elle, me donnerait le droit de ne pas vous répondre. Mais je veux
bien oublier que vous me tenez ici malgré moi, à la
condition toutefois que cette explication sera la der-

nière... Sachez-le donc, une fois pour toutes, je ne vous reconnais pas le droit de me donner des leçons de fidélité.

André fit un geste d'emportement.

— Ainsi, s'écria-t-il, vous m'aurez fait attendre pendant des mois l'exécution de votre promesse, et quand, perdant patience, je me permets de vous la rappeler, c'est par une fin de non recevoir que vous croyez vous libérer de votre dette !

Mercedès tressaillit.

— Je n'ai contracté aucune dette, monsieur.

— Je me suis donné tout entier, pourtant, sur la foi d'une parole; que m'avez-vous donc donné en échange ?

— Ce que je vous ai donné ? Ah ! mille fois plus que je n'ai reçu !... Ce que je vous ai donné !...

Elle allait éclater, découvrir l'ulcère de son cœur, dire de quelles souffrances elle avait payé ses joies et jeter son supplice maternel à la face de cet insensé... Elle se contint.

— Que sont donc, s'écria-t-elle, vos prétendus droits en face de mes devoirs ?

— Vous apparteniez-vous davantage, il y a quelques mois, quand...

— Mais c'est donc mon humiliation que vous voulez ! interrompit Mercedès. C'est donc ma confession, l'aveu de mes remords qu'il vous faut! Non, je ne m'appartenais pas quand je me suis donnée, et c'est pour cela que je me reprends. Non, je n'avais pas le droit de vous engager une parole qu'un autre avait reçue, et c'est pour cela que je ne vous dois rien... Tenez, finissons-en !

Elle jeta un coup d'œil à travers les vitres. Le vent battait avec force les cloisons de sapin et sifflait à travers les ais du châssis ; la pluie, crépitant sur l'appentis, ruisselait des bords de l'auvent. André se passa la main sur le front, en secouant sa chevelure.

— Vous me rendrez fou, dit-il.

Il était pourpre et tout en sueur. L'odeur des baies écrasées remplissait le hangar.

— Finissons-en, répéta-t-elle, donnez-moi ce parapluie.

— Non !

— Est-ce que vous prétendriez?... balbutia-t-elle.

Il la regardait avec un sourire si étrange, qu'elle frissonna. Il avait les yeux brillants, les narines dilatées, les lèvres blanches. La pluie tombait toujours à torrents ; le jour baissait de minute en minute. André fit un pas vers la jeune femme.

Je vous aime... dit-il d'une voix creuse.

Elle recula, toute tremblante, contre la porte.

— Oh! vous me faites peur ! murmura-t-elle.

— Je vous fais peur... grinça-t-il avec un geste violent.

Il tenait les poings fermés ; sa gorge était étranglée et sa respiration forte. Il avait la langue si sèche et les dents si serrées, qu'il pouvait à peine articuler.

— Je vous... fais... peur, répétait-il sourdement en faisant un nouveau pas en avant.

Mercedès, livide, acculée contre les planches, suivait chacun de ses mouvements.

Il resta un instant immobile, dardant sur elle un regard fauve. Une hésitation semblait paralyser sa parole et sa marche... Une rafale assourdissante ébranla le hangar ; on eût dit que la fragile toiture allait s'enlever d'une seule pièce.

Tout à coup André poussa un son rauque, et, tendant les bras en avant, il se rua sur sa maîtresse.

Mercedès éperdue jeta un cri. Elle chassa violemment la porte et, d'un bond, s'élança dehors, avant que le jeune homme eût le temps de la saisir... Affolée, elle se mit à courir à travers champs, sous des flots d'eau, piétinant dans les flaques, accrochant sa jupe à tous les chaumes, haletante, sans se retourner.

André s'était élancé à sa poursuite ; mais dès les premiers pas, soit qu'il eût glissé dans la boue, soit qu'un étourdissement subit l'eût aveuglé, il était tombé à la renverse, comme une masse, au bord du chemin.

XVII

Deux ou trois jours après son retour de Paris, M. de la Genevraye entra, un matin, de bonne heure, dans la chambre de sa femme.

— Allez donc voir l'enfant, dit-il, je crains qu'il ne soit malade.

— Malade ! fit vivement Mercedès, qu'a-t-il ?

— Je ne sais pas. Il a crié toute la nuit. J'ai envoyé chercher Percinal.

Madame de la Genevraye courut à la chambre de son fils. La mère Presles et la nourrice l'accueillirent d'un air consterné. L'enfant était d'une pâleur inégale. Sa respiration lourde et rapide semblait soulever avec peine sa poitrine. Il toussa péniblement, deux ou trois fois, devint pourpre et se remit à crier en pleurant, tandis qu'un peu de salive mouillait ses lèvres contractées. La mère Presles raconta qu'il s'était plaint presque toute la nuit, en s'agitant dans ses langes. Elle avait même constaté plusieurs frissons.

Mercedès, sans rien dire, s'assit auprès du berceau, en attendant l'arrivée du médecin. Le froncement de ses sourcils trahissait de sombres pensées. La colère, plutôt que la souffrance, se lisait sur son visage. Elle cherchait à détourner ses yeux du berceau. Mais quand ses regards revenaient vers le petit malade, un éclair passait dans la profondeur de ses prunelles noires, illuminant en elle je ne sais quelles rages obscures et contenues.

Percinal arriva un peu avant midi, en s'excusant de s'être trouvé absent au moment où M. de la Genevraye l'avait fait demander.

— Et puis, c'est si loin ! ajouta-t-il, en essuyant son front parfaitement sec.

Il visita l'enfant, lui tâta les mains, les tempes, le côté, l'ausculta, lui examina la bouche et la gorge, recueillit, sur une batiste, un peu de salive que la toux venait d'y amener, et en examina minutieusement la consistance, se fit renseigner sur la façon dont « cela avait commencé », adressa quelques questions à la nourrice; puis, se retournant vers M. de la Genevraye qui suivait chacun de ses mouvements :

— Voilà un de ces cas où le diagnostic ordinaire courrait grand risque de se tromper. Si je m'en tenais exclusivement aux symptômes que j'ai sous les yeux, je dirais : — Voilà le début d'une fluxion de poitrine...

Mais si je tiens compte de la constitution de monsieur le comte et de sa prédisposition aux accidents goutteux, je n'hésite pas à déclarer que nous avons affaire à une des formes de la goutte larvée, le catarrhe.

— Vous croyez? dit Mercedès, que cette façon de pronostiquer ne rassurait guère.

Percinal fit un geste doctoral.

— Cependant, reprit la jeune femme, vous reconnaissez bien que ce sont là tous les symptômes de la fluxion de poitrine.

— Sans doute, sans doute.

— Eh bien, si réellement...

— Quiconque se bornerait à l'examen de ce cher enfant pourrait, en effet, s'arrêter à cette hypothèse. Mais, je le répète, en consultant le tempérament paternel, je ne puis hésiter. Nous sommes en présence d'une affection de nature catarrhale.

— Est-ce que le traitement est le même dans les deux cas? demanda madame de la Genevraye.

— Tout l'opposé, au contraire; et voilà bien qui vous montrera, madame la comtesse, à quel point je suis sûr de ma méthode. Car le traitement réclamé par l'affection que je vous signale, et qui se réduit à l'administration de quelques toniques, produirait les effets les plus désastreux sur la maladie que vous paraissez craindre.

— De sorte qu'au lieu de guérir, ces toniques...

— Précisément.

— Mais, insista Mercedès effrayée, si vous n'étiez pas à même de consulter la constitution de mon mari, que feriez-vous?

— Dame! je serais obligé de m'en rapporter aux symptômes de la maladie elle-même.

— Alors, c'est la fluxion de poitrine que vous combattriez?

— Évidemment.

— Alors...

— Ma chère amie, interrompit René, je crains que nous ne perdions notre temps. Le docteur sait mieux que nous ce qu'il faut faire. Nous ne pouvons que nous en rapporter à son expérience.

Mercedès observait anxieusement son enfant, qui se retournait de temps en temps dans son berceau en poussant des gémissements plaintifs. Elle cherchait un prétexte pour faire renoncer le vieillard à ses fatals procédés.

— Si nous attendions que la maladie fût nettement dessinée? demanda-t-elle.

— Mais rien n'est plus net, assura Percinal.

— Je ne vous comprends pas, dit M. de la Genevraye. Croyez-vous que l'amour maternel soit un meilleur guide que la science en matière de maladie?

— Je ne vois pas cependant d'inconvénient à temporiser, reprit le docteur, l'expectation étant justement applicable au cas de ce cher petit ange; toutefois, j'insiste pour qu'il lui soit administré, dès aujourd'hui, une petite potion tonique. Il est essentiel d'attaquer immédiatement le mal par cette voie.

Mercedès vit que ses observations étaient inutiles et qu'un seul argument, — celui-là même qu'il lui était interdit de faire valoir, — eût pu convaincre le docteur et le faire renoncer à sa méthode. Elle feignit donc de se rallier à son opinion, tout en se promettant de ne tenir aucun compte de ses prescriptions.

Percinal ne fit pas d'ordonnance. Il offrit de courir immédiatement à Mâcon et d'en rapporter les médicaments nécessaires. Mais M. de la Genevraye, voulant épargner au vieillard la fatigue du retour, le fit accompagner par le valet de chambre.

— Maudit nævus! pensait Percinal en fouettant sa jument, c'est parce que je n'ai pas pu m'engager à le faire disparaître que j'ai gagné l'inimitié de cette pécore. Elle m'en veut, c'est sûr. Pourquoi m'aurait elle fait cette opposition?... Après ça, qu'est-ce qu'elle pourra me reprocher quand j'aurai guéri son enfant? Il faudra bien qu'elle me remercie... Allons, vieux Marius, voilà peut-être une occasion de te caser; il s'agit de prendre la balle au bond.

Madame de la Genevraye se fit servir son déjeuner
dans la chambre du malade. Elle ne voulait plus s'éloigner de l'enfant. Comme son mari s'était retiré dans la
bibliothèque, elle en profita pour doubler la couverture et mettre un moine au pied du berceau, car elle
se souvenait vaguement d'avoir entendu dire que la
fluxion de poitrine exigeait beaucoup de chaleur. Ce
fut tout ce qu'elle osa prendre sur elle. Percinal,
d'ailleurs, ne pourrait tarder de se rendre à l'évi-
dence.

Le domestique revint avec un paquet, une fiole et
une note explicative du docteur indiquant la manière
d'administrer la potion. C'était un liquide louche, aux
teintes d'opale. Mercedès l'examina avec attention ;
puis, frappée d'une idée soudaine, elle sortit.

Quelques gouttes de lait dans un peu d'eau produiraient un liquide d'apparence identique. Elle allait
opérer cette substitution.

Elle n'avait pas fait quatre pas dans l'antichambre
quand elle se trouva en présence de son mari.

— Ah ! dit-il, en voyant le flacon qu'elle tenait à la
main, les médicaments sont enfin arrivés !

Toute défaite était impossible. Madame de la Genevraye dut changer de tactique.

— Oui, répondit-elle en rentrant dans la chambre,
et j'allais justement m'entendre avec vous.

— Je croyais que le docteur devait envoyer un mot d'explication.

D'un geste Mercedès congédia la nourrice.

— Ce n'est pas de la dose à observer que je voulais vous parler, dit-elle. J'allais, au contraire, vous réitérer mes soupçons sur la perspicacité de Percinal.

— J'espérais, fit René, qu'il avait fini par vous convaincre.

— Je m'étonne que vous puissiez vous fier à la science d'un original, qui prétend discerner par la constitution du père la maladie de l'enfant. Pour moi, je n'ai pas la moindre confiance dans ce beau système.

— C'est-à-dire que vous prétendez en savoir plus long que le médecin.

— S'il s'agissait d'une indisposition sans gravité, j'exécuterais ses prescriptions, tout en me réservant d'en sourire. Mais je ne puis me résigner à laisser faire sur cet enfant des expériences aussi graves.

— Il ne s'agit pas d'expériences; il vous a déclaré qu'il était sûr de son fait, qu'il s'agit d'un véritable catarrhe dont ma constitution goutteuse...

— Il vous a déclaré aussi que le remède applicable à cette maladie serait absolument contraire à la fluxion de poitrine; en sorte que s'il se trompait...

— C'est précisément la gravité de sa responsabilité qui doit vous rassurer. Pour qu'un homme se prononce aussi catégoriquement sur un traitement dont les conséquences peuvent être si funestes, il faut qu'il n'ait pas la moindre incertitude sur la maladie.

Mercedès s'anima.

— Eh ! vous savez bien ce que sont les gens à système ; ils n'admettent pas que leur théorie puisse se démentir.

— Et moi, je n'admets pas qu'un vieillard de soixante-neuf ans puisse se jouer de la vie d'un enfant.

— Se jouer ! je ne dis pas cela ; mais, avec les meilleures intentions, on peut se tromper...

— C'est très probablement ce qui vous arrive en ce moment.

— Permettez, je n'ai pas l'esprit pétrifié dans une prétendue découverte.

— Pensez-vous que la maternité soit un guide plus sûr que la médecine, si exclusive qu'elle se fasse ?

— Oui, je crois aux pressentiments de l'affection ! Riez de moi, mais je crois encore à la voix du sang, et je l'écoute... Est-ce que vous ne seriez pas au désespoir si les faits me donnaient raison ? si demain, cette nuit, vous voyiez ce pauvre être dépérir sous vos yeux, tué par une erreur de charlatan ?

— Est-ce que vous-même, vous ne vous reprocheriez pas, toute votre vie, si l'erreur venait de vous,

d'avoir privé cet enfant du remède qui l'aurait sauvé,
et de le voir mourir par votre obstination ?

La parole de René était devenue brève et sèche. Évidemment l'insistance de sa femme l'irritait. Madame de
la Genevraye ne semblait pas s'en apercevoir. Sa voix,
au contraire, s'élevait progressivement contre la résistance ; elle soutenait, sans faiblir, le regard de son
mari. La révolte montait comme une marée dans son
âme. Elle se sentait à bout d'abnégation, à bout de re-
noncement. Elle avait pu refuser à son enfant une affection qu'elle regardait comme illégitime ; elle avait pu
le priver parfois de caresses qu'elle croyait coupables,
mettre entre elle et lui la profondeur d'un remords...
Elle ne pouvait lui refuser la vie, et, passive, se dire
en le voyant assassiner : — Je n'ai pas le droit de le
défendre !...

— Votre affection vous affole, reprit René. Si je
vous écoutais, nous irions à une catastrophe.

— Moi, le tuer ! s'écria Mercedès en jetant sur le
berceau un regard de feu, ah ! est-ce qu'une mère ?...
Est-ce que je ne sens pas, quand je tiens cette fiole,
qu'elle contient la mort de mon enfant !

Elle agitait fébrilement le flacon.

— Eh ! quand vous le sentiriez, qu'est-ce que cela
prouve ? demanda René. J'aurais beau tenir cette fiole
pendant une heure, je sentirais peut-être tout le con-

traire. Qui de nous deux aurait tort?... Voyons, soyez
raisonnable. C'est encore ce pauvre petit qui pâtit de
vos discussions; il y a une demi-heure qu'il devrait
avoir avalé la première cuillerée de sa potion.

— Mais c'est impossible!... C'est impossible!... Cet
enfant ne peut pas boire cela !

— Mercedès! fit M. de la Genevraye impérieusement.

— René! René! s'écria la jeune femme, vous ne
pouvez pas exiger cela de moi! Je vous dis que je suis
sûre que c'est une fluxion de poitrine! Cet homme se
trompe...

Le hobereau se redressa.

— En vérité, je ne vous reconnais plus, madame,
et, si je ne faisais pas la part de vos inquiétudes maternelles, j'aurais le droit de vous juger sévèrement.

— Condamnez-moi, si vous le voulez; traitez-moi de
folle et d'entêtée. Je supporterai tout... pourvu que
vous me laissiez soigner l'enfant à ma guise.

— Mais enfin, s'écria M. de la Genevraye outré, vous
ne pouvez pas avoir la prétention de m'imposer votre
manière de voir !

— Et de quel droit m'imposeriez-vous la vôtre,
monsieur?

René leva les bras en l'air et les laissa retomber. Il
était pâle entre ses longs favoris.

— Mais c'est une véritable insurrection! s'écria-t-il.

— Oui, c'est une révolte! c'est la révolte d'une femme qui défend ce qu'elle a de plus cher au monde! Comment voulez-vous que je cède quand il y va du salut de mon fils?...

— Vous céderez cependant, déclara René avec un geste impérieux, dussé-je me charger moi-même du devoir que vous refusez de remplir.

Il saisit la fiole, en brisa vivement la capote goudronnée, et prit sur le guéridon une petite cuillère de vermeil.

— René! vous ne ferez pas cela! répéta Mercedès hors d'elle.

M. de la Genevraye frappa du pied avec tant de force, qu'un cri plaintif s'échappa des rideaux.

— Ah! vous ne m'effrayerez pas! reprit la jeune femme d'une voix vibrante. Est-ce que vous croyez que je vous laisserai tuer mon enfant?

— Votre enfant est aussi le mien, j'en veux rester le maître.

Il s'approcha du berceau et s'apprêtait à verser le liquide dans la cuillère; sa femme s'élança vers lui.

— Arrêtez! cria-t-elle.

Et, d'un brusque mouvement, avant que son mari pût se soustraire à ce geste, elle lui arracha la fiole des mains et, furieusement, de toute sa force, avec un cri sauvage, elle la lança dans la cheminée.

Le verre jaillit en éclats contre le marbre, et le liquide fut projeté en tous sens sur le tapis, répandant aussitôt une légère odeur spiritueuse.

M. de la Genevraye resta un moment interdit, sa cuillère à la main, sans trouver une parole ni un mouvement. La foudre tombant à ses pieds ne l'eût pas plus stupéfié que la violence inouïe de sa femme. Il lui semblait que le mobilier de la chambre, depuis le lustre jusqu'au berceau, tournait ironiquement autour de lui. Comment ses quatre ancêtres n'avaient-ils pas bondi de colère sur leurs toiles et sauté de leurs cadres armoriés !

— Mais ce n'est pas possible ! pensait-il en regardant machinalement la créole, qui se dressait entre lui et le berceau, les poings serrés, l'œil hardi, prête à le repousser s'il osait approcher de son enfant.

En ce moment, on frappa doucement à la porte; puis, le visage de la vieille Presles apparut, et, derrière elle, la tête bénigne de Percinal.

— Entrez ! fit madame de la Genevraye.

Cette intervention rendit à René quelque sang-froid. Il s'avança vers le nouveau venu.

— Vous arrivez bien à propos, docteur, dit-il.

10

— Comment! comment! répéta le médecin, est-ce
que?...

— Docteur, interrompit Mercedès, j'ai pris sur moi
de surseoir à vos prescriptions. Mon fils a une fluxion
de poitrine, j'en suis sûre.

Percinal regarda René, comme pour lui demander
secours contre cette obstination insensée. Mais l'attention du gentilhomme était ailleurs. Il fixait sur sa
femme un regard étrange, où l'ébahissement, la colère
et l'irrésolution mêlaient leurs expressions.

· Livré aux seules ressources de sa diplomatie, le
médecin crut pouvoir convaincre sa tenace adversaire
par l'apparente concession d'un doute.

— Voyons encore! dit-il en s'approchant du berceau. La maladie a pu se dessiner depuis quatre
heures.

Il se pencha sur l'enfant, le regarda de près, lui
essuya les lèvres, puis aspira l'air bruyamment en
jetant, à la dérobée, un coup d'œil sur le père et la
mère, qui se tenaient à ses côtés.

— Un peu plus de jour, demanda-t-il.

Mercedès releva elle-même la mousseline blanche
des rideaux.

Le médecin tira de son gousset un pince-nez et en
doubla ses besicles d'argent. Puis il examina attentivement la batiste qu'il venait de passer sur la bouche

du petit malade. Il resta longtemps incliné sur le berceau, tâtant doucement le côté de l'enfant. René et Mercedès, immobiles, n'entendaient que sa grosse respiration. Enfin il se releva. Il était pourpre.

— C'est incroyable, dit-il, c'est incroyable... Il y a là un phénomène inexplicable... ou une coïncidence... C'est extraordinaire. Depuis quarante ans que j'exerce la médecine...

Il mâchait ses phrases, sans regarder ceux auxquels il parlait.

— Enfin, demanda Mercedès, vous le reconnaissez... c'est une fluxion de poitrine?

Il respira plus longuement que jamais, comme s'il eût voulu retarder d'autant sa réponse.

— C'est phénoménal! soupira-t-il piteusement, voilà la première fois de ma vie que mon diagnostic ne s'accorde pas avec les symptômes.

— Comment! s'écria René, ce n'est pas ce que vous aviez cru?

Percinal hocha la tête négativement.

Mercedès se tourna vers son mari.

— Ah! s'écria-t-elle, me croirez-vous maintenant?

Le pauvre médecin se fût volontiers fourré sous la table. Il se sentait perdu et, tremblant sous le regard furieux de l'homme dont il avait espéré l'hospitalité pour ses vieux jours, il n'avait même plus la présence d'esprit de pallier sa défaite. Il tournait les yeux autour de lui.

— Vous cherchez votre chapeau? demanda M. de la Genevraye avec une urbanité glaciale. Le voici, monsieur.

Il ne l'appelait plus docteur!

— Mon Dieu, mon Dieu! geignait le pauvre homme en descendant l'escalier, une si belle occasion!... C'est incroyable!... Jamais, jamais je n'avais vu chose pareille. A mon âge! Est-il possible!

XVIII

Ce soir-là, quand le nouveau médecin qu'on avait été chercher en toute hâte jusqu'à Mâcon, eut formulé ses prescriptions et se fut retiré en promettant de revenir dans la matinée du lendemain, madame de la Genevraye se jeta en pleurant sur son prie-Dieu, et, les mains jointes, les yeux clos par la ferveur, elle implora du ciel le salut de son enfant.

Sans doute elle avait été marquée, elle aussi, du fatal stigmate; elle en sentait, nuit et jour, l'empreinte brûlante sur sa propre chair. Sans doute il n'y avait pas d'heure où son secret ne courût le danger d'être pénétré. Sans doute la perspective de découvrir aux yeux de son fils, devenu son juge, la plaie de sa maternité, assombrissait son avenir... Mais tout cela, elle ne demandait qu'à le supporter de nouveau. Elle était prête à payer de son repos la vie de son enfant, à subir éternellement en lui l'expiation. Elle en était à se reprocher de s'être apitoyée sur elle-même. Le bâtard

10.

dont elle avait osé maudire la naissance, elle suppliait Dieu de le lui conserver. Elle ne voulait plus éloigner de ses lèvres ce calice amer où elle avait bu.

— Souffrir, s'écriait-elle, pourvu qu'il vive !...

Et, dans un élan d'ardente piété, elle promit à la madone *del Pilar* de le vouer à ses couleurs s'il guérissait.

Ses tendresses, depuis longtemps étouffées entre d'inflexibles remords, éclataient enfin. Elle ne comprenait plus comment elle avait pu discuter avec son cœur. Quelle illusion d'honneur l'avait donc aveuglée L'amour maternel était-il donc un droit ou un devoir? Dire à une femme : — Tu n'aimeras pas le fruit de tes entrailles !... Est-ce que cela était au pouvoir d'une législation humaine? Est-ce qu'une telle obligation pouvait résulter d'une faute, si grande qu'elle fût?...

Ah! n'était-ce pas plutôt à son enfant de la renier?

L'heure du dîner était passée depuis longtemps. Madame de la Genevraye n'avait pas entendu la cloche d'avertissement. L'épuisement de ses forces lui rappela qu'elle n'avait pris qu'un peu de bouillon depuis le matin; elle se rendit à la salle à manger.

René avait achevé son repas. Le dos renversé sur sa chaise de chêne, il avait laissé tomber près de lui *le Monde*.

Lui aussi songeait... L'arrivée de sa femme parut

l'embarrasser un instant. Il reprit une posture plus
correcte et, mettant le doigt sur le timbre, il sonna
en disant :

— Si je ne vous ai pas attendue, c'est que j'avais
supposé que vous vous feriez servir dans votre
chambre.

— Oh ! vous avez parfaitement fait.

Il ramassa son journal et se mit à lire pour se donner une contenance. Mais partout, entre les lignes,
c'était la scène du flacon qu'il revoyait. Il avait toujours dans les oreilles la parole audacieuse de sa femme
et son geste violent dans les yeux. Pourtant, si Mercedès l'avait outragé dans son autorité maritale, elle
avait, peut-être, sauvé l'héritier de son nom. Si grande
que fût sa colère, plus grande encore devait être sa
reconnaissance. Il souffrait dans son amour-propre, et
son dépit se doublait de son humiliation.

La jeune femme eut à peine avalé quelques bou-
chées qu'elle se trouva rassasiée. Elle allait se lever
de table quand son mari lui adressa la parole.

— Je ne puis pas vous en vouloir, dit-il. J'espère
que, de votre côté, vous me rendrez justice. Oublions,
l'un et l'autre, ce qui s'est passé; c'est ce que nous
pouvons faire de mieux.

— Je le crois, répondit-elle.

Elle remonta auprès de son fils, qu'elle ne voulait

plus quitter. L'excellente Presles s'apprêtait à veiller
aussi ; la nourrice seule alla prendre un peu de repos.
L'enfant était plus calme en ce moment ; sa tête pâle
reposait sur l'épaule, dans la blancheur des rideaux.

Mercedès s'étendit sur un fauteuil, à la gauche du
berceau ; la gouvernante lui enveloppa les jambes dans
une couverture, prépara les veilleuses, la lampe à
alcool, le sucre, les cuillères et tout ce qui pouvait
devenir nécessaire pendant la nuit. Elle avait même
monté, en secret, une aile de poulet et du malaga, pour
le cas où sa maîtresse aurait faim.

À onze heures, madame de la Genevraye, qui commençait à s'assoupir, crut entendre des chuchotements.
C'était le valet de chambre qui venait, de la part de
son maître, demander des nouvelles.

— Il repose, répondait tout bas la brave Presles,
que Monsieur se rassure !

Mercedès s'endormit, mais d'affreux cauchemars
épouvantèrent son sommeil. C'était son mari qui, tantôt
avait convoqué tous les médecins de Paris et les faisait
voter dans le chapeau de Perceval ; tantôt introduisait
violemment le goulot d'une immense dame-jeanne
d'arsenic dans la bouche du petit Albert... Elle
s'éveilla en sursaut. L'enfant était sur les genoux de
la mère Presles. Il avait un peu pleuré à la suite
d'un accès de toux. La bonne femme l'avait fait boire

et elle le berçait dans ses bras. Mercedès, haletante, couverte de sueur, s'essuya le front et s'accroupit devant son fils, qui, pâlot et calme, la regardait languissamment.

— Il a dormi cinq heures, remarqua la gouvernante, et ne s'est réveillé que trois ou quatre fois. C'est bon signe. Dans huit jours, il n'y paraîtra plus; c'est moi qui vous le dis.

Madame de la Genevraye étouffait dans cette chambre fermée depuis vingt-quatre heures. Elle sortit dans le couloir et ouvrit une fenêtre. Il faisait une nuit fraîche et claire. La lune, descendue sur l'horizon, allait disparaître derrière les bois de la Crucée; ses lueurs horizontales ne baignaient déjà plus que les cimes des futaies sombres. L'air était calme et les grands arbres du parc, immobiles dans leur stature séculaire, semblaient endormis. On entendait au loin le roulement affaibli d'un train sur la ligne de Lyon et, de temps en temps, des cris de coqs se répondant vers le bourg. Une lueur imperceptible blanchissait l'est. Mercedès, en se penchant sur l'appui de la fenêtre, aperçut de la lumière dans la chambre de son mari... Lui aussi veillait.

René avait perdu dans l'esprit de sa femme tout le terrain gagné par l'enfant. Un jour plus tôt, son insomnie eût provoqué chez Mercedès les plus pénibles

sentiments. L'inquiétude de cet homme pour la vie de
son bâtard eût été pour la jeune femme une de ces
mille ironies domestiques qui empoisonnaient quoti-
diennement son existence. Cette fois, elle resta insensible. Quelque chose s'était rompu entre elle et son
mari, et ce lien, n'ayant jamais été l'amour, ne pouvait
être que le respect. Elle ne sentait plus peser sur elle
le joug de sa servitude conjugale. Comme si le flacon
maudit eût contenu l'essence même de sa soumission,
elle éprouvait, depuis qu'elle l'avait brisé, le bien-être
de l'affranchissement. Ce n'était plus en épouse, mais
en mère qu'elle considérait René... N'avait-elle pas
suffisamment sacrifié, jusqu'à ce jour, son fils à son
mari? N'était-il pas temps qu'elle fît à chacun la part
de ce qu'elle lui devait?

Quatre jours plus tard, le médecin se déclarait à peu
près maître de la maladie...

A mesure que le danger redouté s'éloignait, les
préoccupations de Mercedès s'élargissaient aussi.
L'anxiété du présent l'avait d'abord absorbée tout entière; elle n'avait rien aperçu au delà du salut de son
enfant. Maintenant elle pouvait songer à l'avenir. Et
plus que jamais, elle se retraçait cette scène horrible où
elle devait tout avouer à son fils. Elle se représentait la
stupeur d'Albert quand elle lui dirait : — Mon enfant,
la femme que tu as appris à aimer et à respecter n'est

digne ni de ton respect, ni de ton amour; l'homme
dont tu t'honores d'être le fils n'est pas ton père; la
fortune dont tu as joui jusqu'ici ne t'appartient pas;
le rang que tu tiens dans la société est usurpé; ton
nom même n'est qu'un pseudonyme légal et ta famille
n'est qu'une fiction civile...

Mais c'était plus pour lui que pour elle qu'elle s'effrayait maintenant d'un tel aveu. Elle s'irritait de
n'être pas seule punie de sa faute, d'en partager l'expiation avec un innocent. Attendre que cet enfant eût
joui des faveurs de la fortune pour l'en sevrer, que cet
adolescent fût fier de sa mère pour l'en faire rougir,
que cet homme fût fait, enfin, pour le flétrir... Voilà
ce qui la révoltait.

Ne trouverait-elle donc pas un moyen de rendre
à la fois ce qu'elle devait à son mari et ce qu'elle devait à son fils? Ah! si, d'un coup de baguette, elle
avait pu remettre cet enfant à sa vraie place! lui attri-
buer ses véritables droits selon la nature! faire, en un
mot, du bâtard un légitime, de l'enfant de René l'enfant d'André!...

Il y avait des moments où elle comptait sur l'intervention d'événements indéfinissables pour lui permettre de sauver son fils sans se perdre elle-même.

La maladie suivait paisiblement son cours. Le docteur, qui venait chaque matin, en faisait remarquer à

la jeune femme les phases régulières. Pendant les
deux semaines qu'elle passa ainsi auprès du berceau,
Mercedès, soustraite aux assiduités des indifférents qui
avaient encombré la Genevraye, oubliait jusqu'à son
amant, dont le père venait, presque tous les jours, prendre des nouvelles. L'isolement où elle vivait, et qu'a-
nimaient seulement les visites fréquentes d'Edwige, la
laissait à ses pensées. La joyeuse fille avait fort à faire
pour dérider le front de sa « vieille amie » ; elle y mettait le meilleur de sa gaieté et l'ingénieuse naïveté d'un
cœur vierge.

M. de la Genevraye faisait deux ou trois apparitions
quotidiennes. Il adressait courtoisement à sa femme
quelques questions, passait sur le bord du berceau
ses mains tachées par les réactifs, embrassait l'enfant
avec précaution et s'en allait, laissant derrière lui une
odeur de collodion. Il avait bien voulu « oublier » la
scène du flacon et avait repris, à l'égard de Mercedès,
son attitude respectueusement protectrice. Mais celle-
ci ne savait plus grimacer la soumission. Elle se tenait
sur une défensive inquiète, qu'elle dissimulait à peine
sous les formes empruntées à l'urbanité de son mari.
C'était une lutte sourde de politesses.

Un matin le successeur de Percinal déclara que,
ses visites étant désormais inutiles, il ne reviendrait
plus.

Bien que Mercedès eût perdu, depuis plus de huit jours, toute inquiétude, la parole du docteur l'émut délicieusement. Elle prit le petit Albert par la tête et l'embrassa à plusieurs reprises. Une larme éclaira ses yeux. Elle tendit la main au médecin.

— Merci ! dit-elle simplement.

En ce moment le valet de chambre vint avertir M. de la Genevraye que Manchard demandait à lui parler. René était en pourparlers avec le maire au sujet de son fameux pressoir. Il prit congé du médecin, après l'avoir invité à dîner pour le jeudi suivant.

— Est-ce que M. de la Genevraye est indisposé ? demanda le docteur.

— Nullement, fit Mercedès un peu surprise. Il a été très ébranlé, dans ces derniers temps, par nos communes inquiétudes ; mais je ne me suis pas aperçue que... Pourquoi me faites-vous cette question ?

— C'est que sa mine laisse beaucoup à désirer. Le teint blême, les paupières boursouflées, l'amaigrissement... Se soigne-t-il ?

— Il prétend qu'il n'y a rien à faire.

— Je croyais qu'il suivait un traitement.

— Il s'était, en effet, soumis à un régime ; mais la patience lui a bientôt manqué, et voilà déjà quelque temps qu'il ne fait plus rien. Du reste, il prétend qu'il ne s'est jamais mieux porté.

11

Le docteur fit la moue.

— Qu'en dites-vous ? demanda Mercedès.

— Rien, madame, pour le moment. Je ne suis pas à même de me prononcer sur des symptômes aussi vagues. Les maladies des reins... car c'est bien de cela que souffre M. le comte, n'est-ce pas ?

— Oui.

— ... Les maladies des reins revêtent plusieurs formes que l'analyse régulière des urines permet seule de distinguer.

— Mais... est-ce que c'est grave... généralement ?

— Cela dépend. Certaines inflammations simples cèdent à un régime de quelques mois. D'autres, au contraire, sont à peu près incurables.

— Ah !...

Elle regardait le médecin avec une vive curiosité, se souvenant de quelques paroles échappées à Percinal, un matin, en sortant de chez René, qui l'avait fait appeler pour lui montrer ses jambes enflées depuis la veille.

— Mais c'est le cas le plus rare, se hâta d'ajouter le médecin, et, à moins qu'il n'y ait positivement dégénérescence des organes, les chances de guérison sont très grandes.

Une rougeur passagère colora les joues brunes de la créole. Cette expression, *dégénérescence*, ne lui sem-

blait pas inconnue. Est-ce que ce mot n'avait pas
déjà résonné à ses oreilles? Elle l'avait entendu à
propos de la maladie de René. N'était-ce pas Percinal
qui?...

Elle n'osa pas préciser ses souvenirs. Les sinistres
calculs de sa mère lui repassèrent dans l'esprit. Elle
se rappela l'aplomb avec lequel la veuve Pepin avait
évalué à deux ou trois ans le temps que René pouvait
avoir à vivre encore.

— Au reste, reprit le docteur, remarquant sans
doute le trouble intérieur de la jeune femme, si je
m'en rapportais aux apparences, j'aurais plutôt lieu de
vous rassurer. La néphrite de M. de la Genevraye ne
paraît exercer aucune influence sur sa vue. C'est un
bon indice.

— C'est égal, fit Mercedès avec une certaine vivacité, il faut qu'il se soigne, vous avez raison... Dites-le
lui donc!

— Assurément, madame; mais n'allez-vous pas
rentrer bientôt à Paris? Eh bien? voyez un spécialiste.
Tenez, consultez Boucherain.

Quand le médecin fut parti, madame de la Genevraye
retourna au berceau de son cher convalescent. L'enfant leva sur elle ses grands yeux immobilisés par la
langueur. Alors, toute frémissante à la pensée que
son fils eût pu hériter de la maladie de René :

— Pauvre chérubin, murmura-t-elle ; heureusement qu'*il* n'est pas ton père !...

Le petit Albert eut bientôt retrouvé son minois rose. Les traces de la maladie disparaissaient aussi rapidement qu'elles étaient apparues. La gaieté lui revenait avec la santé. Heureux de vivre, il souriait des yeux, des lèvres, ébauchant de doux gazouillements et des syllabes incertaines, quand, gorgé de lait et demi-nu, sa mère le tenait sur ses genoux en l'admirant.

Mercedès suivait avec ravissement les progrès de cette résurrection. Elle ne quittait pas la chambre aux portraits et se dérobait à tous, à l'exception d'Edwige. Elle n'avait plus d'autre préoccupation que son Albert, dont elle réglait l'existence d'heure en heure, veillant à tous ses besoins avec cet instinct maternel qui supplée à l'expérience. Elle avait le secret de l'apaiser quand il criait, de calmer ses petites colères. Et, le soir, elle était enchantée de s'être fatiguée autour de ce berceau et se couchait satisfaite après avoir vu son fils s'endormir.

M. de la Genevraye avait remarqué ce zèle, et il se réjouissait de voir enfin son héritier entouré de soins dignes de lui. Comme il avait laissé percer quelquefois son mécontentement, il s'empressa de témoigner sa satisfaction.

Mais plus Mercedès s'abandonnait à ces douceurs

nouvelles, plus l'affection despotique de son mari pour
l'enfant lui apparaissait comme un attentat à ses privilèges de mère. Est-ce qu'elle n'avait pas seule le
droit d'aimer son Albert et d'en disposer? Le fruit de
ses entrailles ne lui appartenait-il pas exclusivement?
De quel droit cet homme imposait-il ses tendresses?
De quel droit gouvernait-il un être auquel rien ne
l'attachait? Quoi! parce qu'il était le père légal!...

C'était la loi qui sous les traits de René surgissait
sans cesse entre elle et son fils, loi menteuse, chaque
jour plus intolérable. Si elle souhaitait de répudier la
fortune de son mari, elle n'aspirait pas moins à ressaisir son enfant. A chacun son bien légitime.

En même temps, la passion maternelle envahissait
jusqu'à sa conscience. Le souhait qu'elle avait fait
d'épargner à son fils la suprême révélation se fixait de
plus en plus dans son esprit. Elle s'abaissait à chercher
des conciliations et des compromis. Seule coupable,
elle devait seule expier; l'honneur n'exigeait pas d'elle
le sacrifice d'un innocent et son prétendu devoir n'é-
tait plus qu'un infanticide. Le courage, d'ailleurs, lui
manquerait. Après avoir joui, pendant vingt ans, des
tendresses et du respect de son enfant, comment pour-
rait-elle renoncer volontairement à son estime et à
son affection? Après lui avoir enseigné la méfiance
des femmes suspectes et le mépris des femmes

perdues, elle lui dirait : — Je suis une de ces femmes !...

Cependant elle ne voyait que deux issues pour échapper à cette persécution de l'honneur. L'une s'ouvrait sur la honte : c'était le silence. L'autre... ah ! l'autre donnait sur la liberté...

Si René était aussi malade que l'avaient laissé entendre les deux médecins !... Si elle devenait veuve !... Tout était réparé. Elle épousait André. Cet aveu qui l'étouffait elle le faisait enfin à son amant, et, en se débarrassant du secret de sa faute, elle en partageait désormais avec lui la responsabilité. Ils étaient deux pour porter ce remords, qui l'avait écrasée seule jusque-là ; deux surtout pour une réhabilitation qu'elle était impuissante à tenter sans lui... Il devenait le beau-père d'Albert, son tuteur même ; il l'élevait, le dotait, lui laissait, enfin, une fortune presque égale à celle dont elle le dépouillait. Car Mercedès s'empressait de se débarrasser des biens du comte en faveur des plus proches parents, de cette famille de Charmalières qui végétait, là-bas, dans une misère soigneusement cachée.

Elle ne se demandait pas si de tels projets étaient réalisables. André consentirait-il à l'épouser ? Admettrait-il à son foyer un enfant adultérin ? Lui ferait-il une part dans son affection et dans sa fortune ? Que penseraient les Charmalières de cette générosité inexplicable? Que dirait le monde de cette union suspecte? La vérité ne percerait-elle pas de toutes parts et le scandale ne jaillirait-il pas jusque sur la mémoire du comte?... Et l'enfant lui-même, l'enfant devenu homme, portant un nom patricien dans une famille roturière, cherchant, autour de lui, le patrimoine des La Genevraye et ne trouvant que les économies des Manchard, que supposerait-il? Comment s'expliquerait-il ces contradictions de sa destinée? Quels soupçons porterait-il alors sur sa mère, et quel compte inattendu lui demanderait-il peut-être un jour?...

Mais il s'agissait bien de ces difficultés et de mille autres. Ce n'était qu'un rêve!

XIX

Manchard classait ses futurs électeurs en trois caté-
gories : les opportunistes, les radicaux et les cléricaux. Le vote des premiers lui paraissait assuré ; mais
la méfiance des seconds n'était pas facile à endormir.
En supposant que ces deux partis se balançassent,
c'était à la troisième classe qu'il fallait demander
l'appoint d'une majorité.

Or le maire ne connaissait d'autres cléricaux que
le curé, Percinal et M. de la Genevraye. C'était peu ;
toutefois, dans un canton aussi restreint que celui de
Pont-de-Ronce, l'influence d'un châtelain millionnaire,
d'un médecin de communautés et d'un curé, neveu
de l'évêque, n'était pas à dédaigner.

Le concours de l'abbé lui était acquis au prix de mille
petits cadeaux : parts de vendanges, oies de Noël, gi-
biers d'eau pour le carême, chandeliers à souches
pour son église, tuteurs articulés pour son jardin...
Puis, André n'était-il pas la perle des organistes ?

Tout en feignant d'ignorer la récente déconvenue de Percinal au château, Manchard s'était empressé de lui rendre une visite de réconciliation. Sensible à cet aimable procédé, le docteur avait adressé à son ancien ennemi un exemplaire de ses *Études de médecine sacrée*, ainsi que son traité *De l'indifférence en matière de diagnostic*, revêtus d'une dédicace flatteuse. C'était vraisemblablement un homme rallié.

En était-il de même de M. de la Genevraye?

Sans doute René, que sa morgue de légitimiste provincial avait écarté des fonctions publiques, devait se féliciter d'avoir trouvé en Manchard un instrument aussi docile et aussi discret. Ne dirigeait-il pas, sous ce maire de paille, toutes les affaires locales?... M. de la Genevraye semblait donc aussi un homme acquis. Toutefois, il n'avait pas encore manifesté son opinion. A la veille de son départ pour Paris, il ne pouvait manquer de rendre à Manchard une visite d'adieux sur laquelle celui-ci comptait pour obtenir enfin des éclaircissements.

Dans la seconde quinzaine d'octobre, le trois-quarts du comte s'arrêta effectivement, un après-midi, devant la maison du maire. C'était la première fois que le gentilhomme daignait se présenter chez son familier. Cette démarche flatteuse devait être, il est vrai, à peu

11.

près stérile. La présence de Mercedès ne permettait guère d'aborder la question électorale.

Toutefois, l'absence d'André permit au maire de tirer un autre parti de cette visite. Comme s'il fût entré dans ses vues secrètes de rappeler fréquemment au comte et à sa femme l'existence d'André, il n'avait jamais manqué une occasion de les entretenir du jeune homme. Or il venait précisément de l'envoyer, pour la vingtième fois, accorder le piano de madame Lemahodon.

Mercedès ayant demandé des nouvelles de madame Manchard, il répondit négligemment qu'elle se trouvait toujours dans le même état, affirmant, par pure convenance, que c'était une chose horrible de voir souffrir sans pouvoir soulager... Après cela, il n'en parla plus. M. de la Genevraye s'enquit de la santé de « monsieur André ».

— Il y a si longtemps que nous ne l'avons vu ! ajouta-t-il.

— Ah ! j'en suis bien inquiet... bien inquiet, soupira Manchard.

— Serait-il malade ?

— Malade sans l'être. Je crois vous avoir déjà fait part de mes soupçons ; depuis lors, j'ai pu m'assurer qu'il traverse positivement une sorte de crise morale. Plus je l'épie, plus je me persuade que son art ne l'absorbe plus autant.

— Il est fâcheux, remarqua madame de la Genevraye, qu'il ne puisse s'y donner tout entier; nous entendons dire partout qu'il a l'étoffe d'un compositeur.

— Sans doute, madame la comtesse, c'est aussi ma conviction. Mais je me méfie de cette sensibilité nerveuse. Les sentiments renfermés deviennent dangereux. Or je crains que notre milieu ne réponde pas à ses aspirations de jeune homme. D'un autre côté, la seule idée de le marier m'effraye.

— Vous vous exagérez l'influence du mariage sur l'art, dit M. de la Genevraye. On a vu de grands artistes qui étaient en même temps d'excellents maris.

— Oh! ce n'est pas là ce qui m'inquiète; d'ailleurs, je ferais passer, s'il le fallait, son bonheur avant sa gloire. La grande difficulté serait de trouver un parti en rapport avec sa nature.

— Je comprends vos perplexités, fit René. C'est encourir une bien lourde responsabilité que de marier un jeune homme contre son gré.

— Dieu m'en garde! s'écria Manchard. Je n'aurai jamais à lui imposer ma manière de voir, étant sûr qu'il la partagera. C'est une nature ardente, mais très flexible. Tout le monde sait que les artistes manquent généralement de caractère.

M. de la Genevraye sourit.

— Mon fils! continua le maire, je le plierais comme

je voudrais, sans le moindre effort. Je me flatte de lui faire préférer le parti que j'aurai choisi... Tout l'embarras est pour moi ; le choix est si délicat.

— Vous êtes mieux placé qu'un autre, mon cher maire, pour distinguer, s'il y en a, les perles cachées de ce pays. Croyez, cependant, que je vous signalerais volontiers celles que je viendrais à découvrir.

Manchard feignit de prendre cette civilité pour une promesse et s'empressa de remercier son suzerain avec une effusion que celui-ci s'étonna d'avoir mérité. M. de la Genevraye n'avait pas encore eu le temps de se dégager, que le maire se hâtait de l'enferrer complètement.

— Monsieur le comte, dit-il, puisque vous daignez vous intéresser au bonheur de ma famille, je croirais manquer à la plus vulgaire reconnaissance si je ne vous promettais de ne rien faire sans consulter votre haute expérience.

Puis il s'empressa de changer le cours de la conversation, en offrant à ses hôtes de visiter son « potager modèle ». Il leur fit gracieusement les honneurs de sa propriété, tout en causant de la leur, du vide que leur départ allait laisser, de la famille Lemahodon, etc.

— Je suis désolé, répétait-il de temps à autre, que mon fils ne soit pas encore de retour. Il ne voudra certainement pas vous laisser partir sans aller vous offrir ses respects.

On se sépara cordialement, après s'être donné rendez-vous au printemps suivant.

Quand Manchard se retrouva seul, il se mit à frotter l'une contre l'autre ses mains poilues.

— Seulement, se disait-il, je ne sais toujours pas si je puis compter sur lui...

André rentra une demi-heure plus tard.

— Ah! ah! s'écria le gros père, tu as manqué une belle visite, mon pauvre!

— Laquelle? demanda le jeune homme.

— M. le comte et madame la comtesse de la Genevraye!

— Tiens!

— En personne. Ils partent après-demain; tu auras donc encore le temps de leur faire tes adieux.

André ne répondit rien.

— Dame! ricana Manchard, je conçois que cela te plaise moins qu'une visite chez madame Lemahodon...

Il clignait de l'œil en lorgnant son fils.

— Qu'est-ce que tu veux dire? demanda celui-ci étonné.

— C'est bon, c'est bon, tu me fais l'effet d'un joli farceur, toi!...

En quittant le maire, madame de la Genevraye reconduisit son mari à la gentilhommière; puis, sans descendré de coupé, elle jeta à son cocher l'adresse de Percinal. Malgré sa mésaventure, l'infortuné docteur avait bien droit à une visite d'adieux. Mais René, fatigué par une nuit d'insomnie, le front tendu par la migraine, se déchargea de cette corvée en disant à sa femme :

— Allez-y seule, ma chère, soyez plus forte que moi ; je ne me sens pas encore le courage de revoir cet homme.

Retirée au fond de sa voiture, Mercedès repassait dans sa pensée ce qu'elle venait d'entendre chez le maire. Ce qui l'avait surtout frappée, c'était le peu de cas qu'il faisait du caractère de son fils. Cette appréciation sévère, madame de la Genevraye n'avait rien à y corriger. Jamais son ancien amant ne lui avait donné la moindre preuve d'énergie.

Elle s'était dit, en écoutant Manchard, que la puissance d'une maîtresse devait être plus absolue encore que celle d'un père. Si celui-ci se flattait de manier André à sa guise, ne pouvait-elle pas, à plus forte raison, avoir la même prétention ? Manchard n'avait, pour se faire obéir, que le prestige du commandement et l'habitude du respect ; elle avait, elle, toutes les séductions de la beauté, toutes les puissances de l'amour. Qu'était-ce que cette soumission filiale à côté de la servitude des sens ?

Dès lors, elle ne serait pas embarrassée de son indépendance, si le décès de son mari la lui rendait un jour. René disparu, n'était-elle pas sûre de constituer sans peine la vraie famille de son enfant? Se faire épouser par André semblait une tâche facile. Son mari ne mourrait-il pas probablement avant elle? L'âge, sinon la maladie, ne le voulait-il pas ainsi? En somme, pourquoi lui serait-il interdit de songer à la mort de René? Ne pouvait-elle la prévoir sans la souhaiter? Attendre, ce n'est pas espérer. Vivrait-il une seconde de moins, parce qu'elle se réserverait les moyens de le remplacer? Pourvu qu'elle ne fît rien contre son mari, elle pouvait tout faire pour son enfant. La morale la plus stricte n'exigeait d'elle qu'une seule chose, la patience.

Telles étaient les réflexions de Mercedès en entrant dans le jardinet à l'extrémité duquel se trouvait la petite maison dont le docteur occupait le rez-de-chaussée. Une maigre servante, ancienne converse chez les dames du Rosaire, introduisit madame de la Genevraye dans le salon.

Tout, dans cette grande pièce carrelée et sonore, rappelait le parloir de communauté. Meubles de vieux noyer, parcimonieusement espacés; petits carrés de moquette devant chaque siège; vases de fleurs artificielles et chandeliers d'argent sur la cheminée; glace

constellée par les mouches et encadrée dans des bouil-
lons de mousseline fanée; console recouverte d'un
tricot vert-pomme ; gravures de sainteté le long des
murailles... tels étaient les ornements de cette pièce
maussade. Une vigne laissait retomber ses pampres à
demi dépouillés devant les vitres verdâtres.

Au moment où Mercedès entra, un chat noir se fau-
fila silencieusement dans le salon, malgré les remon-
trances de la servante.

Le docteur ne se fit pas attendre. Le collet de sa
redingote, mal assujetti sur son cou, témoignait de la
précipitation avec laquelle il venait de s'habiller. Il
s'avança en minaudant sa plus aimable bienvenue, in-
vita la jeune femme à s'asseoir et demanda des nouvelles de M. le comte.

Une rougeur intense faisait ressortir la blancheur
de ses gros sourcils, et ses prunelles promenaient,
avec une certaine gêne, leur lueur de chocolat cuit dans
l'orbite de ses lunettes d'argent. Pour se donner une
contenance, il gourmanda la servante qui n'allumait
pas assez vite le feu... Madame de la Genevraye s'empressa de le tirer d'embarras.

— Nous n'avons pas voulu retourner à Paris, dit-elle,
sans vous rappeler que, parmi les voisins dont nous
allons regretter l'absence, vous occuperez, docteur,
une large place dans nos souvenirs.

Percinal s'inclina profondément, tout en tourmentant d'une main agitée ses pieuses breloques. La conversation, après quelques circuits à travers les banalités d'usage, aboutit naturellement aux actualités. On causa de Paris, du nouvel hôtel de la Genevraye, des progrès du confort, des maladies des riches; et, doucement poussé par Mercedès, l'entretien ne tarda pas à tomber sur la santé du comte. Percinal, indécis jusque-là sur le choix d'une contenance, retrouva sa présence d'esprit et s'empressa de retenir madame de la Genevraye sur ce terrain. Sa disgrâce n'était peut-être pas aussi complète qu'il l'avait cru... En tout cas, il ne devait pas perdre cette occasion d'attirer fortement l'attention de la jeune femme sur la maladie du comte et de rappeler que son dévouement, toujours disponible, n'attendait qu'un signe pour faire des merveilles.

— Heu, heu! toussa-t-il avec une importance étudiée, c'est très difficile de se prononcer. Les maladies des reins sont encore le secret de Dieu. Si je vous disais, madame la comtesse, qu'elles ne sont pas même classées et que certaines ne sont encore baptisées d'aucun nom, tandis que d'autres en portent cinq ou six... On donne le nom de mal de Bright aux affections les plus différentes, et l'albuminurie...

— C'est de cela qu'il souffre, interrompit Mercedès.

— ...Qu'on prend souvent pour une maladie, n'est qu'un symptôme de la dégénérescence rénale.

— Ah !

— Mais ces dégénérescences sont si variées ! Stéatoses, textures granulées, altérations lardacées ou cireuses... Pour moi, la maladie de monsieur le comte est ce que je vous demanderai la permission d'appeler simplement une néphrite diffuso-parenchymateuse.

— Qu'est-ce que c'est que cela ? docteur.

Percinal regarda madame de la Genevraye avec la bienveillance d'un savant qui daigne mettre sa supériorité au service de qui l'implore. Mercedès, en effet, semblait l'écouter si religieusement, qu'il crut le moment venu de prendre sur elle l'ascendant de la peur. Il continua, d'une voix lente et basse, comme il convient aux révélations solennelles.

— C'est une maladie étrange, madame la comtesse... Elle débute par une fluxion des deux reins et particulièrement par l'injection des glomérules de Malpighi, des anses vasculaires et des capsules. Bientôt les cellules épithéliales se remplissent de granulations protéiques. La dilatation des canicules sinueux...

— Je vous avoue... interrompit madame de la Genevraye impatientée.

Le docteur fit un geste qui signifiait : Attendez, vous

allez voir... Et il poursuivit avec une conviction croissante :

— La rétinite accompagne dix-huit fois sur vingt la
néphrite diffuse. On perd la vue ! L'hydropisie n'est
pas moins fréquente. Tous les viscères sont exposés à
l'épanchement séreux : hydrothorax, pleurésies, hydro-
péricardes, hydrocéphalies, œdèmes du poumon, de la
glotte, que sais-je ?...

— Mais alors, hasarda Mercedès abasourdie, c'est
une maladie... mortelle ?

— Je ne dis pas cela, remarqua Percinal avec un
sourire fin. Les malades peuvent succomber à l'ané-
mie ou aux désordres viscéraux : ils peuvent aussi se
rétablir.

Ici, le docteur contempla le feu d'un air piteux.

— Enfin... mon mari... que pensez vous de lui ?...
Voyons, dites-moi la vérité, bien franchement.

Le chat noir s'était peu à peu rapproché du foyer.
Son ombre passa sans bruit sous le fauteuil du vieillard. Mercedès aperçut, à ses pieds, ce profil muet,
percé d'un œil rond où se reflétait la lueur du feu.
Une impression pénible s'empara d'elle, comme si ce
familier funèbre eût été l'augure de quelque malheur.

Percinal hochait la tête.

— Voilà précisément ce que je ne puis dire, répliqua-t-il.

— Et pourquoi donc? demanda vivement Mercedès.

— Parce que je ne me sens pas en situation de me prononcer. A la vérité, la maladie de monsieur le comte me paraît grave. Est-elle incurable? je n'ai pas lieu de l'affirmer. Suivie de près, guettée dans tous ses symptômes, je ne serais pas surpris qu'elle donnât prise à un traitement efficace. L'essentiel est d'épier les phases du mal, afin d'être prêt à modifier, chaque jour, le traitement de la veille. Or, ce travail intérieur ne se révélant que par les traces qu'il laisse dans les urines, l'analyse quotidienne de ces émissions est absolument indispensable et... un médecin consciencieux n'a pas trop de tout son temps, — croyez-le bien, madame la comtesse, — pour se livrer à cet espionnage incessant...

Sur cette conclusion laborieusement amenée, le docteur regarda de nouveau sa cliente, pour lire dans ses traits si elle en comprenait bien le sens.

— Pour ma part, ajouta-t-il, si j'avais à soigner une maladie de cette espèce, j'en serais absorbé au point d'abandonner ma clientèle. C'est un sacrifice que tous les médecins ne sont pas disposés à faire.

— En effet, dit madame de la Genevraye distraite.

Elle songeait à bien autre chose qu'à profiter de ces offres. Se contenterait-elle de la réponse vaguement grave du docteur? Elle voulait l'interroger encore et n'osait plus. Quelque chose comme un remords l'arrêtait. Elle en savait assez; trop, peut-être...

Percinal, de son côté, avait côtoyé les dernières limites de la réclame. Il ne pouvait insister. La conversation changea de direction, s'engagea dans les ornières du lieu commun et versa dans les compliments d'usage entre gens qui prennent congé. Le docteur, nu-tête et penché, reconduisit sa cliente jusqu'à la rue, et, après force saluts très bas, l'aida galamment à monter en coupé. Il saluait encore que la voiture roulait déjà.

— Eh! eh! pensait-il en rentrant chez lui à travers son jardinet éclairci par les premiers froids, le grain est semé. Attendons le printemps... Qui sait?

Puis, appelant la servante dans l'escalier :

— Eulalie! tonna-t-il, éteignez vite le feu du salon.

XX

Selon ses habitudes d'économie, madame Lemahodon ne comptait pas rentrer à Paris avant les premiers
jours de décembre ; un billet de son mari vint préci-
piter son départ. Le chef de division se voyait de nouveau menacé de la retraite. Un sous-préfet sans fortune, appuyé auprès du ministre de la marine par
celui de l'intérieur, avait obtenu la promesse d'un
emploi supérieur dans l'administration. Il ne s'agissait plus que de savoir quel fonctionnaire serait sacrifié au nouveau venu. M. Lemahodon, honoré de
trente quatre années de service, était la victime dé-
signée au choix ministériel.

Après les assurances formelles qu'elle avait obte-
nues, six mois auparavant, madame Lemahodon ne
s'attendait guère à voir remis en question le maintien
de son mari.

La matrone, tamponnant ses larmes, déclara que
« cela ne se passerait pas ainsi » et décida qu'on allait

partir sur-le-champ. Les vêtements et les objets les plus indispensables furent rassemblés à la hâte. A huit heures du soir, madame Lemahodon courait chez Manchard, malgré une pluie battante, et lui contait, avec des pleurs de dépit, le malheur qui la menaçait.

— J'ai un service à réclamer de votre amitié, ajouta-t-elle. Ce serait de m'envoyer, dès que je vous les demanderai, les affaires que nous n'avons pas le temps d'emporter... Excusez-moi, mais à qui m'adresser si ce n'est à vous, notre vieil ami ?

Manchard protesta qu'il était trop heureux de pouvoir lui être utile. Il s'empressa de mettre son cabriolet à leur disposition, ainsi qu'une carriole pour les malles. Il fut remercié avec attendrissement.

A neuf heures, la mère et les filles s'empilèrent dans la voiture, accompagnées du maire qui s'obstina, malgré les protestations de madame Lemahodon, à vouloir les « embarquer » lui-même. La pluie tombait toujours, drue et froide ; on était triste. Le gros homme encourageait les voyageuses et refusait de croire à la disgrâce d'un administrateur aussi éminent...

A peine la voiture fut-elle arrêtée devant la gare, que madame Lemahodon descendit précipitamment et courut chercher les billets. Manchard, soupçonnant la matrone de vouloir prendre des places de troisième classe, feignit de s'occuper des bagages. Il reçut les dernières recommandations de madame Lemahodon et prit congé de ces dames, après les poignées de main les plus cordiales.

En rentrant chez lui, le maire aperçut une lumière dans la chambre de son fils. Il y monta tout souriant.

André, un béret sur la tête et la pipe à la bouche, était couché à plat ventre sur son lit et regardait flamber les bûches.

Depuis le départ de Mercedès, sa vie n'était qu'un bâillement. Tant que son ancienne maîtresse était restée à portée de ses tentatives, il n'avait pas désespéré de la ressaisir. Les yeux fixés sur le château, il n'avait vu, entre elle et lui, qu'un obstacle moral, par conséquent fragile, qui tomberait d'un moment à l'autre.

Mais en la voyant partir pour plusieurs mois, il avait perdu patience. Cent lieues le séparaient d'elle, et cette distance lui semblait un obstacle bien autrement impénétrable que toutes les vertus. Il était resté penaud devant ce départ.

D'abord, il avait tenté de se rabattre sur des amours plus modestes et de chercher son plaisir dans les auberges ou dans les fermes; mais le père Manchard avait l'œil au guet. D'ailleurs, les complaisances d'une maritorne étaient un triste dédommagement des faveurs qu'il regrettait. Ces filles à fichus de coton rouge, aux

boucles d'oreilles en argent et aux mains sales, qui
portaient des bas bleus trop courts et des cordons pour
jarretières, au-dessous de leurs genoux écailleux, n'a-
vaient plus pour lui rien de la femme...

Oh ! s'il avait été libre, il ne serait pas resté vingt-
quatre heures dans cette Bresse maudite ! Il aurait
pris le premier train pour Paris. C'était vers Paris que
convergeaient tous ses regrets et toutes ses impuis-
sances : Paris où ses anciens camarades de collège
étudiaient le droit dans les bastringues et la médecine
dans les caboulots ! Paris, où madame de la Genevraye
menait, sans doute, la vie brillante des femmes du
monde !

Il avait acheté un indicateur des chemins de fer et
une carte de Paris. Il faisait, dans sa chambre, des
voyages imaginaires, prenait l'express sur le livret,
débarquait sur le plan et se mettait à battre la ville.
Et chaque jour il attendait, mais vainement, que son
père tînt la promesse faite et vînt enfin lui dire : —
Partons !...

Il était donc, selon son habitude, de fort mauvaise
humeur, quand Manchard entra dans la chambre ;
aussi continua-t-il de fumer, sans lui prêter la moindre
attention. Le maire, toujours souriant, ramassa *la
Pucelle de Belleville* qui gisait sur le plancher et
s'assit devant le feu en disant :

12

— Eh bien, mon grand, nous nous ennuyons donc, hein ?

— Si c'est aujourd'hui que tu t'en aperçois !... grommela le jeune homme.

— Il faudrait être aveugle comme une taupe... Je me flatte, au contraire, de lire sans lunettes, et dans un livre fermé, encore ! Ainsi je distingue parfaitement ce qui se passe dans ta cervelle depuis quelque temps.

Le fumeur tourna la tête.

— Mais oui, je distingue la couleur de ton ennui... Cela t'étonne ?... Comme si je n'avais pas passé par là, moi aussi ! Est-ce que je ne sais pas ce que c'est que l'amour ?...

André haussa les épaules.

— Tu es plus avancé que moi, dit-il, car en fait d'amour...

— Eh ! mon Dieu ! ne va pas te défendre, au moins. Est-ce que je t'accuse ? Voyons, à ton âge c'est si naturel !... Et puis, une si jolie fille !

— Quelle fille ?

— Tu veux te payer le plaisir d'entendre prononcer son nom... Je peux t'offrir mieux que cela... Tu me regardes !... Oui, mieux que cela, car je viens d'avoir la preuve qu'elle t'aime. Elle s'est trahie au moment de partir.

— Ah! c'est de mademoiselle Edwige que tu veux parler?

— Innocent!

— Je ne sais pas pourquoi tu t'es mis dans la tête que je suis amoureux d'elle. Je m'en soucie comme de cette fumée-là.

Et il lâcha une bouffée de pipe.

— Soit. C'est convenu; tu ne l'aimes pas. Mais tu ne m'empêcheras pas d'avoir vu ce que j'ai vu... Tout à l'heure, à la gare, nous causions en attendant le départ. Voilà que la conversation tombe sur Paris. Madame Lemahodon me dit gracieusement : « Si votre bonne étoile vous amenait à Paris cet hiver, n'oubliez pas que nous demeurons passage Sainte-Marie, 17. » Moi qui voulais savoir ce que la jeune Edwige pense de toi, je réponds : — « Peut-être, en effet, aurai-je le plaisir de vous rendre visite, madame. Mon fils s'ennuie beaucoup à Trèfles; je ne dis pas que je ne l'emmènerai pas faire un tour. » En même temps je lorgnais mon Edwige... Si tu l'avais vue rougir!... Pourpre comme ta ceinture.

Ce boniment, bien que débité avec l'accent le plus naturel, ne parut pas dérider la mauvaise humeur d'André.

— Voilà cinq mois que tu me promets ce voyage, soupira-t-il.

— Mais il dépend de toi.

André avait cessé de fumer.

— De moi? demanda-t-il.

— Dame! sans doute. Pourquoi veux-tu que j'aille là-bas? Je ne suis pas amoureux d'une Parisienne, moi. Si donc je me résignais à quitter ta pauvre mère et mes affaires, ce ne serait que pour toi.

— Mais je ne demande pas mieux! s'écria le jeune homme.

— Ah! tu vois bien que tu l'aimes, riposta vivement l'éleveur.

André ouvrait la bouche pour protester. Son père l'interrompit dès le premier mot.

— Allons, pas de faux-fuyants! Je ne te croirais pas. Trop tard pour nier, mon grand. Le mot est lâché; tu t'es trahi... Ah! nous voulions cacher ça à papa?... Pauvres tourtereaux! Depuis plus de trois mois que je vous guette!... Ne va pas croire que je voie du mal là dedans. Au fond, de quoi s'agit-il? D'un mariage parfaitement acceptable. La petite a dix-neuf ans. Elle est bien élevée, assez instruite, pianotant pas mal après dîner, sachant même quelques mots d'anglais. Elle n'a pas pour un sou de coquetterie, quoiqu'elle soit bien plus jolie que sa sœur. Il n'y a pas de caractère plus égal et plus charmant. Je ne dis rien de sa famille qui est très

honorable. Quant à sa dot, c'est mon affaire; ça
ne te regarde pas. Ton choix est trop heureux pour
que je ne fasse pas un sacrifice d'argent, s'il le faut...
Mais je te demande un peu s'il y avait de quoi se
cacher!

André ne répondit que par un gros éclat de rire.

Il avait réfléchi. Au lieu de protester sottement
contre les imputations de son père, pourquoi ne fein-
drait-il pas de les accepter? Un prétexte s'offrait à lui
pour faire le voyage de Paris; pourquoi ne saisirait-il
pas aux cheveux cette occasion tant cherchée?

Et, riant, comme s'il eût été ravi d'être découvert :

—Quand partons-nous? demanda-t-il.

—A la bonne heure! s'écria Manchard. J'aime mieux
cela; au moins, on peut s'entendre. J'ai mon marché
avec Lerousseau qui me tiendra encore quelques semaines. Ça nous donnera le temps de causer un peu
de nos affaires. Sacredié! que c'est donc difficile de
faire parler un amoureux. Allons, bonsoir!...

Tandis qu'André roulait déjà joyeusement par la
pensée sur la route de Paris, Manchard, sans se faire
illusion sur le succès apparent de sa manœuvre, se
flattait, sinon de déterminer dans le cœur de son fils
une inclination irrésistible pour Edwige, du moins de
le familiariser avec les qualités très réelles de la jeune
fille, et de l'habituer à la perspective de cette union.

12.

Il comptait sur le voyage projeté, dans lequel le jeune homme ne voyait évidemment qu'une partie de plaisir, pour l'engager si avant dans cette voie que tout recul devînt invraisemblable.

XXI

A Paris comme à Trèfles, M. de la Genevraye se fit bientôt une existence à sa mesure, en dehors de toute classification sociale. On ne pouvait pas l'accuser de vivre en bourgeois, car il habitait un hôtel aristocratique dans le quartier le plus brillant, ne sortait jamais à pied, ne connaissait d'autre théâtre que l'Opéra, ne donnait jamais de gros dîners, ne s'occupait pas du gouvernement, et entretenait son confort sans faire ni embarras ni économies. Il ne vivait pas davantage en gentilhomme, n'appartenant à aucun club et à aucune confrérie, ne se montrant pas plus aux courses d'Auteuil qu'aux conférences de Notre-Dame, n'entretenant ni bonnes œuvres, ni danseuses, suivant les cours de Berthelot plus exactement que les modes de Dusautoy et ne prenant plus la peine de cacher ses doigts rougis par les réactifs. Ses recherches favorites occupaient tout le temps que sa santé chancelante lui permettait d'y consacer. Quelques relations, parmi lesquelles figuraient le cousin de Charmalières, sept ou huit parents éloignés et trois savants, absorbaient le reste. C'en était assez pour remplir des journées d'autant plus courtes qu'il se levait fort tard et se couchait vers neuf heures.

L'introduction du petit Albert dans ce cercle où il était encore inconnu avait fait naturellement les frais des premières visites échangées, et Mercedès dut subir une nouvelle bordée de félicitations. Mais l'absence de Manchard et d'André lui permettait enfin de respirer. Il y avait bien longtemps qu'elle n'avait connu une telle sécurité. Puis, si adorable que fût l'enfant, au bout d'un mois on ne l'admira plus qu'en trois ou quatre mots, et René lui-même, absorbé par ses travaux, depuis qu'il avait à sa portée les ressources et les encouragements de la ville, parut un peu moins empressé à faire montre de sa dynastie.

En voyant plus souvent le cousin de Charmalières et la nombreuse famille qu'il avait à nourrir avec ses maigres appointements de sous-bibliothécaire, en apprenant qu'il avait une demi-douzaine d'oppositions sur son traitement, madame de la Genevraye éprouvait, plus fortement que jamais, la honte de sa fortune. Ses récentes résolutions se fortifiaient. Elle en était venue à considérer, sans fermer les yeux devant cette perspective, l'avenir que lui eût réservé son mariage avec un homme tel qu'André...

En attendant qu'elle pût accomplir ce sacrifice, elle s'efforçait de réduire sa part des dépenses domestiques. La modestie de sa mise atteignit les dernières limites du bon marché. Ses vieilles robes d'hiver étant usées, elle ne voulut plus que des costumes de laine, sans garnitures. Elle confectionnait elle-même ses chapeaux, s'enfermait pour nettoyer ses gants avec de la gomme anglaise, s'achetait, chez Latour, des bottines claquées à neuf francs la paire. Elle serra tous ses bijoux et quitta jusqu'à ses boucles d'oreilles. Enfin, son économie s'étendait à toutes ses dépenses personnelles, depuis le savon de Violet, auquel succédèrent des pains de Windsor, jusqu'à son *turkey-mill*, qu'elle remplaça par un papier à lettre acheté au bazar. Elle fit même disparaître de sa table l'eau de Saint-Galmier.

En même temps, elle cherchait des leçons à donner. Le moment était venu d'utiliser les études de piano et d'espagnol qu'elle avait reprises à la Genevraye. Mais la difficulté était bien plus grande qu'elle ne l'avait supposé. Elle ne pouvait emprunter la publicité des annonces ni recourir à des agences. Partout où elle se serait présentée elle eût été invitée à livrer son nom et son adresse. Après avoir battu le pavé pendant quelques jours, visité sans succès sept ou huit vieilles

institutrices retirées, essuyé beaucoup de questions
indiscrètes et reçu beaucoup de vaines promesses, elle
acquit la conviction que l'enseignement lui était hermétiquement fermé et qu'elle y devait renoncer, sous
peine de se compromettre.

Cette déconvenue l'aigrit. Elle s'en voulait de son
inaction forcée. Fatiguée du mouvement stérile qu'elle
s'était donné, elle s'affaissa dans son isolement. Tandis
que René travaillait dans son atelier et que la nourrice
promenait l'enfant au parc Monceaux, elle restait enfermée dans sa chambre, au coin du feu, se traitant
elle-même de femme entretenue, ruminant son impuis-
sance, rongeant son frein. Dans son dépit, elle se serait
volontiers privée de manger, pour ne pas mordre au
pain conjugal. Et c'était elle qui avait poussé son mari
à faire construire cet hôtel !... Elle aurait voulu se
créer un dénuement au milieu de ce luxe dont elle-
même avait tracé le programme.

Parfois, tout en couvrant de caresses son chérubin,
elle lui disait avec une amère insistance, tout bas à
l'oreille :

— Tu vois, mon amour, ces plafonds dorés, ces
meubles sculptés, ces marqueteries, ces tentures de
satin, ces glaces, ces marbres, ces bronzes; eh bien,
rien de tout cela ne nous appartient. Nous sommes
des parasites, des voleurs qu'on chasserait s'ils étaient

surpris... Nous n'avons rien à nous ici, rien que notre cœur pour nous aimer... N'est-ce pas que tu l'aimeras ta mère, dis, mon chéri?

L'enfant ouvrait ses grands yeux bleus et riait.

M. de la Genevraye finit par s'émouvoir de ce genre de vie.

— Vous travaillez pour les pauvres? demanda-t-il un jour à sa femme en la surprenant l'aiguille à la main.

— C'est une jupe de vigogne que je me confectionne, répondit-elle. Il faut bien que je m'occupe.

— Eh! n'avez-vous pas d'autres occupations? Vous devez une foule de visites qui seraient peut-être plus urgentes que ceci... Vous avez pris la toilette en horreur, depuis quelques mois; je ne sais pas pourquoi. Je conçois qu'une femme riche ait des goûts simples; mais il ne faut pourtant pas pousser la simplicité jusqu'à l'ascétisme. Vous avez l'air d'une religieuse séculière; il ne vous manquerait plus qu'un bonnet noir.

— Cela viendra peut-être, fit-elle tristement.

— Permettez! Avec votre nom, votre situation, vous n'êtes pas libre de vous désintéresser à ce point des vanités de la parure. Ayez du moins une mise confortable. Portez des étoffes sombres, pourvu que vous y mettiez le prix. Si cela vous amuse de remuer les doigts, brodez, tapissez... Tenez, la duchesse de Sali-

gnon organise une vente de charité; faites-lui quelque
chose. Elle sera enchantée.

Mercedès ne répondit rien et ne tint aucun compte
de ces observations. Le comte étonné se prit à réflé-
chir. Cette rage d'économie, dont la jeune femme était
atteinte depuis la naissance de l'enfant, devait être attribuée, sans doute, à des excès de délicatesse. Il supposa que Mercedès se souvenait trop de sa pauvreté
première et tenait, par une dignité exagérée, à ménager
une bourse où elle n'avait jamais rien mis. Il prit
alors le parti de faire remonter complètement, par
une couturière en renom, la garde-robe de sa femme;
et, comme celle-ci se récriait :

— Vous vous habillerez comme il vous plaira.
Je n'ai pas la prétention de vous dicter vos mises,
mais je tiens à ce que vous ayez sous la main tout ce
qu'une comtesse de la Genevraye peut désirer. Madame Spiels a mes ordres : elle renouvellera, chaque
mois, vos costumes, quand bien même vous ne
les auriez pas portés, et conservera la direction de
vos toilettes jusqu'à ce que vous consentiez à la
prendre.

Mercedès, irritée de ces persécutions généreuses,
laissa faire madame Spiels, mais ne toucha pas à un
seul de ses chefs-d'œuvre et s'enfonça plus avant dans
son existence claustrale.

L'état de son mari la préoccupait aussi de plus en plus.

Diverses indispositions, qui ne le surprenaient auparavant que de loin en loin, ne lui épargnaient plus les récidives. Il éprouvait des lassitudes inexplicables. Une marche de trois quarts d'heure le fatiguait au point qu'il dut abréger plus d'une fois ses promenades matinales au parc. Il lui arrivait même d'éprouver de ces faiblesses avant son lever. Le moindre bruit l'empêchait de dormir : le ronflement de la nourrice, dont la chambre se trouvait au-dessus de la sienne, suffisait pour le tenir éveillé. Puis c'étaient tantôt ses jambes, tantôt ses bras, qui enflaient légèrement, pendant quelques heures. Ses migraines, plus fréquentes, s'accompagnaient de tensions douloureuses dans les yeux. Sa vue souffrait du grand jour; il travaillait plus difficilement aux lueurs de la lampe. Des bluettes lumineuses lui passaient parfois devant le regard, pendant qu'il baignait ses plaques dans la chambre noire.

Ces accidents, bien qu'il s'en plaignît fort peu, n'échappaient pas à Mercedès. Elle les comptait avec une curiosité âpre, dont elle n'osait définir la nature... Cependant, quand elle le vit, un soir, s'appliquer un abat-jour de lustrine verte sur le front, avant de lire son journal, elle se troubla. Percinal lui avait signalé

13

certaines ophtalmies comme une des complications
les plus fréquentes des maladies des reins. Le mal
s'aggravait donc...

Madame de la Genevraye se reprocha ces recrudes-
cences comme si elle en était la cause. Ne devait-elle
pas intervenir, obtenir de son mari qu'il se soignât?
Elle parla, mais René l'arrêta dès les premiers mots.

— Eh! que voulez-vous que je fasse? s'écria-t-il en
riant.

— Que vous vous soigniez. Il le faut.

— J'ai pris deux bains de vapeur, la semaine dernière. Je me donne de l'exercice; tous les matins,
je fais deux ou trois fois le tour du parc. Je mange
des viandes saignantes, je bois du vieux mâcon et de
l'eau de Spa. Hier soir, j'ai avalé un grand bol de
bourrache en me couchant... Que me demanderez-
vous de plus?

— Voyez le médecin.

— Je l'ai vu, voilà plus d'un mois.

— Ah!... Que vous a-t-il ordonné?

— Tout ce que je fais là.

— Vous ne m'aviez rien dit. Croyez-vous donc que
ces détails ne m'intéressent pas?...

— Ne grondez pas, dit M. de la Genevraye d'un ton
caressant. Oui, je sais combien tout ce qui touche à
ma santé vous intéresse, et si mon mal présentait

quelque gravité vous en seriez la première instruite.
Mais pour des vétilles, que voulez-vous que je vous
dise ? Un rien vous alarme. Au moindre bobo qui
m'advient, vous voilà sens dessus dessous. Je ne peux
pas vous avouer que j'ai la migraine sans vous voir
pâlir aussitôt.

Il lui tendit sa longue main, toute gonflée par un
œdème passager ; puis, rabattant son abat-jour sur ses
yeux rougis, il reprit la lecture de son *Monde*.

Mercedès ne répondit rien d'abord ; mais après un
moment de silence, elle reprit :

— Nous devrions retourner à Trèfles, voyez-vous ?
C'est le grand air qu'il vous faut... Vous n'êtes pas fait
pour vivre ici... Vous n'y restez que pour moi et vous
avez tort. Je suis toute prête à m'installer là-bas, je
vous l'assure.

Il secoua la tête.

— Nous aurions mis, dit-il, un bon quart de notre
fortune dans les pierres de cet hôtel pour y loger des
souris et des araignées !... Non pas. D'ailleurs, vous
vous trompez ; je suis tout à fait parisien. J'ai ici des
ressources scientifiques dont je ne pourrais plus me
passer. Ah ! quand on a goûté de ce maudit Paris !...

Mercedès se tut. A quoi bon le tourmenter ? Il était le
maître ; elle ne pouvait pas le transporter de force à
la campagne. Il se soignait, elle n'avait rien à exiger.

L'atelier de M. de la Genevraye consistait en une large terrasse vitrée, située au deuxième étage, sur la cour. De là, on apercevait, par-dessus le toit plus bas d'un hôtel voisin, les cimes dépouillées du parc Monceaux. Douze stores bleus régnaient le long de cette galerie, aux extrémités de laquelle se regardaient, du haut de leur piédouche, les deux bustes de Nicéphore Niepce et de Mandé Daguerre. L'atmosphère était lourde et toutes sortes d'odeurs pénétrantes s'échappaient du laboratoire artistement dissimulé sous de faux vitraux.

Un matin, le comte, en vareuse de flanelle grise, vérifiait des surfaces de plaques quand sa femme entra.

— Oh! fit-il, venez-vous poser?

— Il y a si longtemps que je vous le promets!

— Bon! nous avons précisément un jour magnifique... un jour magnifique! répéta-t-il sans lever les yeux. Savez-vous qui je viens de tirer?

— Qui donc?

— Je vous le donne en cent, en mille... Ne cherchez pas, c'est inutile.. Notre maire! notre maire en chair et en os; en chair, surtout.

— Manchard! fit vivement Mercedès.

— Lui-même. Il sort d'ici.

— Par exemple !

— Il est arrivé hier soir à Paris et, naturellement, sa première visite a été pour nous .. Nous
avons causé une bonne heure. J'ai vu qu'il mourait
d'envie d'avoir son portrait ; alors, je lui ai offert de...
Je crois qu'il est merveilleusement sorti. Tenez, voulez-
vous voir ?

Il prit délicatement l'épreuve et, la plaçant un peu
au-dessus de sa manche, il montra à Mercedès l'infortuné Manchard sous la forme d'une sorte d'hippopo-
tame verdâtre.

— Oh ! ce sera frappant, assura madame de la Genevraye... Et que vient-il faire à Paris ?

— Tout simplement négocier un petit mariage pour
son fils.

Il y avait, le long de la muraille, un divan de cuir.
Mercedès se hâta de s'y asseoir. Son mari la regardait
en ricanant.

— Cela vous est bien égal, n'est-ce pas ? ajouta-t-il.

— Assurément, répondit-elle avec une indifférence
affectée.

René, qui allait rentrer dans son laboratoire, revint
sur ses pas, et, toujours avec la même ironie :

— En apparence, du moins, fit-il.

Madame de la Genevraye se sentit pâlir.

— Que voulez-vous dire ? demanda-t-elle en soutenant de son mieux le regard narquois de son mari,

Il continuait à sourire, sans répondre.

— Je vous demande un peu en quoi cela pourrait me toucher? répéta-t-elle.

— Ce qui me reste à vous dire vous intéressera peut-être davantage, reprit enfin M. de la Genevraye. La future, je n'en ai pas parlé.

— Eh bien?

— Vous la connaissez.

— Qui donc?

— Mais votre amie! votre chérie! votre...

— Edwige?

— Juste!

— Ah! s'écria Mercedès sans dissimuler plus longtemps une émotion dès lors justifiée aux yeux de son mari, je ne m'attendais pas, en effet, à cette nouvelle... Cela est décidé?

M. de la Genevraye s'était remis à l'ouvrage. Il allait et venait du laboratoire à la chambre noire, préparant tout ce qu'il fallait pour l'épreuve qu'il allait tirer.

— Décidé! répondit-il derrière la cloison; non.... Les choses ne sont pas aussi avancées, mais enfin c'est très sérieux.

— Et M. Lemahodon accepte pour gendre le fils d'un... cultivateur?

— On ne lui en a pas encore parlé.

— Et Edwige ? Elle aime ce... ?

— On ne l'a pas encore consultée.

— Mais alors...

— Voici, dit René en reparaissant avec le châssis à la main. C'est Manchard et madame Lemahodon qui ont comploté cela ensemble... (Tenez, placez-vous là, comme cela ; regardez ce buste... Bien !...) La pauvre enfant n'aura pas une grosse dot. Manchard avait rêvé toute autre chose pour son fils... (Un peu plus à gauche...) quelque riche paysanne de là-bas... (La tête un peu relevée !...) Mais le jeune homme... (Encore !...) ne veut pas entendre parler de cela... (Bon ! très bien !) Il adore Edwige... (Ne bougez plus !...)

M. de la Genevraye comptait à mi-voix les secondes. Mercedès était aussi blanche et aussi immobile que le marbre qu'elle regardait. René rabattit la planchette.

— Vous avez posé comme un ange, dit-il en disparaissant dans la chambre noire.

Mercedès s'expliquait maintenant l'insistance avec laquelle Manchard avait, à plusieurs reprises, appelé sur son fils l'attention de René, et l'assurance qu'il avait donnée, sans qu'on la lui demandât, de ne pas marier André avant de prendre conseil. Le maire prévoyait, sans doute, dès cette époque, que le concours de René pourrait lui devenir nécessaire. André aimait donc Edwige depuis longtemps !

Madame de la Genevraye resta confondue. Ainsi, tout en la poursuivant de ses tendresses, de ses colères, de ses violences même, cet homme portait au cœur une autre passion... Il ne l'aimait pas ; l'avait-il jamais aimée ?

Le comte revint avec l'épreuve négative.

— Tenez, s'écria-t-il, est-ce assez net ? assez réussi ? Vous n'étiez jamais aussi bien venue... Mais qu'est-ce que vous avez ? Est-ce que ce mariage ne vous sourit pas pour votre amie ?

— Fort peu, je l'avoue.

— Pourquoi cela ?

— Ce jeune homme ne me paraît pas le mari qu'il faut à Edwige.

— Vous en parlez comme si vous le connaissiez... Vous risquez fort de le calomnier.

— Ces choses-là se sentent.

— Il est riche. Le père Manchard a quelque chose comme soixante mille livres de revenu.

— Elle ne cherche pas la fortune.

— Il a de l'éducation.

— Oh ! à la surface.

— Comment !

— Je veux dire que cette éducation-là me paraît dissimuler une nature assez... sèche.

— Je l'ignore ; mais cela m'étonnerait. Les artistes

ont généralement du cœur. Vous ne l'avez donc jamais remarqué à l'orgue? Sa figure, quand il s'anime, prend des expressions!...

— ...Sauvages.

— J'ai toujours cru m'apercevoir, dit M. de la Genevraye en disparaissant de nouveau dans la chambre noire, que ce pauvre diable ne vous était pas sympathique. Vous le lui avez laissé voir assez clairement, le jour du baptême. Il venait de nous rendre service; vous ne l'avez seulement pas remercié. Il était froissé.

— Bah !

— Je l'ai bien vu. Enfin, s'il n'a pas le bonheur de vous plaire, rien ne prouve que votre amie Edwige sera du même goût. Il est assez beau garçon, et toutes les femmes ne sont pas aussi dédaigneuses que vous des avantages physiques.

— Décidément le maire a réussi à vous faire partager ses vues; mais ce n'est pas une raison pour nous mêler d'une affaire aussi délicate. J'espère bien que vous laisserez à ce brave homme la responsabilité de ses actes et que vous n'allez pas devenir son agent matrimonial.

— Assurément. Toutefois, comme nous avons besoin de lui...

— Pourquoi?

13.

— Pour tout. Ne sommes-nous pas ses administrés?
Si ma dignité ne me permet pas d'accepter des fonctions publiques sous ce régime-ci...

(M. de la Genevraye rentra dans la galerie, et,
fatigué, se laissa tomber sur le divan, à côté de sa
femme.)

—... Je tiens du moins à jouir, tant que je le
pourrai, de l'influence qu'elles procurent. Manchard
n'a guère été, jusqu'ici, que mon homme-lige. Je
désire essentiellement ne pas perdre mon ascendant
sur lui... Je vous avouerai même que je souhaite le
voir obtenir un siège au conseil général, à côté de
M. Vérondeux, dont je suis aussi l'inspirateur.

— Vous pouvez bien soutenir sa candidature sans
participer à ses affaires de famille.

— Vous ne voyez donc pas le dessous des cartes? Il
y a un envers que notre homme s'est bien gardé de
montrer. Le maire ne peut arriver au conseil qu'en
remplacement de M. Lemahodon. Il faut donc que
celui-ci donne sa démission. Or, Manchard compte
évidemment sur l'union des deux familles pour extor-
quer cette démission. Le chef de division vient de
perdre sa place, au mois de janvier. Le voilà réduit à
une pension de six mille livres. Sa propriété de Trèfles
est hypothéquée jusqu'aux moelles. Il n'a pas mille
écus d'économies. La situation est dure. Il serait bien

stoïque s'il ne cédait pas un fauteuil qui ne rapporte rien, en échange des compensations qui vont lui être providentiellement offertes par Manchard. Sous quelle forme discrète, — reconnaissance fictive, pension sur une dot imaginaire, rachat de la maison, — le maire déguisera-t-il son secours? Je n'en sais rien. Mais vous voyez que nous sommes indirectement intéressés à ce mariage.

— Enfin, on ne peut pas arranger tout cela sans Edwige. Si quelqu'un est intéressé dans ce projet, c'est bien elle. Vous ne voudriez pas, pour pousser une de vos créatures dans un conseil, contribuer peut-être au malheur de cette jeune fille?

— Dieu m'en garde! Si je soupçonnais que son bonheur fût ailleurs, je me ferais un devoir de combattre les vues de Manchard, dans la mesure où me le permettrait votre amitié pour elle. Dans le cas contraire, et sans peser aucunement sur la détermination des deux enfants, je ne refuserais pas aux deux familles de leur donner mon opinion, si elles me la demandaient.

Madame de la Genevraye se leva.

— A la bonne heure! fit-elle avec une satisfaction feinte, dès que vous n'intervenez pas directement...

— Je n'assume aucune espèce de responsabilité;

quoi qu'il arrive, j'aurai toujours le droit de m'en laver les mains.

—Soixante mille francs de revenu! pensait Mercedès en regagnant sa chambre, ce serait encore la fortune pour Albert!...

XXII

Un soir, quelques jours après cet entretien, madame de la Genevraye allait se mettre au lit, quand on frappa discrètement à la porte. C'était son mari.

— Je viens, dit-il, d'apprendre que le bal du ministre aura décidément lieu le 21. Voulez-vous y aller ?

Mercedès fit une moue dédaigneuse. Les flonflons de Waldteuffel étaient pour ses préoccupations un accompagnement mal assorti.

— Mais, ajouta René, votre amie Edwige y sera.

— Ah !

— Nécessairement. Les deux familles doivent s'y rencontrer... Au fait, je ne vous avais pas dit... Ce bal est l'occasion choisie par madame Lemahodon pour aboucher son mari avec Manchard.

— Une présentation officielle ?

— Non pas. Mais, enfin, ils se verront d'un peu plus près, ils causeront...

— Et c'est vous qui devez servir de...

— De rien du tout. Si je vais à ce bal, ce sera uniquement pour vous procurer un peu de distraction.

— Merci, conclut-elle, j'irai très volontiers.

Cinq minutes plus tard, elle se repentait déjà de son empressement. Un soupçon lui venait. La complaisance singulière avec laquelle son mari s'était précédemment étendu sur les vues matrimoniales de Manchard, l'intention piquante avec laquelle il avait insisté sur l'intérêt que ce mariage devait avoir pour elle, enfin, la proposition qu'il lui faisait de la conduire à ce bal, avaient réveillé dans son esprit d'anciennes inquiétudes.

Sa faute était-elle aussi bien cachée qu'elle l'avait cru ? René était-il aussi ignorant qu'il le paraissait ? Si quelque circonstance inconnue lui avait révélé la vérité ? Si cette tache maudite avait parlé ?... S'il savait ?... Elle se rappelait toutes sortes de drames et de romans où des maris trompés se faisaient, de leur feinte confiance, une arme vengeresse. N'avait-elle pas été troublée maintes fois par la bonhomie de René ? Cet homme, avec son inaltérable respect pour elle, ne l'avait-il pas atteinte dans ses plus nobles sentiments ? dans sa délicatesse en l'accablant de prodigalités intolérables ? dans ses remords, en lui refusant tout espoir d'une grossesse légitime ? dans sa maternité, en s'attribuant la direction de l'enfant ? Ne se disposait-il pas à entraver l'œuvre de réparation qu'elle avait rêvée ?...

Poursuivie par ces imaginations, madame de la Genevraye se demanda si les offres de son mari ne cachaient pas quelque piège, si elle n'allait pas, en les acceptant, au-devant de quelque nouvel affront.

Cependant, quand le petit jour se glissa entre les rideaux, ses idées s'éclaircirent. Une telle politique n'exigeait-elle pas plus de machiavélisme que René n'en avait montré ? Ce dilettantisme dans la vengeance ne dépassait-il pas ses facultés ? D'autre part, était-il vraisemblable que la loyauté chevaleresque de René s'accommodât de ces perfidies ?... Mercedès ne tarda pas à se rassurer. Elle finit même par sourire d'avoir pris, — ne fût-ce que pendant une nuit blanche, — son mari pour un Richelieu conjugal.

En sortant de ses appartements, le matin du jour fixé pour le bal du ministre, elle rencontra le valet de chambre de son mari qui descendait rapidement l'escalier. M. de la Genevraye venait de s'évanouir, au moment où il entrait dans son cabinet de travail. Elle suivit le domestique aussitôt.

René était affaissé sur un fauteuil, les jambes tendues, les bras pendants, la tête tombée, livide. La mère Presles, en déshabillé du matin, lui frottait les tempes avec de l'eau-de-vie camphrée. Il rouvrit les yeux quand sa femme entra, regarda mollement autour de lui et, d'une voix faible :

— Laissez, dit-il à la mère Presles qui lui mettait sous le nez un mouchoir imbibé de vinaigre, ce n'est rien... un étourdissement...

Mercedès renvoya la femme de charge et le valet de chambre. L'attitude cadavérique de son mari l'avait vivement impressionnée. Elle s'empressa autour de René, lui déboutonna son col et sa ceinture, glissa un coussin sous ses reins, un tabouret sous ses pieds, entr'ouvrit la fenêtre et revint s'asseoir auprès de lui.

M. de la Genevraye reprit peu à peu ses forces. Son visage se colora légèrement. Il regarda sa femme, et, lui tendant la main :

— Vous êtes bonne, dit-il.

Elle baissa les yeux et ne répondit rien.

Une heure plus tard, elle le vit reprendre son travail.

Grâce à ses préoccupations maternelles, cet évanouissement qui eût, quelques mois auparavant, éveillé en elle les plus pénibles sentiments, ne lui laissa que la crainte de manquer le bal de la nuit suivante. D'heure en heure, elle venait voir son mari, veillait à son feu, l'exhortait au repos. Elle lui fit préparer un petit déjeuner de circonstance, appétissant et léger.

Et le soir, au moment où il buvait sa quatrième tasse de thé, elle demanda d'une voix timide :

— Eh bien ! vous sentez-vous la force d'aller au ministère ?...

Il la regarda un instant et répondit avec un sourire mélancolique :

— Assurément, mon amie, vous n'avez pas tant d'occasions de vous divertir... Allons, faites-vous belle !

Le conseil était inutile. Dérogeant, pour une nuit, à la modestie habituelle de ses toilettes, elle voulait apparaître aux deux jeunes gens dans tout l'éclat de la fortune, interposer entre eux le rayonnement de sa beauté. Elle avait longuement combiné sa mise et en avait ordonné le plan avec cette stratégie consommée qui est le vrai génie des femmes du monde.

La foule était déjà compacte quand M. le comte et madame la comtesse de la Genevraye arrivèrent. René et sa femme, après avoir salué le ministre, s'avancèrent à travers les salons jusqu'à la grande salle des fêtes, à l'extrémité de laquelle l'orchestre s'élevait parmi les lauriers-roses et les myrtes portugais. Telle était l'affluence, que les nouveaux venus durent rebrousser chemin et se réfugier dans la galerie latérale.

Mercedès interrogeait vainement les profondeurs de cette cohue d'habits noirs, d'uniformes et de robes décolletées. Elle s'irritait à la pensée qu'*ils* étaient là

pourtant, et suivait impatiemment le pas de son mari
qui, sec et jaune, faisait ressortir la fraîcheur et la
grâce de sa compagne. Des chuchotements galants cir-
culaient sur le passage de la créole, indifférente à ces
inutiles admirations. Heureusement, ils rencontrèrent
— presque en même temps que le capitaine Jordanel,
plus blond que jamais dans son uniforme, — un mem-
bre de l'Académie des sciences, dont le gentilhomme
photographe avait souvent recherché les bons conseils.
M. de la Genevraye laissa sa femme au capitaine et
s'attacha au savant.

Mercedès prit le bras de son nouveau cavalier et
l'entraîna en pleine foule, sous prétexte d'y chercher le
fils d'un souverain étranger, dont la présence était
annoncée. Enfin, en sortant du troisième salon, elle
aperçut, par une éclaircie, ceux qu'elle cherchait.

Madame Lemahodon, teinte à neuf, le rouge aux
joues, le noir aux yeux, — une véritable étude aux deux
crayons, — sanglée jusqu'à extinction de souffle dans
une robe de satin maïs, trônait entre deux nuages de
mousseline blanche : ses filles. Debout devant elle,
André, svelte dans son frac de coupe irréprochable, le
claque sous le bras, à demi penché, semblait débiter
les choses du monde les plus spirituelles, à en juger
par les rires étouffés de ces demoiselles.

Ce fut à peine si Mercedès reconnut son ancien

amant. Était-ce bien là le chasseur débraillé, l'organiste aux redingotes pittoresques?... Comment le
batteur de broussailles s'était-il introduit dans la peau
de cet élégant cavalier? La transformation eût été
presque complète, et le rustre, ainsi travesti, aurait
pu passer, à la rigueur, pour un fils de famille, si
la sueur qui perlait sur son visage n'eût révélé sa
nature rurale. Un parisien authentique résiste, aussi
indifféremment qu'un infusoire, aux excentricités ther-
mométriques d'un bal, et la plus frêle de nos jeunes
filles supporte, sans même s'en apercevoir, la température d'une valse à deux temps et à cinquante degrés.

Tout en faisant face à ses trois interlocutrices,
André se tournait vers Edwige avec une complaisance
marquée. Il semblait ne parler que pour elle, épier
sur elle seule l'effet de son éloquence et ne guetter,
pour se taire, que le moment où elle allait parler. Son
visage prenait tour à tour des expressions respectueuses
et câlines, retenues et adulatrices. Tandis que Bertrande étouffait de jalousie dans sa fausse gaieté,
madame Lemahodon semblait légaliser ce manège par
des hochements de tête protecteurs. Quant à Edwige,
rouge et toute gauche, elle cherchait évidemment une
contenance introuvable. Elle riait, sans lever les yeux,
derrière son éventail.

Madame de la Genevraye ne prêtait qu'une oreille

distraite aux propos galants de Jordanel et suivait
attentivement cette scène.

— Mais, c'est donc vrai! pensait-elle, il l'aime!...

L'orchestre entamait l'introduction d'une valse.
Mercedès vit Edwige se lever et jeter son éventail sur
sa chaise, tandis qu'André y déposait son claque. Elle
s'arrêta subitement.

— Vous savez, capitaine, que je vous condamne à
la valse forcée, dit-elle.

— A perpétuité, madame, souhaita-t-il en s'élançant.

C'était une de ces valses parisiennes, à la fois brill-
antes et sensuelles, où la mélodie soupire et rit tour à
tour, mêlant à la volupté comme une ironie mondaine.
Les couples tourbillonnaient sous les lumières verti-
cales des lustres, promenant des froufrous de jupes
entraînées. Velours, satins, soies, gazes, dentelles
mariaient leurs mille nuances claires aux dorures des
uniformes et aux coupes sombres des habits; çà et là,
des éclairs de diamant se croisaient fugitivement.

Mercedès n'écoutait plus son cavalier; toute son
attention était concentrée sur les deux jeunes gens.
Elle suivait obstinément leurs tours. André, les yeux
fixés sur sa danseuse, lui parlait bas, tandis qu'Edwige,
le regard baissé, paraissait ne plus rien voir, ne plus
rien entendre et s'abandonnait naïvement au mouvement qui l'emportait

— Est-ce qu'elle l'aimerait? pensait Mercedès.

La valse finie, André reconduisit la jeune fille. Bertrande qui, de son côté, avait dansé avec un monsieur chauve et très décoré, reprit aussi sa place. On se remit à causer gaiement. Madame de la Genevraye n'avait pas même été aperçue.

Elle n'y put tenir davantage et, sous prétexte de ne pas abuser plus longtemps des complaisances de son cavalier :

— J'aperçois madame Lemahodon, dit-elle. Conduisez-moi jusque-là, mon cher capitaine, et je vous rends votre liberté.

— Oh! madame, soupira le bel officier, laissez-moi, de grâce, un bout de ma chaîne...

— Incorrigible! fit Mercedès avec un sourire.

André proposait à ces dames une excursion dans les parages du buffet, quand il s'entendit interrompre par cette exclamation de madame Lemahodon :

— Tiens, la comtesse!...

Il se retourna. Mercedès était derrière lui.

Ce fut un éblouissement inattendu. Jamais il ne l'avait vue ainsi, dans les enchantements de la parure. Il en restait tout interdit, tandis que ces dames fêtaient Mercedès et qu'Edwige, ravie, faisait place à son amie, avec une candeur charmante, entre elle et sa mère. Il s'efforça de se mettre au diapason de cette

cordialité ; mais il avait perdu le fil de son entrain.
Une demi-heure s'écoula en ces babillages sans suite,
si essentiellement féminins, que l'homme le plus
habile n'y saurait intercaler une syllabe.

Réduit au silence, André comparait mentalement
Edwige à Mercedès. Quel contraste entre ces deux
femmes ! L'une blonde et mutine, tout heureuse dans
ses atours de pacotille et ses bijoux de doublé ; l'autre
brune et grave, capiteuse — et le sachant — sous ses
diamants et ses pierreries...

Que de souvenirs lui revenaient ! Cette femme, qu'il
avait furtivement connue à travers l'obscurité d'une
serre, lui apparaissait plus tentante qu'il ne l'avait
rêvée. Cette nuque de camée, ces épaules aux courbes
mourantes, ce cou éblouissant, étaient autant de trésors
qu'il n'avait pas soupçonnés. Ces bras l'avaient fébrilement pressé sur cette poitrine et il avait ignoré le
prix de telles caresses ! Il avait perdu tant de merveilles avant de les avoir connues !...

M. Lemahodon survint, accompagné de Manchard.
L'ex-chef de division, septuagénaire au profil calvi-
niste, couronné de cheveux d'un gris sale, comme si la
poussière des paperasses administratives se fût accu-
mulée, depuis quarante ans, sur sa tête, avait fait, pour
cette fois seulement, le sacrifice de sa gravité et causait fort gaiement avec le maire. Quant à Manchard,

que l'inexactitude de son tailleur avait réduit à se faire habiller par *la Belle Jardinière*, il était irrésistible dans son habit dont les châles débordaient ses épaules, tandis que les basques lui léchaient les jarrets. Ces messieurs avaient rencontré M. de la Genevraye à la recherche de sa femme.

— Je l'ai trouvé un peu fatigué, remarqua M. Lemahodon.

Mercedès se leva.

—De quel côté se dirigeait-il? demanda-t-elle. ·

— A droite, il me semble, vers les tableaux.

— Je ne pourrai jamais fendre cette foule, soupira-t-elle en regardant Manchard.

— Mon fils va vous accompagner, si vous le permettez, madame, offrit le maire.

—Certainement, fit André.

Pendant qu'ils s'éloignaient, madame Lemahodon, se penchant vers Bertrande, lui dit à l'oreille, en tournant sa bouche de côté :

— Il paraît qu'on se lasse de tout, même de poser pour les Sainte-Mousseline.

— Ah! ricana Bertrande, elle a bien raison de se décolleter maintenant; je ne lui donne pas cinq ans pour porter des robes montantes.

— Pourquoi?

— Comment! tu n'as pas vu ce poil follet sur ses

bras?.. Avant cinq ans, ans elle sera velue comme un singe.

— Ah! ah! applaudit la mère, si tu disais une guenon, au moins?

Mercedès et André se trouvaient déjà hors de vue. Mais madame de la Genevraye, loin de se faire conduire à la galerie latérale, inclina rapidement vers les jardins.

— J'étouffe, dit-elle.

Ils franchirent une porte-fenêtre, tout encadrée de mousse semée de camélias, et s'avancèrent sous un immense vélum dont les pans cramoisis, retombant jusqu'aux tapis, formaient, au-devant des salons, une sorte de tente demi-circulaire. Des orangers alternaient avec de gigantesques corbeilles d'azalées blanches et purpurines. Des globes teintés versaient parcimonieusement leurs douces lueurs sur ce retiro. Quelques invités y avaient déjà fui la chaleur, le bruit et la lumière du bal.

Mercedès, appuyée sur le bras de son ancien amant, attendait prudemment qu'il prît la parole. Il regarda autour de lui, comme un enfant qui se croirait surveillé, puis, d'une voix basse, en hésitant :

— Oh! Juana, murmura-t-il, qui nous aurait dit, il y a seize mois, que nous nous rencontrerions ici, ce soir?

Et, comme madame de la Genevraye ne répondait rien à cette ouverture banale :

— Niez donc qu'il y ait une providence pour les amants, reprit-il. Des obstacles de toutes sortes nous séparaient, il y a quelques semaines... Et voilà qu'aujourd'hui...

Il s'arrêta.

— Aujourd'hui? demanda Mercedès impassible.

— Les circonstances ne sont-elles pas complètement changées?...

— Oh! oui.

— Ne sont elles pas mille fois plus favorables ici? poursuivit-il sans remarquer l'ironie de ce « oui ». Là-bas, vous n'hésitiez pas à traverser, la nuit, une partie du parc, au risque d'être surprise par un domestique... Et dans cette fourmilière de Paris, vous craindriez de faire une rencontre compromettante?

Madame de la Genevraye s'éventait négligemment.

— Oui, dit-elle, il y a précisément entre nous quelqu'un que je craindrais de rencontrer.

— Allons donc!

Elle lui lança un regard sévère :

— Vous savez bien ce que je veux dire.

— Je vous jure...

— Que vous ne voyez personne entre vous et moi?

14

Il parût hésiter un instant, puis, avec une irritation sourde :

— Eh bien, oui, tenez, je sais ce que vous voulez dire. Il y a quelqu'un entre nous, quelqu'un que vous y avez mis, que vous avez été bien heureuse d'y mettre pour vous défendre de mes approches : votre enfant.

Elle ne put retenir un tressaillement.

— Allez, poursuivit-il, ce n'est pas aujourd'hui que j'en ai fait la remarque. Rappelez-vous le jour du baptême... Nous sortions de l'église; c'était la première fois que je vous revoyais et je m'approchais pour vous parler. Mais, comme l'enfant criait dans les bras de sa nourrice, vous vous êtes retournée aussitôt vers lui, sans plus daigner m'apercevoir... J'ai bien vu, dès ce moment, qu'il m'avait volé ma place dans votre cœur; j'ai senti que ce serait mon ennemi.

— Oh! vous êtes fou!...

— A la Genevraye, vous m'interdisiez votre porte. Chaque fois que je me présentais, madame était sortie ou indisposée; ou bien, on avait des visites. Je m'en retournais désespéré, sachant que, pendant ce temps, vous étiez enfermée avec cet enfant. Un jour, cependant, je force la consigne et je pénètre jusqu'à vous. Comment m'avez vous accueilli? Pendant une heure, sous prétexte de faire son portrait, vous n'avez cessé de le contempler, de l'admirer. J'avais beau vous raconter

mes souffrances, implorer votre pitié; vous ne paraissiez pas me comprendre. M'entendiez-vous seulement,
alors que vous le preniez sur vos genoux et que vous
le caressiez? J'ai vu le moment où vous alliez me le
faire embrasser... Je ne sais pas ce que j'aurais fait!...
Tenez, un soir de chasse, j'étais venu apporter une
demi-douzaine de cailles à madame Presles. Je vous ai
aperçue à la fenêtre de votre chambre; vous l'aviez
sur les bras et vous le faisiez rire par des grimaces...
J'avais envie de vous envoyer ma dernière charge de
plomb...

Mercedès jouait fébrilement de l'éventail.

— Ne parlez pas comme cela! fit-elle d'une voix
altérée, vous ne savez pas ce que vous dites.

— Vous êtes sa mère, c'est votre droit de le préférer. Mais vous avouerez que j'ai bien celui de le haïr.

Madame de la Genevraye ne s'était pas attendue à
cette attaque. Elle sentit que le sang-froid allait lui
échapper.

— Non, affirma-t-elle d'une voix résolue, vous n'a-
vez pas ce droit, car vos accusations sont insensées.
Si vous éprouvez quelques déceptions, c'est vous-
même, vous seul qu'il faut accuser.

— Quoi! c'est moi qui?...

— Me prenez-vous pour une sotte? et pensez-vous
me tromper aussi aisément que cette jeune fille?

— Ah ! Juana, pouvez-vous croire ? ...

— Je savais bien que vous alliez nier. Mais ne vous donnez pas cette peine inutile. Je sais tout... Entre nous, il y a mademoiselle Lemahodon, et, quand vous venez me parler de votre amour, il faut bien que vous trompiez quelqu'un : elle ou moi.

André la mena jusqu'aux fauteuils les plus proches.

— Asseyons-nous là, dit-il, et écoutez-moi. Je ne trompe personne, ni mademoiselle Edwige, ni vous, Juana. Vous doutez de mon amour; c'est bien mal choisir votre temps. Si quelque chose devait vous le prouver, ce serait justement ce malheureux projet de mariage. La première fois que mon père m'en a parlé, j'ai ri de bon cœur. Moi, le mari de cette petite niaise ! moi qui sortais à peine de vos bras ! Passer d'une femme telle que vous à une fillette telle qu'Edwige !... N'avais-je pas votre parole, d'ailleurs ? et pendant cette séparation provisoire, n'étais-je pas aussi lié par votre promesse que vous étiez liée vous-même ? J'aurais renoncé à la certitude de vous retrouver bientôt, plus adorable que jamais, pour le plaisir de déniaiser cette petite ? Allons donc !... Mais le temps s'est écoulé; l'échéance tant attendue est arrivée et, avec elle, une déception immense, telle que je n'en avais jamais éprouvé... Vous savez tout ce que j'ai fait pour vous fléchir. Si j'ai été jusqu'à la violence, c'est que je ne pouvais me résigner

à vous perdre... Vous êtes restée sans pitié... Et
pendant ce temps, le nom d'Edwige me sonnait sans
cesse aux oreilles; mon père ne se lassait pas d'attirer
mon attention sur elle. J'étais riche pour deux. Elle
avait toutes les qualités. Jamais je ne trouverais une
femme plus accomplie... Je ne riais plus. J'étais las
d'attendre, de supplier, de menacer. Je me sentais
aigrir de jour en jour, je croyais vous haïr. Un jour, la
rage m'a pris. Après tout, est-ce que mon père n'avait
pas raison? Cette jeune fille n'avait-elle pas l'étoffe
d'une charmante femme d'intérieur? Je ne sais
pas pourquoi je croyais me venger de vous si je
l'épousais... Alors je me suis laissé glisser **sur cette**
pente; mon père a profité de cette défaillance, **et, de**
causeries en conciliabules, de projets en entrevues,
j'en suis venu où vous me trouvez aujourd'hui : à deux
doigts d'un mariage dont je me soucie comme de cette
statue, et qui se fera peut-être, parce que vous l'aurez
voulu.

Sa voix avait pris une intonation pénétrante. A demi
retourné vers la créole, caressant du regard la courbe
mate de ses épaules, il tourmentait fébrilement les cré-
pines d'or du fauteuil. Mercedès, froide et muette sous
ce regard, semblait suivre de loin les évolutions d'un
quadrille entrevu à travers les portières relevées et
dont les rythmes venaient s'éteindre sous l'hémicycle.

Si elle pouvait douter de la sincérité d'André, elle ne pouvait douter de ses passions. Était-il encore temps d'enrayer ce mariage? Peut-être, mais à quel prix?... Cette question l'épouvantait. L'heure était décisive cependant, le danger imminent. Elle agitait son éventail.

— Ainsi, résuma-t-elle, vous voudriez me faire croire que j'ai été pour quelque chose dans votre nouvelle... comment dirai-je?...

— Vous faire croire? Ne me dites pas que vous en doutez. Vous savez bien quel empire absolu vous avez pris sur ma volonté. Tant que j'ai pu croire à votre amour, est-ce que le reste du monde existait pour moi? Mais quand j'ai vu que vous m'échappiez, quand j'ai été certain que vous ne m'aimiez plus...

— Voilà, interrompit-elle en cessant tout à coup de s'éventer, une conviction qui a dû se présenter fort à propos. Gageons que c'est au moment où mademoiselle Edwige commençait à vous plaire que vous avez acquis la certitude de mon inconstance... Allons, n'inventez donc pas d'excuse. Est-ce que je vous en demande? Vous ai-je adressé le plus léger reproche? Me suis-je donné la peine de vous rappeler un seul des sacrifices que je vous ai faits? Alors pourquoi vous escrimer à vous défendre?... Vous avez tiré de moi tout ce que vous vouliez; maintenant c'est sur cette jeune fille que se por-

tent vos caprices. C'est si naturel, cela! Je serais bien
sotte d'être jalouse. Allez donc vous jeter aux genoux
d'Edwige; débitez-lui ces belles protestations auxquelles j'avais cru. Jouez du regard et du geste. Si vous
êtes embarrassé vous n'aurez qu'à vous rappeler la façon
dont vous vous y preniez avec moi. Vous avez une
excellente méthode; ce jeu-là réussit toujours... Enfin,
aimez-*la* bien, soyez heureux et ayez beaucoup d'enfants!... Votre bras, s'il vous plaît.

Ils rentrèrent dans les salons et, sans échanger une
parole, gagnèrent la galerie latérale où devait se trouver M. de la Genevraye. Mercedès traversait la foule
avec une sérénité aussi souriante que si elle eût causé
du dernier ballet de l'Opéra ou du nouveau chapeau de
madame Hofeld. André, pris au piège que venait de lui
tendre son ancienne maîtresse, la conduisait avec une
vaniteuse gravité. Cette créole de vingt-trois ans, belle
et riche, dont la chaude carnation rayonnait sous les
lumières, dont on admirait, au passage, les épaules et
le collier, les yeux noirs et les aigrettes étincelantes,
il en était aimé, adoré! pensait-il... Il eût souhaité
pouvoir dire à tout ce monde:

— Cette femme que vous admirez a été ma maîtresse
hier; elle le sera demain, si cela me plaît. Regardez-
la, mais n'y touchez pas; elle m'appartient....

M. de la Genevraye, appuyé contre une colonne,

écoutait le cousin Charmalières discourant sur le nouveau Vélasquez du ministre.

— Eh bien? demanda-t-il à sa femme, vous êtes-vous
un peu divertie?

Elle remarqua la pâleur de son visage et la fatigue
de ses yeux.

— Non, dit-elle, j'étais inquiète de vous; voilà vingt
minutes que je vous cherche. Vous devez être harassé.
Partons.

Tandis qu'ils montaient en coupé, Manchard et son
fils faisaient des efforts désespérés pour approcher du
buffet encombré par la foule. Ils aperçurent madame
Lemahodon et ses filles, qui, tranquillement assises à
l'écart, mangeaient et buvaient avec un appétit scan-
daleux.

— Ma parole! s'écria André, je crois que ces dames
n'avaient pas dîné.

— Ah çà! grommelait le gros homme, il n'y a donc
place que pour les femmes, ici!

Enfin, las d'admirer les coupes de gâteaux et d'as-
pirer vainement le parfum des sandwiches :

— Viens, mon grand, dit-il, allons-nous-en. Nous
trouverons bien quelque part une choucroûte garnie à
nous mettre sous la dent.

La nuit était froide et sèche. Pour se réchauffer ils
allèrent, au pas de course, par les boulevards, jusqu'à
une brasserie du faubourg Montmartre.

XXIII

Le lendemain, vers onze heures, la mère Presles vint avertir Mercedès que M. de la Genevraye ne paraîtrait pas au déjeuner. Le comte avait passé une nuit fort agitée et ne se sentait pas la force de quitter son lit.

— Quand je lui disais, s'écriait la bonne femme, qu'il allait attraper du mal à ce maudit bal!... Mais il y tenait; il n'y a pas eu moyen... C'est qu'il a une mine à faire peur!

En effet, René avait une pâleur terreuse. Il se retournait sans cesse dans son lit; c'était une courbature qu'il ressentait dans tous les membres. Il y avait auprès de lui une cuvette dans laquelle il venait de vomir des matières glaireuses et verdâtres. La diarrhée de la veille avait repris son cours, accompagnée, cette fois, de coliques violentes. Il avait même éprouvé deux ou trois spasmes. La sueur lui ruisselait sur le corps, et ses pieds étaient glacés. Telle était son altéra-

tion qu'il avait déjà vidé deux carafes de limo-
nade.

— Ma chère amie, balbutia-t-il d'une voix faible et
entrecoupée, je crains d'avoir pris froid, cette nuit...
Il faisait si chaud dans ces salons!... Mais voilà une
transpiration qui va... me faire grand bien; couvrez-
moi seulement... les pieds.

Mercedès s'accusa de cette indisposition. C'était sa
faute si son mari gisait encore une fois sur son lit; elle
lui eût certainement évité cette rechute en lui épar-
gnant les fatigues d'un bal... Effrayée, elle envoya aussitôt chercher le médecin.

Les appréciations optimistes du docteur la rassu-
rèrent. L'indisposition de René ne présentait aucun
danger immédiat. Un traitement de quelques jours
suffirait à l'en guérir.

Ce médecin, que madame de la Genevraye avait
antérieurement consulté à plusieurs reprises, devait
être en mesure d'émettre un avis réfléchi. Mercedès
saisit cette occasion de contrôler l'opinion de Percinal
et, retenant le docteur dans l'antichambre :

— Enfin, lui demanda-t-elle, que pensez-vous de
cette crise?

Il fit une moue d'incertitude :

— Mon Dieu! madame, quand je demande huit
jours pour rétablir votre mari, je ne parle que des ac-

cidents actuels. Quant à l'affection elle-même, notre
action est nécessairement très bornée...

— Vous savez que son frère aîné est mort d'une
maladie des reins ?

— Sans doute, mais ce n'est pas une raison... Il faut
attendre... attendre... Rien à faire pour le moment,
que suivre régulièrement son régime...

Madame de la Genevraye soupçonna qu'il n'osait pas
dire toute sa pensée. Elle voulut le mettre à l'aise, et,
d'une voix douloureuse :

— C'est que, voyez-vous, un médecin de province
que j'ai dû appeler auprès de lui, pendant notre dernier
voyage... voyait les choses très... en noir.... Figurez-
vous qu'il ne lui donnait plus.... Il parlait d'une année....

Le docteur se récria :

— Oh! fit-il, voilà une affirmation bien hasardée.
Certainement la situation générale est grave. Ces
symptômes dysentériques sont fâcheux : l'œdème des
jambes va probablement augmenter. Il faut nous attendre à un affaiblissement marqué... Mais préciser
de cette façon l'issue d'une maladie chronique, je ne
me permettrais pas cette témérité.

Sur cette réponse, suffisamment péremptoire, madame de la Genevraye s'installa au chevet de son mari
et déclara qu'elle ne le quitterait plus. René eut beau

se récrier, elle se fit dresser un lit dans le cabinet de
toilette voisin, afin de rester, pendant la nuit, à portée
de ses besoins. Elle veillait par elle-même à ce que
rien ne lui manquât, lui administrait les médicaments
aux heures prescrites, aux doses voulues, mesurait le
jour à ses yeux fatigués et lui frictionnait les jambes.
Elle lui faisait la lecture du *Monde* ou brodait auprès
de son grand fauteuil, en causant. Plusieurs fois il demanda l'enfant. Elle le lui apporta elle-même et sut
paraître calme, pendant que, penchant ses lèvres
pâles, il embrassait le bâtard de sa femme.

Sept jours se passèrent ainsi sans que le zèle de
Mercedès se démentît. Elle put se donner à son aise
la satisfaction d'un dévouement qui ne lui coûtait
qu'un peu de fatigue. Sans rien abandonner de ses
projets, elle pouvait se payer le luxe du sacrifice. Elle
soignait le malade avec d'autant plus d'empressement
que la maladie était incurable, et c'était une bonne
fortune pour ses scrupules de pouvoir guérir momen-
tanément cet homme condamné à une rechute mortelle. Était-ce sa faute si ses soins ne pouvaient aboutir qu'à relever pour un temps cette constitution
minée?

Quelquefois, pendant que René sommeillait, elle
aimait à caresser cette pensée qu'elle aurait fait, quoi
qu'il advînt, tout son devoir, et qu'elle n'aurait rien à

se reprocher. Elle pourrait jouir en paix de sa délivrance.

Mais tandis qu'elle escomptait ainsi, au prix de
quelques veilles, le droit de mettre à profit son veuvage, où en était la lutte qu'elle venait d'ouvrir
contre sa rivale? Ce qu'elle avait semé dans son amant
de regrets et d'espérances avait-il germé depuis une
semaine ?

André n'osait probablement pas se présenter à l'hôtel;
peut-être craignait-il aussi d'écrire, ignorant que le
comte respectait scrupuleusement la correspondance
de sa femme. Et, tandis qu'il cherchait sans doute les
moyens de pénétrer jusqu'à elle, Manchard et madame
Lemahodon devaient poursuivre leur œuvre. Edwige
elle-même, candidement, travaillait peut-être à la
séduction de son futur... Chaque jour écoulé était
une chance de plus pour la jeune fille et de moins
pour la jeune femme.

Les craintes de Mercedès furent bientôt démenties.
Un après-midi, en revenant du Bois où, profitant
d'une pâle échappée de soleil d'hiver, elle s'était fait
conduire avec l'enfant et la nourrice, elle trouva dans
sa coupe la lettre suivante :

« Ma Juana adorée,

» Je m'étais bien promis de ne plus vous impor-

15

tuner, mais vos dernières paroles me sont restées sur
le cœur. Est-ce que vous croiriez sérieusement que
j'aie pu oublier?... Vous oublier! Mais pour quel
misérable me prenez-vous donc? moi qui n'ai pas cessé
un seul instant de vous appartenir... Comment voulez-
vous que j'accepte le rôle méprisable que vous me
prêtez! Je savais depuis longtemps que j'avais perdu
votre affection, mais j'espérais avoir conservé votre
estime. Et quand je pense que c'est ce maudit projet
de mariage qui est cause de tout cela!... Ah! si vous
pouviez lire dans mon cœur, Juana! Si je pouvais vous
faire assister à ce qui se passe autour de moi! Si vous
saviez tous les prétextes que j'invente pour me dégager
de l'impasse où je me suis laissé entraîner! Si vous
saviez ce que je pense de cette poupée, qu'on voudrait
me faire prendre pour une femme !... Que faut-il
donc faire pour être cru? Parlez, commandez-moi ;
j'obéirai, car je n'aime que vous, je ne veux que
vous seule. Que puis-je faire de plus, pour vous en
convaincre, que de me jeter à vos genoux et de m'engager
à vous en donner toutes les preuves qu'il vous plaira?

» Votre, pour la vie,

» ANDRÉ »

« P. S. — Ne m'écrivez pas à la maison; mon père
serait capable d'ouvrir la lettre. J'ai loué une chambre,

rue Legendre, 147, au fond des Batignolles, exprès
pour y recevoir votre réponse. J'y passerai l'après-
midi tous les mardis et les vendredis... »

Madame de la Genevraye ne se laissa pas tromper par
ces grands mots. Cette soumission n'était en réalité
qu'une nouvelle menace. André se livrait à sa maîtresse,
elle n'avait qu'à parler pour être obéie. Elle pouvait
tout exiger, même qu'il rompît avec Edwige. Mais si
elle repoussait ses offres, elle renonçait à lui. « Edwige ou vous », tel était le vrai sens de cette lettre.

Ainsi mise en demeure de se rendre à son amant
ou de l'abandonner à la jeune fille, Mercedès restait
toute pensive. Ses efforts pour concilier les droits
du mari avec ceux de l'enfant devenaient de plus en
plus inutiles. Les deux êtres entre lesquels sa conscience se refusait à choisir, se la disputaient plus vivement que jamais...

Cependant n'y avait-il pas moyen, sans se mettre à
la merci d'André, de conserver sur lui quelque ascendant? de lui donner assez d'espoir pour qu'il ne
s'écartât pas d'elle, tout en lui imposant encore assez
de respect pour qu'il n'en approchât pas davantage?

Elle hésitait à répondre, à livrer son écriture aux
hasards d'une correspondance. Mais se rendre elle-
même à l'adresse indiquée était moins praticable

encore. André, d'ailleurs, pouvait avoir conservé dix
ou douze lettres d'elle ; qu'importait une de plus ?
Elle écrivit ces simples mots :

« Je vous crois, et sans conditions. Je ne puis
exiger des preuves, n'ayant pas d'ordre à vous
donner. Vous devez savoir ce que vous avez à faire. »

En ne lui demandant rien, elle ne lui promettait
rien. C'était lui dire cependant : — Renoncez d'abord
à Edwige, nous verrons ensuite...

Elle comptait l'arrêter ainsi du même coup au seuil
du mariage et de l'adultère. Elle fut trompée dans
son attente. Dès le lendemain, un nouveau billet lui
parvenait. Il ne contenait qu'une ligne :

« Je vous attends, ce soir, à quatre heures. »

— Jamais ! s'écria-t-elle en froissant le papier.

Et elle le jeta dans le feu avec colère.

XXIV

Depuis qu'elle l'avait rencontrée au bal du ministère, madame de la Genevraye n'avait pas revu Edwige.
Elle en était donc réduite aux conjectures sur les véritables dispositions de la jeune fille. Aussi, désespérant de recevoir la visite des Lemahodon, songeait-
elle à les inviter à dîner, — moyen infaillible de les
voir accourir, — quand, par un bel après-midi de
février, au moment de monter en voiture avec la nourrice, elle vit apparaître dans le vestibule Edwige et sa
mère.

— Ah! mon Dieu! s'écria la femme de l'ancien
bureaucrate, que je ne vous empêche pas de sortir au
moins! Je vous en prie, nous serions désolées...

— Du tout, insista madame de Genevraye. Rien ne
me presse; nous allions faire un tour au Bois.

Madame Lemahodon ne voulut rien entendre.

— Nous n'entrons pas, s'écria-t-elle, nous n'entrons
pas... J'ai des courses à faire dans le quartier. J'avais

l'intention de vous laisser Edwige et de venir la reprendre tantôt. Vous voyez bien que je ne peux pas entrer.

— C'est très mal, fit Mercedès, il y a plus de trois semaines...

La vieille coquette l'interrompit :

— Oh ! nous sommes bien en retard avec vous, minauda-t-elle, bien en retard... Mais nous avons des circonstances atténuantes. J'ai été horriblement grippée. Bertrande s'est donné une épouvantable indigestion d'angélique. Et puis, nous avons eu beaucoup de préoccupations, ces temps derniers. Heureusement qu'elles touchent à leur terme ; ma pauvre santé n'y résisterait pas. Je vous conterai tout cela, un de ces jours.

A *leur terme?*... Le mariage était-il donc conclu?

— Mais, demanda vivement Mercedès, pourquoi ne me laisseriez-vous pas Edwige, puisque vous en aviez l'intention? Nous reviendrons à l'heure qu'il vous plaira.

— Oh ! oui, maman, s'écria la jeune fille.

— La gâtée ! fit sa mère. Eh bien ! à quatre heures, alors.

Cinq minutes plus tard, les deux amies et la nourrice roulaient vers le Bois. Au carrefour des Cascades, cette dernière descendit pour promener l'enfant au soleil, dans l'avenue de Saint-Cloud, où il fut convenu qu'on viendrait la reprendre; puis le trois-quarts partit au pas.

Une douce soleillée d'hiver éclairait obliquement les futaies nues et immobiles. Des moineaux s'abattaient, çà et là, sur la route et ne fuyaient que sous le pas des chevaux. Les promeneurs, mis en bonne humeur par ces premiers beaux jours, descendaient joyeusement vers les lacs, les enfants par devant, ou s'arrêtaient pour admirer les équipages lentement conduits par des cochers solennels dans leurs fourrures de renard.

— J'espère, dit madame de la Genevraye, que vous devez avoir à m'en conter, cette fois-ci!

— Cela veut dire, sans doute, que vous avez trouvé mon silence un peu long.

— Non, je me l'expliquais assez bien.

— Qu'est-ce que vous supposiez donc?

— Que vous éprouviez quelque embarras à me faire part d'un pareil projet.

Edwige ouvrit avec étonnement ses grands yeux bleus.

— Et pourquoi? demanda-t-elle.

Mercedès fit mine d'hésiter.

— Voyons, insista la jeune fille, dites-moi toute votre pensée; je tiens absolument à la connaître.

— Il est peut-être bien tard...

— Est-ce un reproche? Attendez, vous m'accuserez
tout à l'heure; mais expliquez vous d'abord. N'êtes-
vous plus ma grande sœur chérie? C'est un avis fraternel que je vous demande. Il ne serait pas trop tard
pour le suivre s'il était bon.

— Soit, céda madame de la Genevraye, mais donnez-
moi votre parole que vous ne répéterez pas une syllabe de ce que je vous aurai confié.

— Je vous le promets.

— Pas même à votre mère?

— A personne.

La jeune femme, nonchalamment adossée dans son
coin, la voilette sur le visage, le menton rentré dans
le faux astrakan de son manteau, observait, du fond
de la pénombre où elle se maintenait, la physionomie
d'Edwige pleinement éclairée.

— Eh bien! ma chérie, reprit Mercedès, êtes-vous
certaine d'être aimée?

— Je crois l'être.

— Si vous vous trompiez, cependant? ou plutôt si
l'on vous trompait? S'il n'y avait, sous l'apparente
passion de ce jeune homme, qu'une déplorable faiblesse de caractère?

— Qu'est-ce que vous voulez dire? demanda Edwige étonnée.

— Vous êtes la loyauté même, Wigette, et vous ju-

gez le monde d'après vous. C'est un excellent moyen
d'être dupe. Je vous aime trop pour ne pas chercher
à vous ouvrir les yeux, dussiez-vous en pleurer un
peu... Si M. André vous épouse, ce sera par ordre.

— Par ordre ! et de qui ?

— De son père.

Edwige parut tout interdite.

— Cela vous étonne, reprit Mercedès. Vous vous
demandez probablement quel intérêt M. Manchard peut
avoir à vous faire épouser son fils... Le plus grand
qu'un homme de son âge puisse avoir : l'intérêt de son
ambition.

— Par exemple, je vous comprends de moins en
moins.

— Vous allez y voir clair. Le maire s'est mis dans la
tête de devenir conseiller général.

— Ah !... Eh bien ?

— Il ne peut y avoir qu'un seul conseiller par canton. M. Lemahodon étant le représentant du canton
de Pont-de-Ronce, c'est donc sa place que le maire
convoite. M. Manchard n'entrera pas au conseil tant
que votre père en sera. Il faut donc, à tout prix, qu'il
obtienne la démission de M. Lemahodon.

A ce point de sa démonstration, madame de la Genevraye se trouva légèrement embarrassée. Elle ne pouvait, sans blesser les sentiments les plus délicats d'Ed-

15.

wige, préciser la nature du marché matrimonial qui
avait dû se conclure entre l'ex-chef de division et le
maire, et en vertu duquel le premier payerait de sa
démission le mariage de sa fille avec le riche héritier du
second. Il fallait qu'Edwige devinât ces choses, sans
qu'elles fussent dites.

— Comment, reprit Mercedès, votre mariage avec
M. André pourrait-il servir les calculs de son père ?
C'est ce que je n'ai pas la prétention de savoir...
Pourquoi ce brave homme, s'il ne peut obtenir à pré-
sent la vacance qui lui est indispensable, l'obtiendrait-
il après ce mariage ?

Elle fit une imperceptible pause et continua :

— Sans doute, il compte sur les relations d'amitié
que l'union des enfants doit créer entre les pères, pour
décider tout doucement M. Lemahodon à lui faire
place...

Edwige avait rougi jusqu'aux oreilles. Immobile, à
demi tournée vers son interlocutrice, elle regardait
machinalement la glace, sans rien voir des taillis
dépouillés qui se succédaient dans le cadre de la portière.

— Ce que je puis affirmer, reprit madame de la
Genevraye, c'est que le maire se fait fort d'avoir cette
décision dans sa poche, dès le lendemain de la cérémonie ; en un mot, que ce mariage, ma pauvre Wigette,

est pour son ambition une question de vie ou de mort. Il ne faut donc pas vous étonner qu'il y tienne tant.

— Mais, hasarda la jeune fille, dans tous les cas, il me semble que cela ne prouve pas... ce que vous disiez. M. Manchard peut être très intéressé à ce mariage sans que son fils y soit... indifférent.

— Assurément cela se pourrait, mais j'en doute fort. Quoique j'ignore la marche des négociations entre les deux familles, je gagerais que le père a joué un rôle bien plus actif que le fils. Ce garçon m'a toujours paru d'un caractère très flottant. On sent, rien qu'à le voir, qu'il a été rompu dès l'enfance à la soumission filiale. Son père, du reste, ne s'en cache pas. N'avoue-t-il pas à qui veut l'entendre, que son fils « n'a pas de volonté »?

— C'est vrai, il le disait encore avant-hier à maman. Mais ce n'est pas une raison... Pourquoi les inclinations de M. André ne s'accorderaient-elles pas avec les calculs de son père?

— Mon Dieu ! ma chère, tout est possible. Voilà un homme habile qui ne peut parvenir à ses fins qu'en vous prenant pour bru; d'autre part, il se trouve que, précisément, son fils vous adore... C'est une de ces coïncidences heureuses comme on en voit dans les romans. Le hasard est quelquefois si spirituel !

Soit que cette ironie l'eût piquée, soit qu'elle pesât ces présomptions, Edwige ne répondit rien. La voiture suivait, au pas, l'interminable avenue des Acacias. Les squelettes des arbres défilaient lentement à droite et à gauche, tordant au-dessus de la route leurs bras décharnés. On n'entendait que le bruit monotone du gravier craquant sous les roues, et la foulée régulière de la jument.

Madame de la Genevraye hésitait à enfoncer plus avant la désillusion dans le cœur de sa jeune amie.

— Bast ! fit tout à coup celle-ci avec un enjouement mélancolique, quand même ce garçon n'aurait aucun penchant pour moi !... Qu'est-ce que cela fait ? Est-ce qu'on ne s'épouse pas ainsi le plus souvent ? J'entends dire partout que les mariages d'amour finissent rarement comme ils ont commencé. Eh bien, s'*il* ne m'aime pas la veille, peut-être m'aimera-t-*il* le lendemain...

— Quelle philosophie ! s'écria Mercedès. Mais pour cela, il faudrait au moins qu'il eût du cœur.

— On prétend qu'il n'en manque pas. Il paraîtrait même qu'il en a trop.

— Allons donc !

— Dame ! s'il est vrai qu'il ait une maîtresse...

— Lui ! fit madame de la Genevraye surprise.

— Je n'en sais rien ; on l'a dit. Cela durerait même depuis longtemps.

— Par exemple !

— Et ce qu'il y a de plus fort, c'est que cette femme serait mariée.

Mercedès se sentit pâlir sous son voile.

— Oh ! s'écria-t-elle.

— N'est-ce pas ? Il ne manquerait plus qu'il en eût des enfants !

Madame de la Genevraye se mordit les lèvres. Edwige la regardait avec une moue qui semblait dire : Qu'en penseriez-vous ?

— Êtes-vous sûre de cela ? demanda Mercedès en affectant un sourire d'incrédulité.

— C'est ma sœur qui me l'a dit.

— Mais où mademoiselle Bertrande a-t-elle pu ?...

— Elle a consulté une somnambule.

Madame de la Genevraye eut un éclat de rire nerveux.

— Entre nous, reprit Edwige, je ne serais pas étonnée que ma chère sœur n'eût consulté que sa petite imagination. Bertrande est bien gentille, mais je la crois un peu jalouse. M. André ne lui aurait pas déplu. Elle lui en veut de m'avoir préférée... Comme si un garçon de vingt ans pouvait épouser une fille de vingt-sept ?... Alors il ne serait pas étonnant qu'elle eût inventé cette belle équipée. Au reste, elle a perdu son temps, car je n'en crois rien.

— Eh ! eh ! fit Mercedès, profitant aussitôt de l'oc-

casion, les jeunes gens d'aujourd'hui sont si peu scru-
puleux !

La jeune fille haussa les épaules.

— Tenez, dit-elle, laissez-moi vous parler à cœur
ouvert. Certainement ce serait abominable cette liaison;
eh bien, on m'en mettrait la preuve sous les yeux que
je ne sais pas si je romprais...

— Mais, malheureuse! vous l'aimez donc ? s'écria
madame de la Genevraye déconcertée.

Edwige sourit d'un sourire triste.

— Je ne l'aime pas, répondit-elle.

Mercedès tombait de surprise en surprise.

— Voyons, Wigette, fit-elle en prenant dans ses
mains celles de la jeune fille. Vous ne l'aimez pas !
Alors, pourquoi l'accepteriez-vous? S'il est certain
qu'il vous épouse sur commande, vous, du moins,
n'êtes-vous pas libre de le refuser ?

— Oui, et c'est ce que je ferais s'il ne s'agissait que
de moi; mais je ne suis pas seule en question ici...

Une larme brillait dans ses yeux.

— Vous connaissez notre situation. Je vous ai conté
nos misères, au printemps dernier, dans le kiosque.
Vous rappelez-vous?... Depuis ce temps-là, nos
affaires ne se sont pas relevées. Pour comble, papa a été
mis à la retraite. Aussitôt une bande de créanciers
sont tombés sur lui; le plus clair de ses pauvres éco-

nomies a passé aux plus récalcitrants. Si au moins la maison rapportait quelque chose! Mais les récoltes ont été vendues par avance; il ne nous reste que les frais d'entretien et les contributions. Nous voilà donc quatre personnes à vivre sur six mille francs. Avec les goûts de maman et de ma sœur, jugez si c'est possible! Voyez-vous papa se privant encore, à soixante-dix ans, pour payer un peu de toilette à sa femme et à sa fille!... Pauvre père! il le ferait... Je ne veux pas voir cela. Je veux qu'il puisse se reposer en paix, après quarante ans de travail, sans avoir à partager jusqu'à sa dernière bouchée. J'avais rêvé de lui faire une vieillesse qui le dédommageât de tout ce qu'il a souffert...

De grosses larmes coulaient sur ses joues. Mercedès lui pressa affectueusement les mains.

— Eh bien! ce rêve, je désespérais de le réaliser, quand ce mariage est venu m'offrir une occasion que je ne retrouverai jamais. M. Manchard a laissé voir l'intention d'acheter notre maison pour la donner à son fils, en outre de sa dot. Il n'offrirait pas plus de quatre-vingt mille francs, à cause des hypothèques; mais papa dit que ce serait encore un joli prix... Là-dessus, j'ai combiné mes petits arrangements : rien ne m'empêcherait de faire murer la seconde porte du salon, de façon à isoler tout à fait les cinq pièces suivantes, et de percer une porte-fenêtre sur le potager.

Cela donnerait un appartement indépendant du nôtre et dont mes parents pourraient conserver la jouissance. Si maman et ma sœur préféraient passer l'hiver à Paris, chez ma tante Élise, eh bien, elles seraient libres; mais au moins papa ne serait plus obligé de les accompagner, et il n'aurait plus de loyer à payer... Puis, avec les quatre-vingt mille francs, on payerait les dettes de maman et on trouverait peut-être un mari pour ma sœur. Enfin mon pauvre père pourrait manger en paix sa pension. Voilà ce que je puis faire en devenant madame Manchard.

Le dévouement filial de cette enfant, s'oubliant elle-même, prête à sacrifier sa liberté, ses goûts, son bonheur peut-être, afin d'assurer à son père le repos des derniers jours, était bien fait pour réveiller en Mercedès tout ce qu'il y avait de nobles instincts et de chevaleresques sentiments. Et quelle candeur dans cette abnégation! Comme ces pierres précieuses habilement serties dans des émaux sombres, le désintéressement d'Edwige s'enchâssait merveilleusement dans sa simplicité. Elle se sacrifiait tout naturellement, et, pour ainsi dire, sans s'en apercevoir.

Cependant, madame de la Genevraye n'éprouva qu'une sourde irritation. Prête, elle aussi, à de pareils héroïsmes, avide de se dévouer pour son enfant comme Edwige pour son père, elle ne pouvait plus voir dans son amie qu'une rivale. Elle ne chercha pas davantage à la dissuader. Fondée sur de pareils motifs, la décision de la jeune fille devait être irrévocable. Dissimulant donc sa colère sous une apparente compassion :

— Pauvre bichette! soupira-t-elle.

Puis, quittant les mains de la jeune fille :

— Voulez-vous bien m'essuyer ces vilains yeux-là! on verrait que vous avez pleuré et il faut que tout cela reste entre nous.

Le trois-quarts avait débouché sur le carrefour des Cascades. De là, on apercevait le lac inférieur, sur lequel commençaient à planer des bandes de vapeurs. Madame de la Genevraye donna au cocher l'ordre de tourner bride.

Edwige reprit les mains de sa compagne.

— Vous avez l'air soucieux? demanda-t-elle d'une voix câline. Oh! je me doute bien de ce que vous pensez.

— Vraiment!

— Vous vous dites que les soins de mon ménage, les distractions de ma nouvelle famille passeront avant notre amitié. Vous craignez que Wigette n'oublie sa sœur chérie... Est-ce ça?

— Un peu.

— Eh bien! sachez que ce sera tout le contraire, vilaine jalouse. On s'aimera plus que jamais... D'abord, étant mariées l'une et l'autre, notre intimité n'aura plus ces petites réserves qui séparent toujours une jeune fille d'une jeune femme. Puis, je serai libre. J'irai chez vous quand je voudrai; vous viendrez chez moi. Vous verrez quelle bonne petite place nous vous ferons entre nous deux. Et nos enfants se rouleront ensemble sur les tapis, sous nos yeux... Vous ne savez pas? Vous avez un garçon; j'ai une envie folle d'avoir une fille... Nous les marierons....

La silhouette blanche et bleue de la nourrice apparut au bord de la route. Edwige se jeta dans les bras de Mercedès.

— Plus jalouse? interrogea-t-elle en riant.

— Mais non, ma chatte, répondit madame de la Genevraye.

La nourrice monta, et l'on reprit le chemin de l'hôtel, où madame Lemahodon, en attendant la rentrée de sa fille, accablait M. de la Genevraye de ses confidences matrimoniales.

— Me l'avez-vous bien chapitrée? demanda-t-elle tout bas à Mercedès, en clignant de l'œil.

— Elle n'a plus besoin de mes conseils, fit la jeune femme.

XXV

Ainsi Edwige était prête à accepter le joug doré qu'on lui préparait. Madame de la Genevraye ne devait plus compter sur les résistances de la jeune fille ; il n'y avait plus rien à espérer que d'André. Si elle n'arrachait pas immédiatement le jeune homme aux influences qu'il subissait, c'en était fait de son projet bienaimé, de ce rêve maternel si complaisamment caressé depuis cinq mois ! Ce mariage n'était plus qu'une question de temps, de semaines peut-être... Que faire ?

Ses anxiétés allaient croissant. Elle cherchait une issue à cette impasse et se heurtait, impuissante, à des impossibilités ou à des bassesses.

Tantôt elle décidait de tout avouer à André, de lui faire partager enfin ses remords, de lui porter ce petit être dont il était le père ; de lui montrer, amoncelées sur cet innocent, les conséquences de leur commune faute et de lui en demander réparation. Elle le prierait, le supplierait à genoux, son fils dans les bras...

Et si la voix d'un enfant n'arrivait pas jusqu'au cœur de cet homme, si les larmes d'une maîtresse le laissaient insensible, oh! alors, elle se relèverait, implacable, et lui lancerait au visage, pour dernière sommation, la menace de tout révéler à Edwige.

Tantôt, affolée, perdant la tête, elle s'accusait de pruderie et de sottise. Oui, elle se rendrait, s'il le fallait, aux obsessions de son amant; elle se livrerait en pâture à sa passion, le gorgerait d'amour et lui arracherait, entre deux baisers, jusqu'au souvenir de l'anémique jeune fille. Alors, il serait à elle pour toujours. En attendant la mort de René, elle l'enlacerait dans ses caresses, elle fermerait sur lui ses bras d'Espagnole et le retiendrait, jusqu'à ce qu'elle fût libre de l'épouser, dans cette étreinte plus indissoluble que l'étreinte du serpent : celle de la femme.

Cependant le temps pressait de plus en plus. Le mot significatif de madame Lemahodon faisait prévoir une solution très prochaine. André, de son côté, ne recevant pas de réponse à sa lettre, perdant toute espérance, blessé peut-être dans son amour propre, devait avoir pris son parti. Chaque jour, Mercedès attendait la fatale nouvelle, sans pouvoir mettre à profit les répits successifs qui s'offraient à elle.

Enfin, un soir, tandis que M. de la Genevraye se levait de table et qu'il essayait, en chancelant, de passer dans sa chambre sans recourir au bras de son domestique :

— Quel dommage, dit-il en souriant, que j'aie si peu d'appétit et si peu de jambes! Voilà une noce en perspective.

Mercedès éprouva une commotion violente. Ce coup, quelque prévu qu'il fût, semblait encore la frapper à l'improviste.

— Le jour est fixé? demanda-t-elle avec toute l'indifférence qu'elle put affecter.

— Manchard sort d'ici... C'est pour le vingt-trois du mois prochain. M. Lemahodon me prie d'être témoin. Je n'ai pu refuser.

— Vous avez bien fait.

Elle ne trouva rien de plus à répondre.

La nuit affreuse qu'elle passa, se levant et se recouchant tour à tour, enfiévrée, la tête en feu!... Au jour, elle prétexta une indisposition pour s'enfermer. Vers une heure, elle s'habilla rapidement, avala une demi-fiole d'eau de mélisse, qui se trouvait sur son verre d'eau, et sortit... C'était un mardi.

Un fiacre vide descendait le boulevard Haussmann. Elle l'arrêta et jeta au cocher cette adresse :

— Rue Legendre, 147.

Qu'allait-elle faire chez André? Elle l'ignorait. Le trouverait-elle seulement? Rien n'était plus douteux.

Elle avait hâte d'arriver, cependant ; elle se répétait :

— Il faut en finir ! il faut en finir !...

Le fiacre, après avoir suivi quelque temps une rue étroite et populeuse, s'arrêta devant une porte présentant, sur son imposte de verre dépoli, cette inscription : *Maison meublée*. Des écriteaux de location, jaunes et blancs, pendaient au linteau. Le rez-de-chaussée était occupé par la boutique d'un crèmier et par celle d'un perruquier. Le coiffeur, sur le seuil de sa porte, regardait curieusement cette dame au voile baissé.

Mercedès se hâta de pousser la barrière à claire-voie qui fermait l'entrée du corridor, imprimant ainsi une violente secousse à la sonnette d'éveil. A l'entresol, une porte vitrée s'ouvrit devant elle et un homme en tablier bleu lui cria :

— Qui demandez-vous ?

André était trop nouveau locataire pour être connu. Madame de la Genevraye dut faire le portrait du jeune homme pour obtenir l'indication de sa chambre.

C'était au troisième.

Une odeur de pipe éteinte et d'oignons frits emplissait l'escalier mal éclairé. Après quelques tâtonnements dans un couloir obscur, Mercedès frappa, au hasard.

La porte s'ouvrit. André apparut.

— Enfin ! s'écria-t-il en jetant une cigarette qu'il était en train de fumer.

Elle entra résolùment et, sans lui répondre, haletante, tomba sur un vieux fauteuil. Le jeune homme
s'approcha d'elle.

— Laissez-moi, dit-elle d'une voix basse, en faisant
un geste pour l'écarter.

— Vous avez monté trop vite, remarqua-t-il.

Il alla prendre, dans sa toilette, une grande carafe
sans bouchon et prépara un verre d'eau sucrée qu'il
remua, faute de cuiller, avec le manche d'un porte-
plume.

Madame de la Genevraye but d'une haleine. André
vint s'asseoir auprès d'elle.

C'était une de ces classiques chambres de garni, misé-
rables et prétentieuses à la fois. Un papier ardoise, à
gros bouquets de feuilles bleues, noués de rubans roses,
tapissait les murailles. Des rideaux de damas bleu, bor-
dés de passementeries rouges, évidemment empruntées
à d'autres garnitures; une pendule de laiton et deux
vases de fleurs, sous globes, avec des oiseaux-mouches;
deux fauteuils et quatre chaises dont le damas vert
cachait mal sa trame usée sous des carrés de serpen-
tine; deux tableaux à l'huile d'après Horace Vernet,
et une bande de tapisserie jaspée, composaient tout
l'ameublement. Trois petites bûches flambaient dans
la cheminée étroite et peu profonde.

— Pourquoi n'avoir pas répondu à mon billet, puisque vous deviez venir? demanda André d'une voix caressante.

— Parce que, bien au contraire, j'avais résolu de ne plus vous voir.

— Je m'en suis douté; mais je savais bien que vous finiriez par vous décider.

— Pourquoi?

— Probablement pour la raison qui vous a effectivement ramenée ici.

— Laquelle donc?

Il lui prit doucement la main.

— C'est que vous m'aimez encore un peu et que vous êtes jalouse d'Edwige.

Madame de la Genevraye éprouva un violent désir de le souffleter. Non seulement elle se contint mais elle eut le courage de ne répondre que par un sourire. C'était presque un aveu aux yeux du jeune homme. Il se pencha vers elle et, passant son bras autour de la taille de Mercedès :

— Folle! dit-il, tant mieux si vous souffrez aujourd'hui par moi; vous m'avez fait assez souffrir jusqu'ici.

Par une instinctive répugnance, elle fit un mouvement pour se dégager.

— Tu m'aimes, tu m'aimes, répétait-il. Je le sais, va... Est-ce que tu serais venue ici, sans cela?

Madame de la Genevraye était devenue blême. Son

cœur battait violemment, le sang lui martelait les tempes.

— André! supplia-t-elle.

Mais le bras qui l'enlaçait l'étreignit plus étroitement, et elle sentit sur sa joue un frôlement de moustache.

Le temps des faux-fuyants était passé. En s'aventurant dans cette chambre d'hôtel, Mercedès s'était coupé la retraite. Son amant ne se laisserait plus prendre à de vaines équivoques; il ne souffrirait plus qu'elle s'ajournât. Entre se rendre ou se refuser il n'y avait plus de milieu pour elle.

Une lutte décisive se livrait dans sa conscience. N'était-ce pas assez de trahison? Et, parce que la fortune du bâtard était à ce prix, allait-elle infliger à son mari ce dernier outrage, de le sacrifier à son propre déshonneur?... Mais résister aux assauts de son amant, s'enfuir et rentrer chez elle, c'était renoncer à tout espoir d'épouser André et de rendre, un jour, à son fils, le seul intérieur où il pût s'asseoir loyalement, le seul patrimoine qu'il pût recevoir sans rougir!....

Elle se débattait vainement entre ces deux extrémités. L'étau vivant dont elle sentait l'étreinte autour de son corps ne la lâcherait plus qu'elle n'eût pris parti.

Si, pourtant, elle abandonnait son œuvre? Si elle acceptait pour le bâtard les titres et les biens de René?

16

Si elle se résignait à cette usurpation que la destinée semblait lui imposer?... Cette lâcheté ne fit que traverser ses angoisses. Qu'Albert se fit quatre-vingt mille francs de revenu avec la faute de sa mère, qu'il vécût de l'adultère comme il en était né! oh! non, cela ne pouvait être... Mieux valait que l'humiliation retombât sur elle seule! qu'elle s'avilit, pourvu qu'il passât le front haut dans la vie! Mieux valait qu'elle lui fit contre la honte un rempart de son corps! qu'elle se prostituât pour le sauver, et que, de sa propre dégradation, elle lui refit un honneur...!

Un courant de sang lui monta au visage. Elle ferma les yeux devant le baiser suspendu sur elle, et, tout étourdie d'amour maternel, grisée de dévoûment, elle laissa tomber sa tête sur l'épaule d'André...

— N'est-ce pas, murmura-t-elle, tandis que le jeune homme la couvrait de baisers, n'est-ce pas que vous m'aimerez toujours?

— Comme je t'ai toujours aimée, ma bichette, répondit-il.

Trois sons fêlés s'échappèrent de la pendule. Madame de la Genevraye se leva.

— Il faut que je parte, dit-elle.

— Déjà!

— Voilà près d'une heure que je suis ici; mon ab-

sence serait remarquée et je ne pourrais plus sortir
sans éveiller les soupçons.

Elle était debout, devant la glace, arrangeant ses
cheveux d'une main, tenant de l'autre le modeste manteau qu'elle portait depuis le commencement de l'hiver,
et dont la simplicité semblait étonner le jeune homme.

— Quand reviendras-tu? demanda André en lui
aidant à passer les manches.

Elle réfléchit un instant.

— Jeudi, répondit-elle.

— Neuf jours, comme c'est long !

— Cela ne vaut-il pas mieux que de me compromettre? Une imprudence nous séparerait encore une
fois. Avec quelques précautions, au contraire, cela
peut durer... toujours. Laissez-moi faire.

— Décidé, dit-il, pourvu que tu me restes.

Le jour commençait à baisser, grâce au brouillard;
quelques boutiques s'éclairaient déjà. Aux premiers
pas qu'elle fit dans la rue, Mercedès éprouva une
sourde oppression, comme si le plein air l'eût asphyxiée.
Des chaleurs lui couraient sur le corps. Sa chemise,
trempée de sueur, se collait sur ses épaules. Elle marchait, cependant, d'un pas rapide, le long des maisons,
chassée par la peur, ayant hâte de s'éloigner. Sur
l'ancien boulevard extérieur, un homme qui l'avait
suivie, sans qu'elle s'en aperçût, l'accosta en lui adres-

sant quelques paroles entrecoupées. Elle tressaillit et pressa le pas jusqu'à une station de voitures. Il fallut que le fiacre roulât pour qu'elle fût rassurée.

En rentrant, elle monta immédiatement à la chambre du petit Albert. L'enfant venait de teter et n'était pas encore rendormi. En apercevant sa mère, il se mit à agiter ses petits bras en bégayant :

— *Mamamama...*

Elle l'enleva d'un mouvement nerveux, le serra sur sa poitrine et l'accabla de baisers et de caresses... Elle sentait, en ce moment, qu'il tenait dans son existence toute la place qu'André y avait autrefois occupée. Elle l'adorait comme elle avait adoré son amant, avec la même violence méridionale, le même aveuglement, le même fanatisme.

En le rendant à la nourrice, elle avait des larmes dans les yeux.

Trois jours après, comme elle venait, vers midi, prendre des nouvelles de son mari, retenu au lit par une recrudescence d'hydropisie, M. de la Genevraye lui dit, en désignant une lettre qui gisait, tout ouverte, sur le bord de la cheminée :

— Savez-vous, ma chère amie, que vous pourriez bien avoir raison au sujet du jeune Mauchard ?

— En quoi ?

— En tout. Voici un mot de son père qui semble

justifier l'opinion peu flatteuse que vous exprimiez l'autre jour sur ce garçon.

— Tiens !

— Lisez... Croiriez-vous qu'après avoir fait sa cour à mademoiselle Lemahodon, après avoir laissé fixer toutes les conditions et accepté même la date du mariage, le voilà maintenant qui hésite !...

— Eh bien ! cela ne prouve peut-être pas contre lui.

— Des volte-face de ce genre-là sont toujours louches. Je crois que Manchard a raison. Il doit y avoir quelque maîtresse là-dessous...

Il n'en fallait pas tant pour montrer à madame de la Genevraye les nouveaux dangers qu'elle allait courir. Manchard, mis en réveil, n'allait-il pas épier son fils ? Ces appréhensions l'eussent certainement arrêtée si elle n'avait craint, d'un autre côté, de lasser la bonne volonté de son amant. En résistant à son père, André venait de donner la preuve d'une indépendance trop tardive pour être intraitable et qu'il était urgent d'encourager. Elle avait besoin de savoir ce qui s'était passé.

Le jeudi suivant elle retournait aux Batignolles.

Comme elle montait l'escalier de l'hôtel, le garçon courut après elle.

— C'est M. André que vous demandez ? Il ne vient plus

16.

ici ; mais il a laissé un papier pour vous... C'est bien vous la dame de la semaine dernière ?

— Oui, dit Mercedès toute rouge sous son voile.

André lui annonçait qu'il avait quitté sa chambre et qu'il l'attendait, le jour même, boulevard Eugène, au coin de la rue Chauveau « dans un asile plus digne d'abriter ses amours ».

Ce changement soudain ressemblait fort à une fuite. Manchard avait-il déjà flairé cet hôtel ?

Madame de la Genevraye était si préoccupée de cette supposition qu'elle laissa passer, sans les apercevoir, trois ou quatre voitures vides, et finit par s'acheminer, à pied, vers le boulevard Eugène, à travers les quartiers malpropres qui séparent les Batignolles de Neuilly. Des mélanges de boue et de neige fondante encombraient les chaussées ; l'eau ruisselait à grosses gouttes des corniches, le long des trottoirs. Le numéro indiqué se trouvait fort loin dans le boulevard.

C'était une petite maison à deux étages, avec des persiennes peintes à l'anglaise, toutes fermées, et deux portes jumelles, à gros boutons de cuivre, situées de chaque côté de la façade. Un étroit belvédère, clos de vitres rouges, surmontait la toiture.

Madame de la Genevraye hésitait à sonner, tant cette maison semblait inhabitée, quand elle crut entendre un léger bruit derrière les persiennes du rez-de-chaussée.

La porte de gauche s'ouvrit presque aussitôt et, sur le seuil, parut une femme de haute taille, au visage doux et rose, encadré de cheveux blancs. Coiffée d'un bonnet de tulle noir, dont les brides lui tombaient sur le dos, et modestement habillée d'une robe de cachemire noir, elle portait une bague en cheveux au petit doigt de la main gauche, des boucles d'oreilles en jais et une croix de bois durci suspendue à son cou par un ruban de velours.

— C'est ici, madame, fit-elle d'une voix caressante, en s'adressant à Mercedès.

Madame de la Genevraye, fort surprise, constata d'un rapide coup d'œil que le boulevard était à peu près désert, et, baissant la tête, elle se rendit à l'invitation qui venait de lui être faite avec un accent tout britannique.

Après avoir poussé derrière elle le verrou intérieur, l'inconnue la mena dans un corridor demi-obscur, où aboyait un chien babichon, jusqu'au pied d'un escalier éclairé de fenêtres à vitres roses. Puis, avec un salut respectueux :

— Si madame veut se donner la peine de monter... dit-elle.

Mercedès, aussi honteuse qu'intriguée, gravissait à peine les premières marches quand André apparut sur le palier :

— Arrive donc! s'écria-t-il en descendant quelques degrés au-devant d'elle.

Il l'entraîna dans une vaste chambre, capitonnée de reps safran. La première chose que Mercedès aperçut, ce fut un vaste lit de palissandre, installé à l'italienne, entre deux glaces de pied. Aux angles de la cheminée, dans laquelle flambait un feu joyeux, deux chauffeuses se regardaient; un canapé s'étendait le long de la muraille opposée. Entre les deux fenêtres, drapées de doubles mousselines, une psyché se penchait sur son axe pour refléter la garniture jaune du lit. Un tapis de laine étouffait le bruit des pas.

— Comme te voilà faite! s'écria André en toisant sa maîtresse de la tête aux pieds. Viens vite te sécher.

Elle retira son éternel manteau, tout criblé de gouttes d'eau, et, s'asseyant devant le feu, releva le bas de sa jupe et tendit ses pieds au foyer. La boue qui souillait ses bottines avait rejailli jusqu'à ses bas.

— Où sommes-nous donc ici? demanda-t-elle à voix basse.

André rit.

— En sûreté, d'abord; c'est l'essentiel pour toi comme pour moi. La maison est soigneusement fermée de tous les côtés; elle a quatre issues: sur le boulevard, sur la rue de Chauveau, sur la rue de Chezy

et sur le boulevard d'Inkermann. Nous sommes donc
chez nous.

— Mais cette dame?...

— Madame Smith? la discrétion en jupons. Elle
est assez payée pour cela, d'ailleurs.

— Pourquoi avoir quitté l'hôtel?

Il était debout derrière elle. Il lui prit la tête et, la
renversant en arrière sur le dos de la chauffeuse :

— Parce que, dit-il en l'embrassant à l'envers sur
les yeux, un homme qui se respecte ne reçoit pas dans
un pareil taudis une petite femme comme celle-ci.

— Nous n'étions pas si mal, objecta-t-elle. Voyons,
soyez franc, vous avez un autre motif.

— Aucun... Comme si celui-là ne suffisait pas!
ajouta-t-il en venant s'asseoir auprès d'elle. Nous
faisions bien triste figure, l'autre fois, dans cette
vilaine chambre. Moi je ne pourrais pas boire du
champagne dans une vieille tasse ébréchée ; eh bien, de
te voir dans ce méchant cabinet de garni, ça me faisait
le même effet. J'avais de la peine à me persuader que
cette Mercedès, si éblouissante, si admirée au bal du
ministère, était la même femme que cette Mercedès
vêtue de laine et assise sur un fauteuil tout rapiécé,
dans une chambre à quarante francs par mois. On
n'aime pas une comtesse comme une piqueuse de
bottines. J'ai cherché et tu vois que j'ai trouvé.

Il l'examinait tout entière, depuis sa chaussure qui fumait devant le feu jusqu'à son petit col plat et uni.

— Maintenant, ajouta-t-il, ma petite comtesse adorée pourra s'habiller à sa guise sans avoir à craindre d'égarer ses toilettes dans un milieu indigne d'elle.

— Enfant! murmura madame de la Genevraye en s'efforçant de sourire.

— Pas tant que cela, répliqua-t-il en l'attirant sur ses genoux. Si tu savais mon exploit de la semaine dernière !

— Un exploit?

— Un vrai... Je me suis dépêtré une fois pour toutes de ce satané mariage.

— Vraiment? s'écria madame de la Genevraye avec un étonnement joyeux.

— Oh! c'est bien fini, va. Je réponds qu'on ne m'embêtera plus.

— Mais comment vous y êtes-vous pris?

— Bien simplement... Nous devions passer la soirée du samedi chez M. Lemahodon. Le matin, je dis à mon père : « Écoute, papa, j'ai beaucoup réfléchi depuis qu'il est question de mademoiselle Edwige pour moi. Jusqu'à présent, je me suis contenté de faire tout ce que tu as voulu, sans t'opposer la moindre

observation. Cependant, tu dois bien penser qu'on ne
se marie pas comme cela, avant de s'être formé par
soi-même une opinion. Eh bien ! mon opinion est faite...
Il s'est mis à se frotter les mains, en disant : — Ah !
ah ! mais c'est très juste, mon garçon. Comment donc!
Je n'ai jamais songé à te fermer la bouche. Et quelle
est ton opinion? — Que mademoiselle Lemahodon n'est
décidément pas mon affaire. — Bah ! et pourquoi? —
Parce qu'elle me déplaît. — Elle est pourtant charmante ; tout le monde... — Qu'elle épouse tout le
monde ; moi, elle m'agace avec ses petits airs de rosière.
Je sens que je la rendrais malheureuse. — Tu as mis du
temps pour sentir cela. — Elle m'a fait cet effet-là dès
le premier jour ; seulement, pour t'être agréable, j'ai
voulu voir si je reviendrais sur cette impression...
Mais vraiment, je trouve cette ingénue de plus en plus
insupportable... »

Mercedès, l'avant-bras appuyé sur l'épaule du jeune
homme, les regards attachés sur son visage, ne perdait
ni une seule de ses paroles, ni un seul de ses gestes.

— Et comment votre père a-t-il accepté cela.

— Beaucoup mieux que je ne l'aurais cru. Je m'attendais à une scène et je m'étais ménagé une retraite
vers la porte. Ce n'était pas la peine. Il est devenu
pourpre, mais tout s'est borné là. Il m'a dit : « Puisque c'est comme cela, mon fils, tu as bien fait de par-

ler. Je ne veux que ton bonheur et je mourrais de
chagrin si je te voyais malheureux. Je ne te parlerai
plus de mademoiselle Edwige. Seulement je te demande
un délai de deux mois avant de rompre. D'ici là, nous
resterons à Paris ; nous verrons les Lemahodon, de temps
en temps, pour les préparer à la rupture et ne pas
paraître les avoir bernés. Et puis, nous trouverons un
prétexte pour nous débarrasser... Voilà, mon garçon,
et n'en parlons plus ! »

André attira contre son cou la tête brune de la
jeune femme :

— Ma petite comtesse est-elle contente de son
amant?

Madame de la Genevraye jugea inutile d'exprimer l'é-
tonnement que lui causait la résignation de Manchard.

— Oui, dit-elle distraitement.

— Vois cette chance, continua-t-il. Mon père aurait
pu me répondre : «Puisque c'est comme cela, nous
n'avons plus rien à faire ici; nous repartons pour
Trèfles... » Alors nous étions frits. Au lieu que ces deux
mois vont nous conduire en mai, à peu près vers
l'époque où tu retourneras là-bas. Nous ne nous quit-
terons pas... Vite, un bon point !

Elle tendit ses lèvres au baiser qu'il cherchait.

— C'est pour moi que vous avez fait cela? dit-elle.

— Pour qui serait-ce? ma Juanette chérie...

— C'est bien vrai que vous ne *l'*aimez pas?

— Qui? Cette petite pécore?... Comment oses-tu me demander cela?... Est-ce qu'on peut aimer une autre femme, quand on a tenu celle-ci sur ses genoux, qu'on l'a serrée dans ses bras, comme cela, qu'on l'a sentie sur sa poitrine, comme je te sens, et embrassée comme je t'embrasse.

— Ah! soupira-t-elle en le laissant faire, elle ne saurait pas vous aimer comme moi, *elle!*...

XXVI

A dater de cette entrevue, madame de la Genevraye alla, une fois par semaine, au boulevard Eugène. Elle s'entourait de précautions minutieuses, variant ses jours, ses heures, son itinéraire, n'entrant jamais chez la Smith sans s'être assurée qu'elle n'était pas suivie, n'en sortant jamais par la même issue, s'abstenant de toute correspondance.

La Smith, d'ailleurs, était une experte en ces matières. Cette femme, seule locataire de la maison, semblait hermétiquement renfermée dans son rôle de concierge silencieuse. A la voir trotter menu le long du couloir, plate dans sa jupe noire, les yeux baissés, avec ses clefs à la main, madame de la Genevraye lui avait trouvé d'abord des façons de tourière. Mais, d'après quelques paroles échappées à André, il y avait une grande expérience sous cette réserve de converse. Les plus ingénieuses précautions qu'il eût suggérées à sa maîtresse, c'était à l'Anglaise qu'il en devait l'inspiration. Il lui arriva plusieurs fois de l'appeler familièrement : la patronne! Quand Mercedès le questionnait sur cette femme, il se contentait de rire en disant :

— Qu'est-ce que cela te fait, pourvu que nous soyons en sûreté?

C'était l'essentiel, en effet, et madame de la Genevraye avait bien d'autres indices à étudier.

Depuis son départ de Trèfles, André avait subi une rapide transformation. Sous l'influence de cette épizootie qui sévit particulièrement sur nos jeunes gens mâles : *la pose!* puisqu'il faut l'appeler par son nom, le fils du maire était promptement passé à l'état de « gommeux ». La plupart des amis de collège qu'il avait retrouvés entre la Maison Dorée et la Madeleine, étaient atteints de cette affection et la lui avaient communiquée. L'ex-éleveur, connaissant les goûts parisiens des Lemahodon et secrètement émerveillé de la performance de son produit, fermait les yeux sur les dépenses. C'était donc en pardessus de fourrure, le carreau dans l'œil, le panatellas aux lèvres et le gardénia à la boutonnière, que le jeune bressan descendait de voiture dans le voisinage de la villa Smith. Ces symptômes s'accompagnaient d'une certaine altération dans ses manières. Comme s'il ne s'était pas aperçu, jusque-là, du rang social de sa maîtresse, il se prit à manifester une curiosité singu-

lière pour tout ce qui touchait à la position de Mercedès. Il l'interrogeait sur ses chevaux, sur ses voitures, sur ses relations dans le monde, sur son hôtel
où il grillait d'obtenir ses entrées. Il désira voir les
armoiries de la Genevraye et se les fit expliquer sur une
empreinte ; il voulut connaître aussi ses bijoux et obtint
qu'elle les apportât successivement dans leurs écrins.
Il se mit à lui parler de son mari, s'extasiant sur la
distinction de René et regrettant qu'un homme aussi
chic n'eût pas quelques décorations pour compléter sa
toilette. Il découvrait que Mercedès elle-même avait
un pied de race et une main de reine. Il ne l'appelait
plus que « ma petite comtesse... »

Madame de la Genevraye, qui n'avait jamais lu la célèbre *Étude analytique* de Balzac sur la « femme honnête », négligea d'abord cet accès d'aristocratie aiguë.
Ignorant qu'une maîtresse titrée, riche, étrangère et
mariée, fût le plus recherché de tous les articles de
Paris, elle ne soupçonnait pas la valeur qu'elle avait
acquise aux yeux de son amant. Il fallait qu'un mot
d'André l'invitât, en quelque sorte, à faire jouer les
ficelles de cette vanité.

Elle avait cru s'apercevoir, dès le rendez-vous de la
rue Legendre, que la simplicité de sa mise était un
sujet d'étonnement pour le jeune homme. Mais elle
n'avait attaché aucune importance à cette remarque.

Depuis lors, cette surprise s'était manifestée plus clairement encore sous forme d'amicales railleries.

— Si ton caraco fait des petits, plaisantait-il, je retiens l'aîné.

Puis, ses plaisanteries prirent la tournure de critiques indirectes.

— Si tu avais vu les toilettes de ces grues, aux courses d'Auteuil ! Ma parole ! on les aurait prises pour des femmes du monde !

— C'est pour cela que les femmes du monde doivent s'habiller le plus simplement possible.

— Cependant, fit-il, en lorgnant la jupe de sa maîtresse, une comtesse ne peut pas s'attifer comme sa femme de chambre.

Madame de la Genevraye comprit qu'elle devait céder. Il eût été dangereux de ne pas répondre à l'idée que son amant se faisait d'une *grande dame*. Il ne fallait pas qu'après avoir admiré les toilettes de *ces demoiselles*, il eût à rougir des mises de sa maîtresse. Les filles étaient ses rivales. Force lui était de soutenir le parallèle. Sa garde-robe, que René n'avait cessé d'entretenir, malgré ses protestations, était, du reste, un arsenal largement approvisionné. Elle dut se décider à y puiser.

Ainsi furent sacrifiées, à leur tour, ses dernières délicatesses d'épouse. Ce sacrifice n'était, il est vrai,

qu'une peccadille toute vénielle après celui de sa fidélité. Aussi l'accomplit-elle résolûment, en femme que
les obstacles n'arrêtent plus.

André se montra très flatté. La première fois qu'elle
gravit, en tunique de soie perle, garnie de Bayeux,
l'escalier de la villa Smith, il courut au-devant d'elle
avec une curiosité empressée ; puis, lui prenant les
deux mains et la tenant à une courte distance devant
lui :

— Si tu savais comme la toilette te va bien !

— Qu'elle vous plaise ! soupira-t-elle en le regardant,
c'est tout ce que je demande.

Il était ravi. Sans même lui donner le temps d'ôter
son chapeau, il l'attirait à lui et l'embrassait bruyamment. Ce jour-là, il obtint d'elle qu'elle viendrait
deux fois par semaine.

Pendant ce temps, du fauteuil où le clouaient les
progrès de son hydropisie, M. de la Genevraye suivait,
avec une satisfaction doucement malicieuse, les évolutions de sa femme.

Plus paternel que jamais, il se réjouissait de la voir
accepter enfin le confortable qu'il lui avait obstinément
offert. Quant à ses absences, il ne s'en occupait
nullement. Le plus souvent même, il les ignorait, tant
elle dissimulait ses sorties et ses rentrées. S'il faisait
beau, elle emmenait la nourrice, puis la laissait au parc

Monceau avec l'enfant et venait l'y reprendre. Quand le temps ne lui avait pas permis ce stratagème, elle faisait prudemment arrêter son fiacre à quelque distance de l'hôtel et continuait à pied jusqu'à l'avenue de Messine, où elle débouchait tantôt par une rue tantôt par une autre. Le suisse qui bavardait, sous le vestibule, avec le valet de pied ou le cocher, cachait sa pipe en l'apercevant, et grave, raide dans sa stature d'ancien dragon, la saluait respectueusement au passage.

Assurément, avant même de s'être rendue à son amant, elle ne s'était pas méprise sur l'existence qu'elle se préparait. Plus d'une fois, dans la mélancolie de ses espérances, elle avait examiné la vulgaire personnalité de l'homme qu'elle s'était condamnée à épouser. Étourdi sans expansion, ardent sans poésie, violent sans caractère, riche sans goût, musicien sans talent, le fils du maire était un banal exemplaire de cette collection de nullités qu'éditent généralement les parvenus. Bon tout au plus pour semer aux quatre vents de la circulation les écus lentement amassés par son père, André pouvait faire le bonheur d'une aventurière pendant six mois; mais quel mari!... Certes, l'homme dont Mercedès supportait impatiemment la protection était l'idéal des époux en comparaison de celui qu'elle se disposait à subir.

Cependant, jusqu'à l'entrevue de la rue Legendre, André n'en était pas moins resté pour elle l'amant qu'elle avait adoré pendant cinq semaines. Tout en le jugeant avec la sévérité qu'il méritait, elle n'avait pu oublier qu'elle avait éprouvé, dans ses bras, les plus délicieuses émotions de sa vie. S'il avait perdu ses qualités d'autrefois, il avait conservé quelque chose de son prestige d'homme aimé. Et jugeant que ce prestige devait être bien puissant pour avoir pallié tant de défauts, c'était en tremblant de le subir que Mercedès s'était de nouveau abandonnée.

Hélas! l'amant qui exerçait jadis sur elle tant d'irrésistibles attractions ne lui avait plus inspiré, dès le premier jour de cette nouvelle liaison, qu'une répulsion mêlée de surprise. Avec ses joues soufflées, ses yeux ourlés de plis, son menton double, ses mains bouffies, ses épaules massives, ses pieds énormes, n'avait-il pas la tournure d'un garçon boucher? Jamais elle ne lui avait vu autant de taches de rousseur, des lèvres aussi saillantes, des dents aussi mal plantées. Quand il tendait vers elle sa bouche lippue pour l'embrasser, elle fermait instinctivement les yeux. De quelle trame grossière était fait l'envers de son bonheur passé!

Cette répugnance s'exagérait encore par les contrastes qu'elle provoquait. Toutes ces verroteries senti-

mentales, dont les femmes aiment qu'on pare le réa-
lisme des appétits, et qui avaient fait le charme de ses
premiers abandons, Mercedès ne pouvait plus avoir la
candeur de s'y laisser prendre. Comme autrefois, il
l'appelait Juana, Juanita, Juanette... Mais ces douceurs du langage, qu'elle avait jadis acceptées comme
des caresses, lui semblaient si niaises maintenant!
Comme autrefois, il la prenait sur ses genoux et, lui
renversant la taille en arrière, la berçait en répétant
quelque vieux refrain bressan. Mais cette fantaisie qui
l'avait amusée lui rappelait aujourd'hui son enfant.
Comme autrefois, il inventait toutes sortes de jeux
plus ou moins innocents; mais ces enfantillages, qui
l'avaient égayée, l'agaçaient.

Bon gré mal gré, cependant, il lui fallait subir ces
ivresses qu'elle avait d'abord partagées, donner ces
voluptés qu'elle échangeait jadis, et, châtiée par où elle
avait péché, souffrir ce dont elle avait joui, se gorger
de ce qui l'avait rassasiée, retourner à son vomis-
sement.

Et c'était son stage d'épouse qu'elle faisait là !...

Il lui semblait, en sortant des bras de son amant,
qu'elle échappait aux griffes d'un cauchemar. Elle
descendait le boulevard vivement, la fièvre aux
tempes, inquiète, irritée contre cet homme et contre
elle-même, fière et honteuse à la fois de son étrange

17.

sacrifice. A peine rentrée, elle courait à la chambre
de son enfant... Car c'était toujours à ce berceau que
la ramenaient tous ses sentiments extrêmes. Là était
le centre de sa vie. Là seulement elle respirait libre-
ment. Elle s'asseyait, prenait le petit être sur ses
genoux, le dorlotait, l'appelant : mon chat! ma perle!
ma fleurette!... Elle se disait : Comme je l'aime!...
éprouvant le besoin de se le prouver, de déployer sa
maternité dans tous les sens. Alors, si l'enfant tournait
vers elle ses grands yeux bleus, s'il lui souriait, elle se
sentait assez justifiée!...

Elle faisait mille recommandations à la nourrice,
puis se retirait dans sa chambre, s'agenouillait sur son
prie-dieu et, les yeux au plafond, prenait, de la meilleure foi du monde, le ciel à témoin de la pureté de
ses intentions.

XXVII

La veuve Pepin n'avait pas donné de ses nouvelles depuis sa visite à la Genevraye, lorsque Mercedès reçut inopinément une lettre datée de Besançon et portant la mention : *pressée*. Cette femme positive n'usant jamais son encre en vaines amitiés, sa fille pressentit aussitôt quelque nouvelle demande d'argent.

En effet, l'ancienne marchande de futailles, devenue bijoutière, se prétendait sous le coup d'une amende de trente mille francs, pour avoir, par erreur, présenté à l'essai un ouvrage d'or fourré de matières étrangères. Elle suppliait sa chère Cedès de lui envoyer le plus tôt possible la moitié de la somme, l'administration des contributions indirectes ayant consenti une transaction à ce prix. Faute de payement, la malheureuse serait poursuivie ! condamnée par défaut ! déshonorée à tout jamais ! etc.

Madame de la Genevraye flaira un nouveau boniment de l'incurable aventurière et jeta la lettre au feu. Le patrimoine de René était devenu, pour elle, le bien d'autrui. Elle ne regrettait que trop déjà d'allier à l'indépendance du cœur la servitude de la bourse, et de n'être restée fidèle qu'aux revenus de son mari. Elle ne se permettrait pas au profit de sa mère ce qu'elle souffrait de faire pour son enfant.

Le surlendemain, Mercedès reçut une lettre plus pressante encore que la première. Sa mère n'avait plus que quinze jours pour s'acquitter et éviter le scandale d'un procès correctionnel.

La veuve se trouvait évidemment sans ressources. Il était à craindre que, rebutée par sa fille, elle ne se retournât vers son gendre. Madame de la Genevraye crut prudent d'envoyer un billet de mille francs à cette affamée.

La difficulté était de réunir cette somme. Mercedès passa en revue toutes les femmes qu'elle connaissait, depuis la mère Presles jusqu'à la vieille baronne de Saint-Gildas, et n'en trouva aucune qu'elle pût décemment solliciter. Vendre une parure? Ses bijoux étaient des présents de René. S'aboucher avec une marchande à la toilette ou avec quelque usurière? Elle n'avait rien à mettre en gage; et, d'ailleurs, comment s'acquitterait-elle à l'échéance?

Cependant, il lui fallait ces mille francs. Elle n'entendait pas subir, une fois de plus, l'humiliation de voir sa mère secourue par son mari.

Une seule ressource lui restait : s'adresser à son
amant. Mais demander de l'argent à cet homme!...
Que penserait-il ?

Elle y renonça et se contenta d'épier soigneusement
la correspondance du comte, prête à saisir toute enveloppe timbrée de Besançon.

Cette surveillance était facile. M. de la Genevraye
allait en déclinant de jour en jour. Trop faible pour
pouvoir descendre au jardin, incapable de lire ou
d'écrire sans que sa vue se troublât, il restait frileu-
sement calfeutré au fond de sa chambre, dans une oisi-
veté résignée. Il parlait peu, ne demandait rien, écoutait la lecture que sa femme lui faisait, se prêtait tranquillement aux exigences du médecin et ne recevait
que quelques intimes. Souvent il faisait venir la nourrice avec l'enfant et restait des quarts d'heure entiers
à le regarder, muet, sans que son visage reflétât
aucune impression.

Vers la fin de la semaine, le courrier du matin apporta une lettre de Besançon à l'adresse de René. Mercedès ne se fit aucun scrupule de s'en saisir et de la
décacheter. C'était une simple répétition du premier
billet.

Décidément elle ne pouvait pas se flatter d'inter-
cepter toute communication entre sa mère et son
mari. La veuve, lasse d'attendre, dépêcherait un man-

dataire à son gendre, ou même se présenterait en personne. Le danger ne serait conjuré qu'à prix d'argent.
Ce millier de francs, qu'André seul pouvait procurer,
délivrerait le comte de nouvelles obsessions.

Mercedès devait voir son amant dans la soirée. Toute
la journée elle hésita, et, tandis que, blottie dans son
fiacre, elle montait furtivement le boulevard Eugène,
elle cherchait encore comment s'y prendre pour faire
pareille demande.

André n'était pas arrivé. Madame Smith introduisit
son habituée, en la priant de vouloir bien prendre la
peine d'attendre, et mit deux bûches dans le foyer.
Mercedès s'assit devant le feu.

Après tout, pourquoi ne recourrait-elle pas à la
bourse de son amant? N'était-il pas le père du petit
Albert? N'était-il pas, plus réellement que René, le
gendre de la veuve Pepin? Si cette femme n'était pas
encore sa belle-mère, elle était au moins la grand'-
mère de son enfant. Un jour, bientôt peut-être, elle
tiendrait de la loi même le droit de lui réclamer une
pension alimentaire...

Madame de la Genevraye faisait ces réflexions quand
le jeune homme survint. Il était rouge et essoufflé.

— Je suis en retard, dit-il, j'ai déjeuné en ville...
chez Brébant... avec des amis... On m'a retenu... Tu
comprends... le café, le pousse-café, le coup du

lapin... Je n'ai pas fini ; je les ai plantés-là avant la
fin... Tu ne m'embrasses pas ?

Il s'était assis et lui tendait les bras. Elle se laissa
attirer et baiser sur les yeux. L'haleine avinée de son
amant lui passa sur le visage. Elle recula. Il avait le
regard incertain, la respiration épaisse ; son gilet était
déboutonné.

— Tu me trouves rouge, reprit-il, c'est que j'ai
couru.

Mercedès se sentit prise de dégoût. C'était là le père
de son enfant !... Mais ce dégoût, elle le préférait
encore à la séduction qu'elle avait subie autrefois.
Souffrir d'un tel homme lui paraissait moins dégra-
dant que d'en jouir.

D'ailleurs, la répugnance lui était interdite comme
l'indignation. N'avait-elle pas une grâce à obtenir ?
Les rasades disposent aux largesses ; rien n'est géné-
reux comme le vin. André, sans être ivre, paraissait
gris jusqu'à la bourse.

— Prenez garde de vous refroidir, fit-elle doucement.

Il l'attira de nouveau :

— Tu es bien gentille de m'avoir attendu. J'avais
tant besoin de te voir ! Pense donc : depuis quatre
jours ....

Il avait réussi à l'asseoir sur ses genoux. Sans

rien dire, elle lui passa un bras sur les épaules.

— Oh ! oh ! fit-il avec un ricanement stupide.

Un sourire de mépris contracta les lèvres de la créole. Elle jugea superflu d'envelopper sa demande dans des précautions oratoires.

— M'aimez-vous ? interrogea-t-elle.

— Cette question ! s'écria-t-il en l'embrassant sur le cou.

— Eh bien ! vous allez m'en donner la preuve.

— Je ne demande pas mieux...

— J'ai absolument besoin de mille francs, vous allez me les avancer.

André frappa ses mains l'une contre l'autre :

— Là, je savais bien que tu y viendrais ! ricana-t-il.

— Que j'y viendrais ?

— Parbleu ! Les femmes... Est-ce qu'on n'en vient pas toujours là... même les plus riches ?

Il hochait la tête. Mercedès se contenait avec peine.

— Est-ce une façon de me refuser ce que je vous demande ?

— Mais non, bébête, puisque je t'attendais... Quoique mille francs... c'est une somme... Je ne comptais guère que sur cent francs, je t'avouerai...

Madame de la Genevraye s'était peu à peu dégagée

des étreintes du jeune homme. Elle se tenait droite devant lui. Alors, avec une audace dont elle ne se serait pas crue capable :

— Vous marchanderiez un misérable billet de mille francs à une femme qui vous a tout donné? s'écria-t-elle.

— Je ne marchande pas. J'aurais tort, fichtre... Seulement, tu sais, je ne pourrais pas renouveler cela souvent. Je n'ai pas quatre-vingt mille livres de rente, comme toi...

— Enfin, votre réponse !

— Tu les auras, mon Dieu! tu les auras... Laisse-moi seulement mettre une condition.

— Laquelle?

— C'est que tu ne me demanderas pas d'argent pendant trois mois.

— Jamais plus ! fit madame de la Genevraye amèrement.

— Peuh ! grogna le jeune homme avec un air de doute.

Sûre du succès, pourvu qu'elle ne laissât pas à son amant le temps de la réflexion, Mercedès reprit sa place auprès de lui en disant :

— C'est ce soir, mon ami, qu'il me faudrait cet argent.

— Mais je n'ai pas pareille somme sur moi?

—Qu'est-ce qui vous empêche de courir la chercher?

— Et si mon père s'apercevait de mes allées et venues?

— Puisque votre père est sorti...

— Eh bien! j'irai tout à l'heure.

— Pourquoi pas tout de suite?

— Es-tu exigeante, au moins!

— Il vaut mieux vous débarrasser de cette affaire; nous serons plus tranquilles après...

— Tu...

— Prenez mon fiacre qui est en bas, courez chez vous et revenez vite; je vous attends.

Elle lui glissait son chapeau sur la tête en parlant ainsi. Il parut hésiter un instant. Elle était redevenue froide et hautaine.

— Petit tyran! soupira-t-il en se levant.

Une demi-heure plus tard, il revenait avec le billet.

— Pourvu que mon père ne s'en aperçoive pas! fit-il.

— N'êtes-vous pas maître de votre argent?

— Oui, mais... enfin... cinquante louis... c'est une somme!...

Madame de la Genevraye expédia dès le soir même les mille francs à sa mère.

— Si elle savait ce qu'ils me coûtent! pensait-elle en imprimant les cinq cachets.

Puis après un moment de réflexion :

— Bah ! elle ne ferait qu'en rire.

Quelle qu'en fût la rançon, elle préférait devoir cette aumône à son amant qu'à son mari.

XXVIII

André ne se refusait pas le plaisir de rire aux dépens du comte. Par une ironie d'un goût trivial, il lui arrivait de s'informer de la santé de René et d'indiquer les remèdes qu'il jugeait les plus propres à l'achever. Il n'épargnait à la jeune femme aucune de ces lourdes plaisanteries dont les maris remplacés sont l'objet. Elle essayait un sourire forcé, en lui mettant sur la bouche une main qu'elle eût préféré lui appliquer sur le visage.

— En quoi vous gêne-t-il ? demanda-t-elle un jour.

— Ah çà ! s'écria-t-il, crois-tu que c'est amusant de me renfermer dans cette chambre ? Au lieu que, si tu étais libre, ce serait si gentil de sortir ensemble, de nous promener au Bois, d'aller aux courses, au théâtre, partout !... Tu verras quand ton boule-dogue sera...

Madame de la Genevraye se leva brusquement et son regard exprima une telle colère que le jeune homme s'arrêta court.

— Allons, voyons, reprit-il en l'enlaçant doucement
par la taille, je ne le ferai plus; rassieds-toi... Ça m'a
échappé. Mais que veux-tu ? Je n'ai pas même la moitié de toi, tandis que je te voudrais tout entière.

Mercedès, en protestant contre ces lâchetés, ne pouvait s'empêcher d'y voir autant de gages de fidélité.
C'était comme des promesses que son amant lui
faisait sans le savoir, et dont elle prenait bonne note.
Sa patience, d'ailleurs, était mise à bien d'autres
épreuves.

André montrait une attitude de plus en plus impérieuse. Sa maîtresse n'avait pas même le droit de
s'habiller sans le consulter.

Il en vint à lui donner des conseils dont elle tint peu
compte d'abord, mais qu'elle jugea bientôt prudent de
suivre.

Elle dut changer de costume à chaque entrevue. Elle
se coiffa à la russe, à la vierge, à la chien; porta des
chapeaux auvergnats, tyroliens, Rubens, jardinières.
C'était toute une école à faire. Elle mettait à profit les
remarques de son amant, observait ses préférences.
Dans cette physiologie des étoffes et des nuances, ce
fut surtout la vertu du velours noir qu'elle éprouva;
elle ne le quitta plus. Fines chemises de linon, garnies
de valenciennes, et dont la trame est si limpide qu'elles
semblent sortir de l'eau; bas de foulard aux mailles si

souples qu'ils tiendraient dans le creux de la main ;
veloutine Fay aux duvets de pêche ; parfums discrets
d'Atkinson... Le rustre échappé se reput de toutes les
friandises de l'amour, sans autre surprise que celle de
les avoir ignorées, sans autre regret que celui d'avoir
pu songer à cette poupée d'Edwige. Il faisait sa maîtresse à l'image et à la ressemblance des héroïnes de
turf et d'avant-scènes, abusant chaque jour davantage
du pouvoir qu'il se sentait sur elle. Il la traitait en
camarade, jurait, fumait, crachait en sa présence, lui
contait les bonnes fortunes de ses amis, ne reculant
devant aucun détail et appelant un chat un chat, sans
soupçonner qu'il pût blesser quelque chose en elle,
sans s'apercevoir qu'elle rougissait dix fois par heure.

Un jour, Mercedès fut très surprise d'entrevoir dans
l'escalier de la villa Smith, la silhouette d'une jeune
femme dont le manteau garni de fourrures se dérobait
précipitamment derrière une porte.

— C'est étonnant, fit André, la veuve N'y-touche
connaît si bien son métier !

— Quelle veuve ? quel métier ? demanda madame
de la Genevraye.

Il se mit à rire.

— C'est juste, je ne t'avais pas dit... Figure-toi donc
qu'un jeune seigneur anglais, dont tout Paris connaît
les habitudes galantes, ayant failli être surpris en

conversation criminelle avec la femme d'un de nos
généraux les plus distingués, acheta l'hôtel où nous
sommes, en confia la garde à une ancienne femme de
chambre de Cora Pearl et, grâce à cette précaution, put
se soustraire, pendant plusieurs mois, à la curiosité de
trois ou quatre maris. Depuis lors, la veuve Smith, qui
avait déployé dans son rôle des qualités très diploma-
tiques, a pris la maison à son compte et continué ce petit
commerce avec le tact que tu as pu admirer. Elle s'est
formé, ma foi! une fort jolie clientèle dans le grand
monde, où sa discrétion et sa modestie lui ont valu le
nom de veuve N'y-touche. C'est la joie des amants, la
tranquillité des maîtresses, la providence de l'adultère!... Seulement, elle est chère en diable!... C'est
dommage!

— Grand dommage, en effet, fit Mercedès avec un
rire sardonique, qu'une ressource si précieuse ne soit
pas à la portée de toutes les bourses...

Une autre fois, comme elle avait gagné une fluxion
à la joue gauche, en allant à Neuilly dans un fiacre
mal clos :

— Vrai! s'écria-t-il en riant bruyamment, tu as une
bonne tête comme cela... Regarde-toi dans la glace.
Est-ce que tu aurais avalé une cuillère par le manche?

Madame de la Genevraye supportait silencieusement
ces affronts et subissait, sans se plaindre, les fantaisies

de son amant, pourvu qu'elle ne fût pas compromise.
Tantôt il s'amusait à fermer hermétiquement les rideaux et allumait les bougies pour se donner l'illusion
d'une entrevue nocturne. Tantôt il invitait Mercedès à
déjeuner et se faisait servir, par la veuve N'y-touche,
des repas épicés dans lesquels il s'efforçait de griser
la jeune femme. Il la tourmenta pour qu'elle consentît
à dîner avec lui chez Brébant, en cabinet particulier.
Elle finit par y consentir et courut, toute tremblante,
les dangers de cette escapade.

Il fallut, pour qu'elle résistât, que le drôle, encou-
ragé par tant de faiblesses, voulût l'entraîner aux
Variétés. Elle refusa net. Alors, il s'emporta, menaça,
prononça le nom d'Edwige; puis, changeant subitement
de caprice, il prétendit lui faire apporter la toilette
dont elle s'était parée au bal du ministère. Il voulut la
revoir comme il l'avait contemplée cette nuit-là. Ce
rayonnement de grâce et de beauté qui avait illuminé
la foule banale, il voulait en être seul ébloui, brûlé, et
se donner la jouissance de chiffonner à son aise ce
rêve de faille, de dentelles et de diamants, que deux
milliers d'hommes du monde avaient respectueusement admiré.

Mercedès résista. Ce fut une nouvelle exaspération.
Il frappa du pied, déclara qu'elle se moquait de lui, et
brisa de colère un flacon d'opoponax qui se trouvait sur

la cheminée. Pour un rien il lui eût rappelé son billet de mille francs...

— Qu'était-ce, pensait-il, qu'une femme qui se permettait de dire non, après lui avoir coûté si cher !

Elle eut bien de la peine à lui faire admettre que des toilettes aussi fragiles ne peuvent se porter qu'une fois, et qu'elle avait donné cette robe à la femme de chambre. Il ne la crut guère et bouda.

Ainsi se passaient leurs entrevues ; les tendresses et les discussions, les menaces et les caresses s'entre-mêlaient sans transition. Mercedès ne se plaignait pas, cependant. Ce qu'elle achetait si chèrement, n'était-ce pas l'honneur et le bien-être de son fils ! Qu'importait qu'elle souffrît plus ou moins, pourvu qu'il fût heureux, lui !... Il ne saurait jamais, le pauvre enfant, de quelles servilités et de quelles tortures sa place au soleil serait payée... C'était l'essentiel, c'était tout...

En revenant du boulevard Eugène, madame de la Genevraye ne montait plus directement à la chambre du petit Albert. Elle ne pouvait oublier que ces mêmes bras qui allaient bercer l'enfant venaient de presser l'amant ; que contre sa poitrine, où se poserait la tête blonde du chérubin, la joue allumée d'André s'était appuyée ; que ses lèvres avant d'effleurer cette innocence, s'étaient souillées sur la luxure... L'odieux de cette opposition l'avait saisie. Elle passait d'abord à

18

son cabinet de toilette et se déshabillait. Elle changeait tout, depuis ses bottines jusqu'à sa chemise. Elle secouait, avec les flots de sa chevelure noire, les haleines qui en avaient imprégné les tresses. Elle se lavait les mains, le visage à grande eau, noyant dans la cuvette les derniers baisers de l'adultère.

XXIX

Un soir, en rendant à son mari le *Bulletin de la Société de photographie*, dont elle venait de lui achever la lecture, Mercedès vit sur le bureau, la carte cornée de Manchard.

— Le maire est venu vous voir? demanda-t-elle.

— Oui, tantôt, en votre absence.

— Il vous a encore rebattu les oreilles de ses projets matrimoniaux.

— Je ne l'ai pas reçu. Je sortais du bain et, dans l'état de faiblesse où je me sentais, la perspective d'une conversation ne me souriait pas. Je lui ai fait dire de revenir demain et j'ai remplacé sa visite par une excellente sieste.

— Vous auriez mieux fait encore de le renvoyer aux calendes grecques. Il abuse vraiment de vos bontés. Comme s'il ne pouvait pas marier son fils sans...

— Peuh! vous savez bien pourquoi je le supporte.

Il est maire, j'ai besoin de lui. Et puis, ce que j'en fais, c'est surtout pour être utile à votre petite amie... Du reste, j'en vais être bientôt débarrassé.

— Ah ! cela va... se faire ?

— Je le suppose, répondit M. de la Genevraye en bâillant.

Mercedès allait questionner son mari, quand elle le vit détacher l'abat-jour de florence vert dont il se couvrait les yeux. Il était temps qu'elle le laissât se coucher. Elle réprima la question qui lui courait sur les lèvres et se retira dans sa chambre, après avoir souhaité à René une nuit de repos.

Manchard agissait donc toujours ; il ne renonçait pas à ses projets. Que faisait-il ? Voilà ce que madame de la Genevraye tenait à savoir. Le maire était capable d'employer tous les moyens pour vaincre les résistances de son fils.

Le lendemain, vers deux heures, comme elle regardait, à travers les glaces de sa fenêtre, tomber une grêle épaisse, fouettée par le vent de mars, le timbre d'annonce résonna deux fois. C'était une visite. En même temps, Manchard traversait la cour, sans se hâter, quoique, selon son habitude, il n'eût pas de parapluie. Une main dans sa redingote boutonnée, dont le collet était relevé jusqu'au menton, son chapeau dans l'autre main, il paraissait se préoccuper fort peu des grêlons qui rebondissaient dru sur sa large personne.

M. de la Genevraye se trouvant dans sa chambre, où jusqu'alors il n'avait jamais introduit Manchard, Mercedès pensa que, pour s'éviter la fatigue de descendre et de remonter un étage, son mari recevrait le nouveau venu au petit salon du premier, dont les fenêtres étaient ouvertes. En effet, le valet de chambre vint bientôt fermer ces croisées.

Alors, elle traversa rapidement la bibliothèque et pénétra dans le fumoir, en marchant sur la pointe des pieds. De cette pièce, on pouvait facilement entendre ce qui se passait dans le petit salon, dont une simple cloison, capitonnée de cuir, la séparait. Mercedès s'approcha doucement de la porte et écouta, le cœur battant de crainte, décidée à entrer bravement si elle se voyait menacée d'être découverte...

— Quand je disais, soupirait Manchard, qu'*il* devait avoir fait de mauvaises connaissances !

— Est-ce que vous avez découvert... ?

— Je ne m'étais pas trompé, monsieur le comte. Le malheureux garçon s'est laissé entraîner.

— Et à quoi ? mon Dieu !

— Ah ! je suis désolé !

— Il joue ?

18.

— Avec le feu, oui ; c'est-à-dire qu'il a des relations très suivies...

Le pauvre homme s'interrompit.

— ... Avec une drôlesse, acheva-t-il.

— Ce sont toujours ces créatures-là que choisissent nos jeunes gens d'aujourd'hui, sentencia M. de la Genevraye.

— Naturellement, vous pensez bien qu'une femme honnête ne ferait pas leur affaire. Il n'y a que des gredines qui puissent leur céder.

— Mais le cas n'est peut-être pas aussi grave que vous le supposez.

— Oh ! je ne peux plus me faire d'illusions. Il a trop bien donné dans le piège que je lui tendais... J'ai laissé ma bourse à sa discrétion, pour voir comment il en userait. Eh bien ! il a dépensé près de quinze cents francs, le mois dernier... Il faut qu'il soit grugé par quelque guenon.

— Les apparences grossissent parfois la réalité.

— Les apparences ! Hélas ! monsieur le comte, j'ai des preuves.

— Des preuves ?

Manchard tira de la poche intérieure de sa redingote un long portefeuille sans patte, en feuilleta le contenu et y prit une lettre qu'il déplia.

Madame de la Genevraye entendit le froissement

du papier. Elle se passa la main sur le front. Quelle pouvait être cette preuve écrite? Était-ce un billet d'André intercepté par son père? Sa vue se troubla comme si tous les objets se fussent mis à tourner autour du fumoir. Il lui fallut se raidir contre cet étourdissement pour ne pas tomber comme une masse sur le cuir du divan.

— Écoutez plutôt, continua le maire : « Monsieur, je crois devoir vous informer, dans votre intérêt, que votre cher André roule sur une pente fatale! Si vous voulez vous en convaincre, allez après-demain, mardi, vers trois heures, à l'hôtel qui fait l'angle du boulevard Eugène et de la rue Chauveau. Vous y trouverez votre fils en compagnie d'une abominable cocotte... Hâtez-vous, si vous voulez le retirer des griffes entre lesquelles il est tombé! — J. T., père de famille. »

Mercedès n'avait pas fait un mouvement pendant cette lecture. Elle entendait distinctement le battement de ses tempes, malgré le crépitement de la giboulée contre les glaces.

— Qu'allez-vous faire? demanda M. de la Genevraye.

— M'assurer du fait d'abord.

— Et puis?

— Et puis! me débarrasser de cette engeance.

— Comment?

— En la menaçant de la faire mettre à Saint-Lazare.

— Et si elle n'offre aucune prise à l'action de la police ?

— Elle aura peur, c'est tout ce que je veux.

—— Bah ! elle se moquera de vous. Ces aventurières sont munies d'une patente de libertinage qui les met à l'abri de toute poursuite.

— Peut-être bien ; mais mon fils n'a que vingt ans et huit mois. Il est mineur.

— Ceci ne vaut pas mieux. Les filles connaissent généralement les articles du code pénal relatifs aux mœurs. Celle-ci ne reculerait probablement pas devant une menace de poursuites pour détournement... attendu qu'il n'y a pas détournement dans l'espèce.

— Je puis toujours en essayer.

— Mais si elle ne cède pas ? Parmi ces femmes, il y en a de tellement aviliés qu'elles considèrent un procès, fussent-elles condamnées, comme une excellente réclame.

Il se fit un court silence.

Alors il ne me resterait plus qu'à lui offrir de l'argent, soupira le maire.

— Gardez-vous-en bien ! Je ne connais pas cette fille, mais elle doit savoir son métier. Si vous lui accordez un centime, vous êtes un homme ruiné. Elle vous mangera jusqu'aux os.

— Mon Dieu ! mon Dieu !... Quels phylloxéras que ces coquines ! Que faire ? Que faire ?

— Le chagrin vous égare. Voyons, réfléchissez. Quel est votre but ? rompre définitivement cette liaison. Eh bien, vous n'obtiendrez pas d'une fille plus ou moins publique qu'elle renonce à un client. C'est donc sur votre fils qu'il faut agir.

— Il me fera de belles promesses, mais les tiendra-t-il ?

— Croyez-vous donc qu'un jeune homme bien élevé puisse s'attacher sérieusement à une femme de mauvaise vie.

— Je ne dis pas cela. J'espère bien, au contraire... Mais tous ses camarades de lycée, qu'il a retrouvés à Paris, lui donnent de si mauvais exemples ! Ils sont une bande d'étudiants qui mènent, comme on dit, une vie d'enfer. Ce sont eux qui lui tournent la tête.

Un sourd bruit de pas se fit entendre sur la sparterie du corridor. Mercedès se dirigea vivement vers la porte opposée.

— Vous avez deux moyens de vous délivrer de cette misérable... achevait René au moment où le valet de chambre entrait dans le fumoir.

Madame de la Genevraye se retira dans sa chambre. Elle avait besoin d'être seule... Oui, ces hommes avaient raison. Elle ne devait être pour eux qu'une

courtisane anonyme. Qu'importaient ses intentions secrètes? Eût-elle été moins condamnée, si l'un et l'autre avaient pu lire dans sa conscience?

Le soir, devant les chenêts, dans l'intimité qui sépare le dîner du coucher, le comte songeait à l'incident
de la journée.

— Ce pauvre Manchard est dans la désolation, dit-il.

— Ah !

— Oui, il tient enfin l'explication des résistances de
son fils. Il paraît que ce petit imprudent s'est laissé
entortiller par une fille qui, naturellement, ne lui ins-
pire pas le goût du mariage.

— Tiens !

René conta brièvement le fait. Mercedès, pendant
ce temps, renversée sur son fauteuil et les jambes croisées, tantôt suivait du regard, par-dessus son écran,
les voltiges de la flamme sur les bûches, tantôt, con-
tractant le bout de son petit pied, faisait rentrer et
sortir alternativement le talon de sa mule... Quand
son mari eut achevé le récit :

   Un joli cadeau que vous allez faire à Edwige !
dit-elle.

— Hélas ! ma chère amie, nous vivons dans un temps
où les époux doivent s'estimer heureux quand leurs
faiblesses ont précédé leur union... au lieu de la suivre.

XXX

Madame de la Genevraye éprouvait une lassitude suprême de ces perpétuelles conspirations contre Manchard, contre André, contre Edwige. Elle était lasse
surtout de la lutte occulte qu'elle soutenait au nom de
la mère contre l'épouse, au nom du bâtard contre le
mari, au nom de la famille naturelle contre la famille
légale. N'était-ce pas un avertissement de la destinée
que cette révélation surprise derrière une porte ? Elle
hésitait à poursuivre le chemin où elle s'était engagée.

En tout cas, il était urgent de parer au danger d'être
découverte. Les réalités la serraient de près. Manchard
ne manquerait pas au rendez-vous du lendemain. Il
fallait qu'il n'y trouvât pas même son fils ; car André
surpris, obsédé de questions imprévues, pouvait se troubler et peut-être avouer. Mercedès n'avait plus que vingt-
quatre heures pour prévenir son amant et l'empêcher de
se rendre à Neuilly. Vers une heure, elle sortit à pied,
sous prétexte de conduire le petit Albert au parc Mon-

ceau, y laissa la nourrice avec l'enfant, et courut avenue Wagram où elle se souvenait d'avoir aperçu, quelques jours auparavant, une échoppe d'écrivain public.
Il ne. fallait pas s'exposer à être trahie par l'écriture
d'un billet intercepté.

La baraque verte du scribe était située sur un terrain vague, entre deux maisons en construction. Un.
drapeau, grand comme la main, flottait à chaque angle
de l'enseigne. Des rideaux de mousseline jaunie et ta-
chée d'encre doublaient les vitres sales de la porte et
de la fenêtre. Sur l'un des carreaux, on lisait, en
caractères de papier découpés :

FÉLICIEN

muet comme la mort.

Madame de la Genevraye n'osait entrer. Il lui semblait que tous les inconnus qu'elle coudoyait lisaient
sur son visage. Elle monta et redescendit la rue, sans
pouvoir se décider. Enfin, guettant une éclaircie dans
la circulation des passants, elle tourna tout à coup le
bouton, entra vivement dans l'échoppe et en referma
la porte derrière elle avec tant de précipitation qu'un
roquet, qui avait voulu profiter de l'issue pour s'élan-
cer dehors, eut la queue prise dans la fente et ne
s'en échappa qu'en hurlant.

Un vieillard, en redingote graisseuse et rapée, coiffé

d'une clémentine crasseuse, était assis, les pieds sur une chaufferette, la plume à la main, devant une table chargée de paperasses. Il regarda la nouvelle venue, à travers ses lunettes vertes et, lui montrant l'unique tabouret de paille que l'exiguïté du local permît d'y loger :

— Veuillez vous asseoir, madame, nasilla-t-il.

Puis, étendant son bras maigre, il poussa le verrou, assujettit les plis poussiéreux du rideau et se rassit. Il exhalait une odeur fade de sueur, de fumeron et de tabac prisé. Mercedès essaya de s'écarter un peu ; mais son siège, serré entre la table et la cloison, ne permettait aucun déplacement. Elle tira son mouchoir et porta à son nez la batiste parfumée.

— Madame ne voulant pas être vue, dit le bonhomme, nous ferions bien de nous dépêcher, parce que j'attends du monde à trois heures.

Madame de la Genevraye, honteuse d'être devinée, rougit.

— Je m'en rapporte à votre discrétion, monsieur.

— Je suis payé pour cela, répliqua l'écrivain d'un ton significatif.

Mercedès mit une pièce d'or sur la table. Le scribe prit une feuille de papier à lettre et trempa sa plume dans l'encrier, en demandant :

— Que dois-je écrire, madame la comtesse?

19

En s'entendant donner ce titre, Mercedès fit un mouvement de surprise et fixa sur son interlocuteur un regard de méfiance.

— Rassurez-vous, madame la comtessse, reprit celui-ci. Savoir et me taire! voilà ma devise.

Et il ajouta, en montrant, du bout de sa plume, l'inscription du carreau :

— « Félicien, muet comme la mort! »

Quelles que fussent ses défiances, madame de la Genevraye ne pouvait plus reculer.

— Écrivez, dit-elle.

« On sait tout : le jour, l'heure et le lieu. N'avouez rien, et n'allez pas demain soir là-bas. »

— Signé?... demanda l'homme de plume.

— Rien.

— Pas même un M?

Cette question acheva de déconcerter Mercedès qui resta un moment incertaine.

— Eh bien! soit, ne mettons rien, reprit l'écrivain en pliant le papier qu'il glissa dans une enveloppe.

Il bourra de tabac son nez pointu; puis, montrant la lettre à sa cliente :

— Voyez un peu l'épaisseur de cette enveloppe... Du papier muet, fait exprès pour Félicien.

Il cacheta et reprit sa plume.

— Monsieur... qui? interrogea-t-il.

Et, comme madame de la Genevraye tardait à lui répondre :

— Comment pouvez-vous croire, s'écria-t-il fière-ment, que Félicien puisse vendre la femme honorable qui le paye vingt francs!... Il faudrait ne pas avoir l'ombre de conscience. Je vous l'ai dit : « Savoir et me taire! »

— Au fait, pensait Mercedès, tandis que le plumitif remuait les cendres de sa chaufferette, ce diable d'homme en sait assez pour me perdre, s'il le voulait. Qu'est-ce que je risque de plus à nommer André?

— Pouvez-vous, demanda-t-elle, m'indiquer quelqu'un de sûr, pour porter cette lettre immédiatement?

— Certainement.

— C'est que la commission exige une très grande prudence. Il faudrait...

— Éviter d'être vu?

— Précisément.

— Rien n'est plus facile. Je me charge moi-même de l'affaire.

— Vous!

— Assurément. Quand il me faut un homme sûr, c'est toujours moi que je choisis. Je ne me fie qu'à Félicien. Seulement...

— Quoi donc?

— La commission se paye en sus de la copie.

— C'est très juste.

Madame de la Genevraye déposa une seconde pièce d'or sur la table.

— Madame la comtesse, attend-elle une réponse?

— S'il y en avait une vous me l'apporteriez entre cinq et six heures, passage Delorme, en face de la terrasse des Feuillants.

Elle donna l'adresse d'André et s'enfuit.

Madame de la Genevraye ne connaissait rien aux procédés de cette profession d'écrivain public qui dresse encore ses baraques jusque dans nos quartiers neufs. Elle ne savait pas que ces échoppes équivoques s'ouvrent non seulement à l'ignorance, mais encore au vice; que le copiste est l'auxiliaire indiqué de toutes les intrigues inavouables, et que les mêmes situations produisant les mêmes allures, si variée que paraisse une clientèle qui peut aller du troupier à la duchesse, l'homme de plume apprend par l'expérience, à démêler les mobiles sous les manières.

Félicien, en particulier, avait acquis dans l'exercice de sa profession une habitude d'observation qu'il trouvait parfois à exploiter. C'est ainsi qu'il avait tiré parti de l'incognito de madame de la Genevraye. La brusquerie avec laquelle la jeune femme était entrée chez lui attestait assez la crainte d'être aperçue. L'aristocratique broderie qui ornait le mouchoir en-

trevu lui avait révélé une initiale et un titre nobiliaire.
Il avait aussitôt mis à profit ces simples remarques, en
intimidant sa cliente pour en obtenir un large salaire.

Ce n'était donc pas sans inquiétude que madame de
la Genevraye, ignorante de ses maladresses, se promenait, entre cinq et six heures, dans le passage Delorme,
attendant le retour de son messager. Le temps s'é-
coulait avec une lenteur agaçante. Elle descendait et
remontait le passage, tout en surveillant les deux
issues. Un instant, elle s'arrêta devant une vitrine de
photographies, où des cabotines demi-nues et des
hommes d'État chauves semblaient s'expliquer mutuel-
lement leurs vues sur la façon de gouverner les
hommes. Plus loin, c'était un magasin de jouets:
volants et ballons, batteries d'artillerie et de cuisine,
animaux de l'arche, polichinelles à nez crochu, trains
et frégates, citadelles de carton armées de plomb
peint... Tous les bonheurs à la fois !... Ah ! si Albert
avait seulement deux ans de plus ! comme elle le
comblerait dans ce paradis, et lui dirait : Prends,
choisis, pille !...

Six heures moins un quart, et Félicien ne paraissait pas. Dans chaque promeneur qui débouchait des
arcades, Mercedès croyait reconnaître l'écrivain. Elle
s'ingéniait à calculer le temps nécessaire pour aller

jusqu'à l'hôtel d'André et en revenir, quand un homme, fort décemment vêtu de noir et porteur d'un paquet carré, noué dans une serge vert-pomme s'approcha d'elle. C'était Félicien.

— Vous ne me reconnaissez pas, dit-il. Dame, on sait être propre, quand il le faut absolument. J'ai vu le jeune homme.

— Il était seul ?

— Non pas. Le père était là. Mais j'avais prévu la difficulté. Je me suis donné pour un courtier en librairie (mon ancien métier); j'ai offert des livres à crédit, payables par mois. Malheureusement, ces messieurs ne paraissent pas très portés à la littérature. Comme j'avais entendu un piano avant d'entrer, j'ai proposé de la musique, aux mêmes conditions. Le père tenait bon. J'ai dû recommencer trois fois mes boniments pour l'achever. Il a fini par s'emporter et par rentrer dans sa chambre. Alors, j'ai donné la lettre...

— Il y a une réponse ?

— Certainement, la voici.

Madame de la Genevraye prit le papier et lut :

« *J'ai absolument besoin de te parler. Mon père a deux billets du cirque pour ce soir: il y va avec un de ses amis. Sois à Neuilly à sept heures et demie. Il n'y a pas de danger pour aujourd'hui.* »

— Voici maintenant le billet que vous m'aviez dicté,

reprit l'écrivain. Je n'ai pas voulu le laisser, afin de vous ôter toute inquiétude.

— Merci, dit Mercedès, en donnant une nouvelle pièce au copiste.

— A votre service, madame la comtesse, répondit-il en s'inclinant... « Muet comme la mort ! »

Madame de la Genevraye rentra en hâte à son hôtel.

— Et moi qui me méfiais de ce brave homme ! pensait-elle en remontant le boulevard Malesherbes.

Ce soir-là, en arrivant chez la Smith, Mercedès trouva André vautré dans un fauteuil, les pieds en l'air, sur la cheminée, son chapeau sur la tête, son pardessus au dos, sa canne entre les jambes et un cigare éteint entre les lèvres.

Il n'alla pas au-devant d'elle quand elle entra, et ne lui tendit même pas la main.

— Eh bien ! grogna-t-il sans lâcher son cigare, nous voilà dans de beaux draps !

Elle lui jeta un regard plein de caressante inquiétude.

— Quand tu me regarderas, reprit-il, ce n'est pas cela qui nous tirera d'affaire.

Elle s'approcha de lui, et, sans rien dire, s'assit sur ses genoux. Il s'adoucit.

— Oh ! soupira-t-il, si je m'attendais à semblable chose !

—Et moi donc! mon pauvre ami. C'est-à-dire que je me demande encore...

— Quoi ?

— Comment et par qui nous avons été trahis.

Il la fit sauter avec impatience sur son genou.

— Il s'agit bien de cela, s'écria-t-il. Que mon père sache que j'ai une maîtresse, je m'en bats l'œil.

— Mais il vous fera surveiller ; cela va rendre nos entrevues très difficiles.

— Bast, on trouve toujours moyen de se voir quelque part. D'ailleurs, j'ai découvert une combinaison excellente. Tu verras... Mais, ce n'est pas là le plus grave de l'affaire. Jusqu'à présent, mon père ne fourrait pas son nez dans mes dépenses. Quand je n'avais plus le sou, il me disait : « Fouille dans le secrétaire...» Et je fouillais ferme. Il n'avait pas l'air de savoir seulement ce que je prenais. Le farceur!... J'ai découvert, en barbotant dans son portefeuille, une note de ce que j'ai pris depuis notre arrivée à Paris. Jusqu'aux centimes, ma fille... Naturellement, il va me couper les vivres ; je le connais, c'est inévitable. Il est comme cela, lui! Parce qu'il n'aime pas les femmes, il faut que les autres s'en passent... Me vois-tu réduit à cinquante francs par semaine?

— Eh bien? n'est-ce pas assez? En étant raisonnable...

Il la regarda.

— Assez? Raisonnable!... Je la trouve bonne, par exemple! Tu roules sur l'or, toi ; tu n'as rien à dépenser... Tu ne sais pas le prix de l'argent. Tu as une maison bien montée, tout *à gogo!* pas de frais. Tu viens ici; c'est cent sous de *sapin*. La belle affaire! Enfin, je ne te coûte rien...

Elle ne put réprimer un mouvement.

— C'est la vérité, tu ne diras pas que tu m'entretiens seulement de gardenies. Moi, c'est bien différent. Est-ce que tu crois que la Smith nous reçoit chez elle pour tes beaux yeux? Tu ne sais pas qu'ici seulement j'en ai pour cinq cents francs par mois?

— Mais aussi, c'est à peu près la seule dépense...

Il se mit à rire bruyamment.

— Elles sont toutes les mêmes, ma parole d'honneur! s'écria-t-il.

— Qu'est-ce que vous voulez dire?

— Rien, va. Tu as raison, cinquante francs c'est bien assez. Je ne jurerais pas que je ne ferai pas d'économies... En attendant, tu comprends que je ne puis pas garder un loyer de six mille francs. Je viens de donner congé à la Smith.

— Ce n'est pas moi qui la regretterai.

— Une femme si honorable!... Tu as tort.

— Est-ce que nous avons besoin de glaces de Venise

1.

et de tapis de Smyrne pour nous réunir? Une chambrette grande comme un nid et aussi cachée, je n'en demande pas davantage. Plus on se fait petit, mieux on se dérobe.

Il l'enlaça dans ses deux bras et la serrant sur sa poitrine :

— J'ai mieux que cela, dit-il d'un ton câlin. J'ai trouvé un appartement plus confortable que celui-ci et mille fois mieux dissimulé.

— Où donc?

— Et qui ne coûtera rien.

— Comment cela?

— Chez une personne de ma connaissance.

Mercedès fit un geste de dénégation.

— Oh! rassure-toi, reprit André en l'embrassant sur les yeux, cette personne te connaît.

— Moi?

Tout en parlant, il l'avait débarrassée de ses gants qu'il lança sur un fauteuil, de sa pelisse qu'il jeta sur le canapé.

— De qui voulez-vous parler? demanda-t-elle.

Il se leva, coucha sa canne sur le guéridon, ôta son pardessus, fit voler son chapeau à l'extrémité de la chambre et amena, par la taille, Mercedès jusqu'au lit.

— Dites, répéta-t-elle en s'asseyant à côté de lui, où pensez-vous que nous puissions nous voir?

Il lui secoua doucement le genou.

— Bêbête! fit-il, tu ne devines pas ?... Chez toi, donc !

— Chez moi !...

— Il me semble que ton hôtel vaut bien la villa Smith ; et quant à la sécurité... Ce n'est pas là que mon père ira chercher ma maîtresse, à coup sûr.

Il venait de lui retirer son peigne. Les longues nattes noires de Mercedès roulèrent sur ses épaules.

— Je ne puis pas vous recevoir! s'exclama-t-elle.

— Et pourquoi? s'il te plaît.

— Pourquoi! pour mille raisons.

— Est-ce que tu crois que ton... mari s'aviserait jamais de supposer...?

— Non! non! cherchons autre chose.

— Je m'en garderai bien! Je n'ai qu'un regret, c'est de ne pas avoir eu plus tôt une idée aussi économique. Je viendrai pour accorder ton piano, pour t'apporter des partitions, pour te donner des leçons de musique... Et les morceaux que nous jouerons ensemble en vaudront bien d'autres, et le piano que je toucherai...

— Vous êtes fou, interrompit Mercedès. Ce manège ne durerait pas quinze jours. Personne ne s'y tromperait. Les domestiques...

— Bon! vas-tu t'occuper de l'opinion de tes larbins?

L'essentiel, c'est que ton mari et mon père ignorent...

A ce moment, des pas se firent entendre dans le couloir. Quelqu'un passait et revenait derrière la cloison.

Mercedès se dressa vivement sur son séant :

— Qu'est-ce que c'est ? fit-elle à voix basse.

Les pas s'étaient rapprochés ; ils semblèrent s'arrêter devant le seuil même de la chambre. Presque aussitôt, une clef était introduite dans le trou de la serrure.

André bondit à terre :

— Qui est là ? cria-t-il en mettant instinctivement la main sur la porte.

— Ah ! ah ! grinça une voix gutturale, tandis que la clef mal conduite luttait vainement contre le pène, attends, attends... Tu vas le savoir qui est là...

— Papa !... murmura André.

C'était bien la voix menaçante de Manchard.

Mercedès fit un geste de frayeur. D'un saut, elle fut debout, entraînant avec elle la courte-pointe du lit...

Il se passa quelques secondes — un siècle ! — pendant lesquelles la clef continuait à tourmenter la serrure, tandis qu'André, hébété, regardait sa maîtresse cherchant d'une main fiévreuse à relever ses cheveux.

Madame de la Genevraye avait à peine eu le temps de se jeter sa pelisse sur les épaules, quand la porte s'ou-

vrit avec fracas, et le gros homme se dressa sur le
fond sombre de l'antichambre.

— Enfin! voilà donc le pot aux roses! s'écria-t-il
en repoussant vivement la porte derrière lui et en la
fermant à double tour.

Il fourra la clef dans sa poche, s'avança sur André,
qu'il aperçut le premier, et lui administra un soufflet
si vigoureux que le jeune homme alla chanceler
contre le lit.

— Habille-toi! garnement, commanda-t-il.

Mercedès affolée s'était blottie rapidement derrière
une tenture. A peine Manchard put-il confusément
apercevoir, dans les plis du lampas, la forme de celle
qu'il cherchait. Il saisit le rideau et le tira si violemment que la soie, trop mûre pour une telle épreuve,
craqua dans toute sa longueur et tomba du baldaquin
sur le panneau...

Madame de la Genevraye apparut subitement,
muette, terrifiée.

— Sacr...! tonna Manchard en reconnaissant la
jeune femme.

Il ne put achever ce juron arraché à sa stupéfaction.
Mercedès, qu'il avait lâchée subitement, s'affaissa sur
elle-même; il réussit à peine à la retenir et faillit tré-
bucher avec elle.

Elle était évanouie.

André fit mine de s'approcher; son père lui lança un regard de fureur qui le cloua en place :

— Habille-toi! te dis-je, et file à la maison ! Je me charge du reste.

Quelques minutes plus tard, quand madame de la Genevraye reprit conscience d'elle-même, elle se trouva étendue sur le lit. André n'était plus là. Manchard se tenait debout devant elle, épiant son réveil.

En reconnaissant cet homme, elle ramena aussitôt sur ses épaules le manteau dont elle s'était affublée dans sa détresse, et descendit vivement du lit. On aurait dit que cette couche lui brûlait les flancs.

Le paysan se découvrit aussitôt, posa son feutre sur le guéridon et s'assit en tamponnant ses tempes couvertes de sueur.

Ces agitations n'échappaient pas à Mercedès, quelque troublée qu'elle fût elle-même. Elle crut y voir le présage de violences prochaines. Ce gros corps lui semblait gonflé de colères accumulées et prêtes à éclater. Le rustre oserait-il porter la main sur elle, la souffleter à son tour...?

Une réaction se fit en elle. Ses nerfs d'Espagnole se raidirent contre la menace. Elle retrouva assez d'énergie pour se défendre en attaquant, et, d'une voix sourde et impérieuse pourtant, elle articula cet ordre :

— Veuillez vous retirer, Monsieur.

Étonné de l'agression, il cessa de s'essuyer le visage et regarda à la dérobée son interlocutrice, sans lui répondre.

— Veuillez sortir, répéta madame de la Genevraye en montrant la porte.

Manchard s'agita sur sa chaise. Allait-il broyer l'imprudente ? Elle le crut ; elle se trompait.

— Certainement, madame... balbutia-t-il. Soyez tranquille... Je suis un honnête homme, je m'en vais... Mais permettez-moi... Vous ne me refuserez pas cela... Je ne puis pas m'en aller sans savoir... sans que vous sachiez le... la...

Il n'acheva pas. Les joues écarlates, les yeux détournés, sans gestes, sa perplexité n'aurait pas paru plus grande s'il eût été lui-même surpris en flagrant délit par Mercedès.

— Je ne veux rien entendre, monsieur, fit madame de la Genevraye. Tout ce que vous pouvez avoir à me dire, je le sais par avance. Ainsi, laissez-moi seule.

Manchard se leva :

— Je vous laisse, madame, je vous laisse. Je voulais seulement vous expliquer...

Mercedès l'interrompit.

— Soit, dit-elle, nous aurons peut-être à nous expliquer ; mais ici, en ce moment, vous devez comprendre que c'est impossible.

Il parut s'animer légèrement.

— Permettez, insista-t-il, je n'ai pas l'intention de vous accuser... C'est vrai, j'étais venu ici avec des projets de vengeance... On me prévient que mon fils a une maîtresse, que cette fille...

Madame de la Genevraye fit un mouvement.

— ... est avec lui, dans un hôtel équivoque du boulevard Eugène. J'accours, je paye un prix fou pour la surprendre... Je voulais tomber comme la foudre, saisir la... personne qui se permettait de débaucher mon fils et d'entraver nos projets de famille. Et, au moment de soulager ma colère, qu'est-ce que je vois!... Ah! Madame, vous ne savez pas dans quel embarras terrible vous me mettez là!

Madame de la Genevraye avait tenté plusieurs fois d'interrompre le rustre; mais, tout en hésitant sur le choix des mots, il semblait obstinément décidé à parler. Cette sourde persistance commençait à déconcerter Mercedès. Elle se contenta de répéter :

— Encore une fois, monsieur, laissez-moi. Toutes ces explications sont inutiles.

Le maire fit un geste de dépit.

— Mais enfin, s'écria-t-il, on ne chasse pas les gens sans les entendre. Ah! laissez-moi vous ouvrir mon cœur, car je déborde, Madame, je déborde littéralement.. Vous me maudissez et le plus à plaindre, c'est pourtant moi!...

Il secouait ses bras en l'air, comme s'il prenait la corniche à témoin de ses angoisses. Il y avait dans son attitude une sorte de bonhomie inflexible et dans sa voix une douceur de fer. Madame de la Genevraye n'était pas armée devant cette impitoyable courtoisie. Prête à se révolter contre la brutalité, elle était sans défense contre le respect. A mesure que son adversaire s'en-hardissait, elle se sentait plus impuissante, si bien qu'à la douloureuse exclamation de Manchard elle ne put répondre que par cette protestation désespérée, en se laissant tomber sur un fauteuil :

— Je constate que vous employez la force pour me contraindre à vous entendre.

— La force!... s'écria amèrement l'éleveur, oh! non, Madame... Quoiqu'on ne soit qu'un pauvre provincial, on connaît ses devoirs de galant homme... Mais je ne puis pas croire que vous abusiez à ce point de ma situation.

Il parlait avec une conviction émue, la main droite sur le cœur, le buste penché en avant, comme pour aller au-devant de la réponse attendue. Ses gros yeux bleus, en arrêt derrière leurs cils fauves, imploraient candidement la jeune femme.

Madame de la Genevraye ne répondit rien. Ses résis-

tances s'étaient brisées contre cette borne capitonnée.
Elle s'enferma dans une résignation pleine de colères
muettes et, ramenant convulsivement autour d'elle les
plis de la soie qui glissait le long de ses épaules, elle
détourna les yeux vers le foyer où quelques débris de
bûches achevaient de brûler. Dans ce débraillé d'une
intimité surprise, sa fierté protestait encore; son
orgueil se débattait contre la honte. Le désordre de
ses cheveux, la contraction de ses lèvres, l'immobilité de son regard et la pâleur de son teint, donnaient à sa physionomie une expression de dureté farouche.

Manchard s'était tranquillement rassis.

— Je vous en conjure, madame, reprit-il de sa voix
la plus mielleuse, ne vous méprenez pas sur mes. ntcn-
tions. Je serais déjà parti s'il ne s'agissait pas de mes
intérêts les plus chers... C'est que j'avais fait un rêve,
voyez-vous? J'avais rêvé que mon fils s'élèverait au-
dessus de ma condition. Moi, je ne suis qu'un paysan;
l'argent ne m'a pas grisé. Parce que la bonne société
m'accueille, je ne me crois pas pour cela un homme du
monde. Je sais très bien qu'un parvenu ne prend jamais
pied dans certaines classes supérieures. Seulement, je
me suis dit : « Mon fils ne travaillera pas puisque la
sueur est si mal portée. » Alors, je lui ai fait donner
de l'instruction. A lui seul il en sait plus long que toute

sa famille. Il peut être reçu partout sans rougir.

Il s'arrêta pour souffler. Son interlocutrice ne bougeait plus.

— Il ne me restait, continua-t-il, qu'à le faire entrer définitivement, par un mariage, dans la société des gens bien élevés... Je n'ai pas eu la peine de chercher loin. Mademoiselle Lemahodon réunissait toutes les qualités désirables pour naturaliser son mari dans la bonne compagnie. On la disait pauvre, mais je pouvais, à la rigueur, doubler la dot d'André... Et puis, si j'avais hésité, vous-même, madame, est-ce que vous ne m'auriez pas décidé ? Quand je vous entendais, vous qui connaissiez mieux que tout le monde cette jeune personne, en faire des éloges interminables, jugez si je m'applaudissais de mon choix !... Enfin, je m'aperçois que les deux jeunes gens n'avaient pas attendu mon avis pour se plaire. Il y avait beau jour qu'ils s'aimaient !... Jugez si j'étais heureux de ma découverte...

Madame de la Genevraye était livide : une moiteur froide lui montait au front.

Manchard reprit :

— En quelques semaines, je menais à bonne fin mes négociations, grâce au concours si précieux de M. le comte. L'accord était fait, les dates étaient presque fixées... Après trente ans d'efforts, je touchais au mo-

ment de voir ma famille sortie de sa glèbe natale. Tout
à coup...

Il s'arrêta, paralysé sans doute par l'émotion.
Ses lèvres se pinçaient. Allait-il pleurer! Ses larges
pieds, incarcérés dans des bottines vernies toutes
neuves, battaient de petits coups nerveux sur le parquet.
Après une minute de silence, passant sa main sur ses
cheveux ras, comme pour chasser de son crâne les pensées douloureuses qui l'obsédaient, il reprit d'une voix
tremblottante :

— En voilà bien assez... Vous souffrez? Madame ; et
moi donc ! Toute une vie de travail, de persévérance...
Et j'en suis-là ! Échouer au port ! ce qui s'appelle au
port ! car...

Il s'essuya les yeux, bien qu'il les eût parfaitement
secs.

— ... Si j'avais affaire à une de ces femmes qui...
Parbleu ! je ne serais pas en peine ; la police m'en
débarrasserait ; il y a des règlements contre les filles de
mauvaise vie... Mais avec une honnête dame, une
grande dame... Vous n'êtes pas de ces créatures qui se
prêtent comme cela, sans amour. Si vous êtes ici, c'est
que vous aimez André... Eh bien ! voilà ce qui me déses-
père. Que voulez-vous que je fasse? Vous demander de
rompre avec lui, c'est vous demander un sacrifice sur-
humain. Quand la passion tient une femme, Dieu sait

ce que c'est... Et pourtant, je ne puis pas briser tranquillement l'avenir de mon enfant... Vous êtes mère aussi, vous avez un fils. Vous bâtissez par la pensée son avenir, un avenir digne du nom qu'il porte... Les années se passent. Vous le voyez grandir, devenir l'homme que vous aviez rêvé... Et puis voilà que tout à coup une catastrophe imprévue brise sa position, le rejette du haut en bas de la société; ce n'est plus qu'un pauvre diable... Que diriez-vous? Que feriez-vous? Est-ce que ce n'est pas affreux cela?... Et s'il dépendait de quelqu'un d'éviter cette catastrophe, est-ce que vous ne tendriez pas les deux mains vers ce sauveur? Eh bien! madame, j'en suis là. Mon fils est entre vos mains. Tant que vous le garderez il sera perdu pour moi. Vous pouvez, d'un mot, le rendre à sa famille. Oh! ayez pitié de moi, madame! Au nom de votre enfant, rendez-moi le mien!...

Sa voix suppliait; il joignait les mains, et sa jambe droite s'infléchissait légèrement en arrière, comme pour esquisser une génuflexion toute prête. Une larme — une vraie larme! — trempait ses yeux ronds...

Cependant madame de la Genevraye restait muette. Elle ne daignait pas seulement tourner ses regards vers Manchard. S'était-il donc trompé dans sa stratégie? Il attendait.

Depuis que l'insistance de cet homme l'avait clouée

en place, Mercedès s'était efforcée de comprimer les
fièvres qui bouillonnaient en elle. Se sentant la proie
de son adversaire, elle ne lui avait opposé que cette
résistance des vaincus : l'inertie. Ce supplice ne lui
avait arraché ni un cri ni un geste... Quand les tirades
de Manchard se furent éteintes dans une dernière invo-
cation, elle se contenta de répondre, d'une voix glaciale :

— Sortez !...

L'expression suppliante qui contractait la face pape-
larde du maire s'effaça subitement. Ses traits reprirent,
sans transition, leur bonhomie habituelle. Il se leva,
ramassa tranquillement son feutre et, s'inclinant devant
la jeune femme, avec autant de respect que s'ils se
fussent trouvés dans le salon de la gentilhommière :

— La nuit porte conseil, dit-il. J'aurai l'honneur
de revoir demain madame la comtesse.

Et il se dirigea vers la porte. Deux tours de clefs
qu'il donna pour l'ouvrir apprirent à Mercedès qu'elle
avait été sa prisonnière pendant cette scène. Mais,
à peine sorti, il rouvrait la porte et rentrait.

Eh bien ! non, s'écria-t-il en ôtant son chapeau,
nous ne pouvons pas nous quitter comme cela... Je n'ai
pas le sens commun ; j'aurais dû vous comprendre
tout de suite. Vous périssiez d'ennui dans votre hôtel,
pas vrai ? Vous avez voulu vous distraire. Au fond,

vous vous moquez pas mal de ce blanc-bec. Je ne vous
donne pas quinze jours pour trouver cent fois mieux...
C'est bien inutile que j'aille encore vous déranger.
Voilà une affaire conclue ; je dirai à André : « Mon
petit, on s'est moqué de toi !... » Et, le diable m'emporte ! je parie dix mille écus que vous serez la première à me remercier...

Puis, saluant plus profondément que jamais, il
sortit.

XXXI

Restée seule, madame de la Genevraye demeura
comme anéantie. Est-ce que tout ce qui venait de se
passer dans cette chambre n'était pas une horrible hallucination? Cette heure d'opprobre, l'avait-elle vécue
ou rêvée? Immobile, les bras pendants, le regard fixe,
elle tomba dans une sorte de somnolence hébétée;
ses yeux ouverts ne distinguaient plus qu'une lumière
diffuse où se fondait tout ce qui l'entourait; un bourdon-
nement sourd bruissait dans ses oreilles... Cette prostration eût duré longtemps, sans doute, si le timbre
vibrant de la pendule ne l'en eût tirée.

Elle regarda autour d'elle : la canne d'André, oubliée sur le guéridon; un bout de cigare sur l'angle de
la cheminée; un chapeau sur un fauteuil; des gants
gisants à terre; les six bougies roses achevant de
brûler; des traces de bottes sur le satin du canapé;
le lampas du rideau retombant en lambeaux; sa pelisse
sur les épaules; ses cheveux dénoués; le lit meurtri;

tout ce désordre de meubles et de vêtements parlait comme un champ de bataille où chaque débris personnifie quelque tragique épisode.

Elle passa les mains sur son front, poussa un long soupir, se leva, remit son manteau. Sa poitrine oppressée haletait. Comme elle s'était approchée de la glace pour ajuster sa coiffure, elle y aperçut son visage; ses yeux se fermèrent et elle se détourna...

Elle sortit doucement, sans regarder derrière elle, sans fermer la porte de la chambre. Il n'y avait personne dans l'escalier, ni dans le couloir. Elle se trouva dehors sans que la Smith, qui, d'ordinaire, veillait attentivement à la sortie de ses clients, eût montré le tulle noir de son bonnet.

Il devait être tard, à en juger par la solitude du boulevard. A perte de vue, les becs de gaz rayaient la nuit; leurs lignes jumelles semblaient se rejoindre au loin et fermer la voie. Pas un souffle ne balançait les branches bourgeonnées des platanes qui bordent l'avenue.

Mercedès marchait rapidement, longeant les grilles des jardins, frissonnant parfois sous la fraîcheur de la nuit, tandis que la sueur perlait sur ses tempes. A la porte des Ternes plusieurs fiacres stationnaient auprès de la grille, elle se jeta dans le plus proche et se fit conduire à son hôtel.

Il était onze heures quand elle rentra. Elle monta précipitamment à sa chambre. Le concierge courut après elle et la rejoignit dans l'escalier.

— Voici, chuchota-t-il en présentant une lettre à Mercedès, quelque chose qu'on vient d'apporter pour madame la comtesse.

Madame de la Genevraye prit brusquement le papier qu'on lui tendait et continua sa marche. En passant devant la chambre du petit Albert, elle l'entendit pleurer. Elle ne s'arrêta pas, renvoya sa femme de chambre qui venait au devant d'elle, s'enfuit dans son appartement et s'y enferma, lança sur la cheminée la lettre qu'elle tenait, sans même en lire la suscription ; puis, tout habillée, en pelisse, en chapeau, se mit à marcher d'un pas fébrile à travers la pièce.

La révolte s'amoncelait en elle. Blessée dans son orgueil, dans sa pudeur, dans sa dignité de femme, dans sa conscience de mère, elle se sentait prête pour les grandes résistances du désespoir. Se jeter tête baissée contre l'obstacle, elle ne voyait pas autre chose. Elle briserait l'autorité de Manchard et lui arracherait André, coûte que coûte ; elle épouserait, à la face de toutes les fatalités conjurées, le père de son enfant. Est-ce qu'elle serait descendue si bas pour ne plus se relever ? Est-ce qu'elle aurait accepté vainement tant de déboires, accumulé pour rien tant de sacri-

fices !... Les forces de son mari s'éteignaient de
semaine en semaine. Ce cachot du mariage, où elle se
débattait depuis si longtemps, s'élargissait autour d'elle ;
ses chaînes allaient tomber, la porte allait s'ouvrir.
Discrètement, sans violences, sans bris et sans bruit,
s'abaissaient devant elle toutes les barrières... et en
ce moment même, à la veille de retrouver la liberté,
elle en perdrait les bénéfices, ce qui en faisait le prix
à ses yeux?... Non, c'était impossible ; elle n'abdi-
querait pas ses droits, elle ne se rendrait pas... André
lui appartenait de par les lois sacrées de la maternité ;
elle le tenait, en fait, par ses vices ; elle ne le lâcherait pas, dût-elle aller jusqu'à l'éclat, jusqu'au scandale !...

Ses yeux lançaient des éclairs de colère ; un pli nerveux contractait ses lèvres, et ses dents blanches se
découvraient : dents de chienne défendant ses petits.

— Jamais ! jamais ! s'écria-t-elle.

Et ce cri de révolte, ce serment impuissant que
l'homme jette à la face voilée de l'avenir, allait s'éteindre sourdement dans les tentures de la chambre.

Sur la console traînait un bonnet de fine renaissance
que Mercedès avait fait elle-même, pendant sa grossesse,
aux heures charmantes de l'espoir. Les petites brides
bleues pendaient, se détachant sur l'ivoire découpé des
marqueteries. Elle l'aperçut. Ses mains s'y portèrent

brusquement. Elle le couvrit de baisers furieux.

Puissance de l'enfant! Toute cette écume de sentiments que le désespoir venait de soulever dans son
cœur, s'affaissa. Un amollissement s'empara d'elle.
Elle sentit la menace expirer sur sa lèvre et ses nerfs
se détendre. Sa colère se fondit dans une tendresse in-
finie... Elle s'assit sur le bord de son lit.

Lutter à outrance!... Avait-elle bien mesuré les
forces de Manchard et les siennes? Quelles armes
employer contre ce Tartufe aux cils roux? Faire de
l'éclat? Quelle folie! Sur qui retomberait le scandale?
Que pouvait-elle obtenir par la violence? Ne vaudrait-
il pas mieux fléchir son ennemi? Cet homme était-il
donc de pierre? Si elle courait à lui! Si elle se jetait
à ses pieds! Si elle lui avouait tout!... Ce parvenu
rongé d'envie ne trouverait-il pas le compte de sa
vanité dans l'union d'un Manchard avec une femme qui
avait porté le nom de la Genevraye? Un tel mariage
ne l'élevait-il pas, en quelque sorte, au rang du
comte?... Et puis, ce petit Albert, n'était-ce pas le
fils de son fils? La « voix du sang » ne parlerait-elle pas
à l'oreille de l'aïeul?... Mais s'il la repoussait, malgré
tout? S'il la trouvait indigne d'épouser l'homme à qui
elle s'était donnée?...

Les heures s'écoulèrent sans que son front courbé
sur ses deux mains se relevât. Mais lorsqu'elle sortit

de son immobilité, le jour qui déjà blanchissait les vitres, n'éclaira plus sur son visage qu'une effrayante placidité. Rien en elle ne traduisait ses secrets sentiments, et, si ce calme même présageait une suprême résolution, nul ne l'aurait pu lire dans ses traits.

Elle se passa un peu d'eau sur les joues et sur les yeux, puis se rendit auprès de son mari. Soit qu'elle se reprochât de ne pas l'avoir visité depuis vingt-quatre heures, soit que toute autre pensée, connue d'elle seule, la rapprochât de René, dès huit heures elle fut à son chevet.

La mère Presle était là, debout, le surveillant pendant qu'il buvait à demi-gorgées un petit verre de vin de quinquina. Il s'interrompit pour tendre la main à Mercedès, avec un sourire aussi bienveillant que s'il ne se fût pas aperçu de son absence, sourire profond où la jeune femme crut lire je ne sais quelle narquoise tendresse...

— Eh bien ? demanda-t-elle avec intérêt.

— Vous voyez, à peu près de même. Je n'ai pas eu de vomissements... depuis avant-hier. Mais les yeux, mes pauvres yeux... J'ai des brouillards sur la vue... Ainsi, je vous vois à travers une espèce de nuage... comme une madone.

Il se passa la main sur les paupières.

20.

— Une auréole ! Cela vous va bien, du reste, ajouta-t-il d'un ton caressant.

— Il fait si sombre aussi, remarqua-t-elle. Voulez-vous que je tire les rideaux ?

— Ils sont donc fermés ?

— A moitié.

Elle fit glisser les grands plis sur les anneaux. Le ciel était couvert. Une lueur blafarde emplit la chambre.

— Bien, fit-il en se tournant un peu vers le jour... Mais c'est encore vague. J'ai comme des vides dans la vision ; tenez, je n'aperçois pas le lampadaire, à gauche de la cheminée... Et puis, je crois que décidément la lumière me fait mal...

— Je vais refermer, dit Mercedès.

— Non, mon amie, en regardant de ce côté je ne sens plus rien... J'ai le globe de l'œil si sensible ! Allez, le moins qui puisse m'arriver maintenant c'est de perdre la vue.

Elle protesta vivement.

— Je sais ce que je dis ; je ne me fais plus d'illusion. C'est une amaurose qui me menace.

— Oh ! s'écria Mercedès, pouvez-vous... ?

Elle s'était assise auprès du lit. Il lui prit la main en l'interrompant.

— J'y suis résigné, dit-il. Dieu sait ce qu'il veut.

Qu'il me laisse vivre assez pour faire de mon fils un vrai la Genevraye, c'est tout ce que je demande à sa miséricorde.

Puis, d'un ton enjoué :

— Aimeriez-vous mieux me voir sourd ou muet? Les aveugles sont toujours gais. Est-ce parce qu'ils ne voient pas ce qui pourrait les attrister? C'est possible. Ce monde n'est pas si réjouissant pour qu'on tienne tant à n'en rien perdre. On crève les yeux aux pinsons pour les faire chanter.

Elle affecta un gros rire d'incrédulité.

— Quelles billevesées! dit-elle.

Il hocha la tête et ferma les paupières.

— Je voudrais pourtant la revoir cette chère maison de Trèfles où vous avez charmé les plus belles heures de ma vie, soupira-t-il; cette chambre où mon fils est né, par une claire aube de juin; mes grands platanes avec leur nids de ramiers, ma serre avec ses plantes de votre pays, mon kiosque, ma Ronce... tous ces témoins du bonheur que vous m'avez donné... le seul de mon existence... Je voudrais revoir tout cela avant de perdre la vue... Si j'en avais la force nous partirions.

— Les beaux jours vont venir, fit Mercedès, rien ne sera plus facile. C'est l'air de la campagne qu'il vous faut. Le docteur l'a bien dit.

— Et les jambes! Si les jambes pouvaient désenfler...

certainement... Le médecin prétend que l'œdème diminue; c'est peut-être pour me consoler... Enfin, à la grâce de Dieu!

Madame de la Genevraye passa la journée auprès de son mari. Vers le milieu du jour, elle l'aida à se lever et lui fit faire, à son bras, quelques tours dans la chambre, l'encourageant de sa gaieté, le berçant de projets champêtres, et l'entretenant de la gentilhommière rêvée. Au premier signe de lassitude elle le recoucha. Ne se sentait-il pas un peu d'appétit? Elle lui persuada qu'il avait faim, parvint à lui faire préférer une feuille de filet saignant à un blanc de poularde et, après une tasse de jus, lui versa deux doigts de vieux Marsala... Il fallait bien qu'il prit des forces pour le futur voyage.

Quand il fut bien repu, il se mit sur le dos et se cala la tête dans l'oreiller.

— Vous allez vous reposer un peu, n'est-ce pas? dit-elle.

— Et mon dessert? demanda-t-il, mon dessert spirituel, j'entends... Vous seriez bien aimable de me lire un chapitre de mon *Manuel du Chrétien*. Tenez, il y a un signet à la page où je suis resté.

Elle prit le livre. C'était un petit in-16 relié en maroquin du Levant et portant, sur ses plats, encadré de dorures aux petits fers, le blason de la Genevraye.

Que de fois, aux premiers temps de son mariage, elle avait cherché, dans ces mystiques entretiens de l'âme avec Dieu, l'apaisement de ses passions inassouvies !...

Mercedès se mit à lire :

— « 1. J'aime le Seigneur parce qu'il a écouté ma voix et exaucé mes prières.

» 2. Les douleurs de la mort m'avaient enveloppé et j'étais étroitement renfermé dans le tombeau ; j'étais dans la douleur et dans l'affliction.

» 3. Mais j'ai invoqué le nom du Seigneur ; j'ai dit avec instance : Seigneur, délivrez mon âme.

» 4. Le Seigneur est bon et juste : notre Dieu est miséricordieux.

» 5. Le Seigneur garde ceux qui ont le cœur droit. J'étais abattu et il m'a sauvé.

» 6. Seigneur, vous avez essuyé les larmes de mes yeux ; vous avez retiré mes pieds de l'abîme où l'on m'avait précipité.

» 7. Je marcherai... »

René dormait. Avec sa bouche ouverte, où s'entrevoyaient des dents jaunies par le tartre, ses paupières gonflées, ses cils entrebâillés, son front blême dont cinq rides précoces faisaient, comme des coulisses, remonter la peau, ses oreilles exsangues, ses cheveux épars, ses favoris en désordre, sa barbe d'un mois et son teint terreux, on l'aurait pris pour un cadavre, si

sa respiration irrégulière n'eût soulevé par instants sa
poitrine et sifflé entre ses lèvres.

Depuis longtemps Mercedès n'avait pas pris la peine
de le regarder aussi attentivement. Il y avait dans la
tête renversée du gentilhomme quelque chose de jeune
et de sénile à la fois qui ennoblissait encore sa distinction naturelle.

Elle le contemplait fixement, comme si ses regards
ne pouvaient s'en détacher. Pourquoi son souvenir se
reporta-t-il aussitôt vers cette matinée de janvier où
l'homme qui gisait-là, terrassé par la maladie, lui passait au doigt l'anneau nuptial? Elle se revoyait à genoux,
auprès de lui, sur le prie-Dieu aux glands d'or. Le
maître-autel de Saint-Philippe était jonché de fleurs;
les cierges alignaient leurs petites flammes jaunes. Le
suisse, sa hallebarde dans une main, la canne à pomme
d'argent dans l'autre, se tenait debout sur ses mollets
blancs, dans la dignité d'un homme qui porte tri-
corne en tête et aiguillettes à l'épaule. Le prêtre, en
chasuble blanche, et ses acolytes, en surplis, allaient
et venaient sans bruit au pied de l'autel, sur les tapis
à grandes fleurs. Elle entendait les fanfares éclatantes
de l'orgue, les unissons des chantres et les tierces
de la maîtrise. Puis, dans l'intervalle des *kyrie* triom-
phants et des *salutaris* langoureux, il se faisait de
grands silences que troublait seul le tintement métal-

lique des pièces tombées dans la bourse des quêteuses,
ou le grelot aigrelet de la sonnette des enfants de
chœur. Cependant, elle sentait à ses côtés celui à qui
elle allait appartenir désormais. Elle éprouvait un trouble délicieux à se reconnaître son esclave, sa chose.
Qu'allait-il faire d'elle ? Ce qu'il voudrait. Il était l'in-
carnation de son bonheur. C'était un ravissement pour
elle d'ignorer ce qu'elle désirait et de désirer ce qu'elle
ignorait. Au seuil de ces avenirs d'amour dont il savait
seul le secret, elle trouvait une volupté à fermer les
yeux et à s'abandonner sans conditions. Quand parfois,
à travers son long voile blanc, elle apercevait la main
finement gantée du gentilhomme ou son profil de mé-
daille romaine, elle se prenait à l'admirer, et, prosternée, remerciait Dieu...

Et il n'y avait que quatre ans de cela !

Deux coups légers frappés à la porte mirent en fuite
toutes ces images. C'était le valet de chambre. Il entra
sur la pointe des pieds et remit à madame de la Genevraye un petit paquet soigneusement cacheté. René
dormait toujours. Mercedès brisa les sceaux de cire ;
dix ou douze lettres s'éparpillèrent sur ses genoux.

C'était sa correspondance qu'André lui renvoyait...

Elle ne manifesta ni surprise, ni émotion. On eût
dit qu'elle attendait cette restitution sans y attacher
aucun prix. Elle prit froidement les billets et les réunit

un à un, avec autant d'indifférence que si elle eût manié le dernier catalogue du *Louvre* ou du *Printemps*.

Comme le cartel sonnait onze heures, elle pensa que le déjeuner devait être servi. Elle mit les lettres dans la poche de son peignoir et passa dans la salle à manger.

Il faisait froid dans cette grande pièce. On poussa la table devant le calorifère et Mercedès se plaça le dos au feu.

— Si madame désire une chancelière... offrit le valet de pied.

Elle refusa, tout en trempant ses mouillettes dans un œuf à la coque. Tandis qu'elle mangeait, le maître d'hôtel découpait un poulet froid sur l'un des dressoirs.

— Décidément, dit-elle, ce vin est détestable.

— C'est toujours du Clos-Genevraye, répliqua le domestique, avec autant de gravité que s'il eût dit :

— C'est pourtant du Clos-Vougeot.

— Faites monter du Montrachet.

Elle déjeuna lentement, placidement, mangeant peu, mais goûtant de tout ce qu'on lui présentait. Jamais elle n'était restée plus longtemps à table, depuis quinze jours qu'elle s'y asseyait seule. Tantôt elle tournait la tête vers les fenêtres, comme pour s'assurer si le temps s'éclaircissait ; tantôt ses yeux se reportaient sur les faïences étagées. Mais, soit qu'elle inspectât le ciel,

soit qu'elle regardât les fleurs chatironnées des assiet-
tes, c'était toujours avec l'impassibilité la plus par-
faite. Deux ou trois fois elle haussa les épaules. Ce fut
la seule preuve de pensée qu'elle donna.

Elle allait se lever de table quand un rire cristallin
éclata dans la chambre voisine ; c'était le petit Albert
que la nourrice mettait à dada sur ses genoux. Mercedès ouvrit la porte.

— Nounou, dit-elle, voilà le temps qui se lève.
Laissez-moi Bébé et allez vous habiller pour l'emme-
ner au parc.

Restée seule avec l'enfant, la jeune femme l'assit
sur un fauteuil et se mit à genoux devant lui. Il se tré-
moussait de plaisir pendant que, le tenant enlacé, elle
cachait son front entre ses petits genoux. Il promenait ses jolies mains roses dans les cheveux noirs
de sa mère, et, quand une longue mèche échappait aux dents du peigne d'écaille, il se renversait
la tête en arrière avec des éclats de rire joyeux...
Un sanglot étouffé retentit ; Mercedès fondit en
larmes.

Certes, tout ce qu'elle avait souffert depuis dix-huit
mois elle l'avait souffert pour cet enfant. Pas une plaie
de son âme qui n'eût été faite par cette petite main.
Si la terreur d'une catastrophe avait troublé jusqu'à
son sommeil ; si le remords avait empoisonné jusqu'à

son amour maternel; si sa délicatesse avait compté
comme un detournement jusqu'à la moindre dépense;
si ses sentiments conjugaux s'étaient oblitérés jusqu'au
souhait du veuvage; si elle avait usé l'adultère lui-
même jusqu'au mépris, n'était-ce pas grâce à cet
enfant? La paix de sa vie, le repos de sa conscience,
ses joies de mère, ses droits d'épouse, tout ce qui fait
l'honneur et le bonheur de la femme, avait été englouti
par cette tempête dans un berceau. Et pour la première fois qu'elle ouvrait son cœur depuis si longtemps
comprimé, elle n'y trouvait ni colères, ni haines contre
son innocent bourreau. Des larmes! Elle n'y avait
amassé que cela...

Avec quel amer soulagement elle les versait en ce
moment! Comme ces soupirs, tant de fois étouffés,
soulageaient sa poitrine! Elle pleurait, et l'enfant, tout
étonné, poussait de grands éclats de rire à chacun de
ces sanglots.

Une heure sonna. La nourrice allait entrer. Madame de la Genevraye se releva à la hâte, et serrant
convulsivement son fils contre sa poitrine.

— Tu seras riche, va, mon chéri... riche et comte!
murmura-t-elle entre ses dents.

Le soir, au moment de se coucher, Mercedès retrouva sur sa cheminée la lettre qui lui avait été
remise la veille, en rentrant, et qu'elle n'avait pas

encore songé à ouvrir. Elle fit sauter l'enveloppe et lut ce qui suit :

« Mardi, 26 mars.

» Madame la comtesse,

» Je ne suis pas de ceux qui salissent un ami aux yeux de sa maîtresse pour prendre ensuite sa place. Si je vous écris, c'est que je considère comme un devoir de vous avertir de ce qui se passe.

» Votre amant n'est pas digne de posséder un trésor tel que vous. Vous êtes son jouet et le jouet de ses amis. Vous êtes l'objet de paris abominables, vous êtes livrée en spectacle. Ne nous a-t-il pas engagés, l'autre jour, à nous poster dans un hôtel, en face de la maison où il vous reçoit ? Quand le rideau de votre chambre eut été tiré et que vos ombres se dessinèrent en noir sur ce fond blanc, ce fut un fou rire parmi nous. Tout le monde se tordait ; tout le monde excepté moi...

» Car je suis un honnête homme, madame la comtesse, et je ne puis voir sans douleur tourner en ridicule ce qu'il y a de plus respectable au monde, l'amour d'une femme... Dès ce jour-là, je vous ai aimée... Hélas ! je ne suis qu'un obscur étudiant. Vous êtes belle, riche, noble, vous ne serez pas en peine de trouver un amant plus digne que moi, par la fortune et par le rang, de vos précieuses faveurs... Vous n'en trouverez pas de plus digne par le cœur.

» Si vous vouliez me permettre de vous en convaincre, je vous prierais de vous trouver jeudi, vers deux heures, à l'église de la Trinité. Elle est très bien chauffée.

» Votre adorateur pour la vie

» J. T. »

Mercedès jeta dédaigneusement le papier dans le feu.

— J. T., se dit-elle avec un rire sardonique, n'était-ce pas la signature de ce « père de famille » qui écrivait à Manchard ?... Le coup de pied de l'âne !...

Puis, fouillant dans une bonbonnière de vieux saxe, elle en tira une minuscule cigarette de camphre qu'elle se mit à respirer.

XXXII

Aux premiers beaux jours d'avril, M. de la Genevraye, dont les jambes avaient sensiblement désenflé, manifesta de nouveau le désir de retourner à Trèfles. Tel n'était pas l'avis du médecin qui redoutait, disait-il, l'influence des brouillards qu'exhale ordinairement la Saône au printemps. Mais Mercedès, qui avait sans doute ses motifs pour souhaiter ce prompt retour, n'eut pas de peine à convaincre son mari que le docteur parlait dans un intérêt personnel. Le départ fut fixé au lundi de la semaine suivante.

Pendant ces huit jours, il se fit dans l'hôtel un mouvement de fournisseurs comme la placide gouvernante n'en avait jamais vus. C'étaient des allées et venues perpétuelles d'essayeurs et d'essayeuses, des introductions incessantes de cartons multiformes et multicolores. A la fin de la semaine, les achats remplissaient une des trois chambres d'amis. Les domestiques ébahis se demandaient si l'on partait pour la Chine. Quant à la mère Presles, elle était scandalisée de ce nouveau revirement :

— Une femme qui était si simple, tout cet hiver ! grommelait-elle ; s'acheter des montagnes de chiffons au moment de partir !.. pour aller montrer ces falbalas aux arbres du parc et aux ablettes de la Ronce !... Ça n'est pas croyable.

Elle tenta de glisser une de ces observations indirectes, comme elle s'en permettait impunément quelquefois. Mais madame de la Genevraye, qui montrait à ses gens une humeur quelque peu hautaine, lui imposa si vivement silence que la bonne femme s'en alla pleurer dans son tablier.

Le matin du départ, René, soutenu d'un côté par sa femme, de l'autre par la mère Presles, eut grand'peine à descendre l'escalier jusqu'à sa voiture où on le cala entre trois coussins. Un coupé-lit avait été retenu à la gare de Lyon.

Le voyage s'effectua assez gaiement. M. de la Genevraye, à mesure qu'il se sentait emporté vers la terre natale, retrouvait quelque entrain. Il parla du bonheur de respirer un peu d'air pur, après cinq mois de prison parisienne, des réparations qu'il allait entreprendre en arrivant, de la santé qu'il se flattait de retrouver sous ses vieux ombrages, de son fils dont il reverrait bientôt les joyeux ébats sur la pelouse... Mercedès se

contentait de l'approuver par de petits hochements de
tête, tout en suivant le défilé des campagnes inondées
de soleil. Il daigna même s'informer paternellement
des toilettes qu'elle emportait et voulut connaître la
nomenclature de ces costumes. Et il souriait en
l'écoutant. Il y avait bien du scepticisme dans ce sourire...

A la gare de Mâcon, Victor attendait ses maîtres
avec la berline. Le comte fut transvasé avec précautions. Il regardait autour de lui, épanoui comme un
collégien qui vient en vacances, nommant les rues par
leur nom, admirant la Saône du haut du pont et
faisant remarquer à sa femme, sur les noyers qui bor-
daient la route, combien la végétation était en avance
sur celle de Paris.

Trèfles dressa bientôt devant eux ses toits rouges
éparpillés le long de la Ronce.

— Voilà ma Ronce! fit René en apercevant les eaux
vertes du ruisseau frayant à travers les vieilles pierres.

Puis, comme la voiture passait devant la maison de
Manchard:

— A propos, demanda-t-il, connaissez-vous la fin de
l'aventure que je vous ai contée?

— Quelle aventure ?

— Vous savez bien... Cette liaison interlope du
jeune André...

— Ah! oui... fit Mercedès sans aucun embarras, qu'est-ce que c'est devenu, cette affaire-là?

— Comment! je ne vous ai pas donné la suite de l'histoire? Figurez-vous que ce pauvre Manchard, averti que son fils avait des rendez-vous dans une maison louche de Neuilly, surprend, un beau soir, son gaillard en flagrant délit... Vous croyez peut-être qu'il s'agissait d'une de ces aventurières qui .. Pas du tout. Manchard assure que c'est une femme du meilleur monde, mariée et mère de famille !

— Quelle horreur !

— Une drôlesse, cela se chasse honteusement; mais avec cette malheureuse, il fallait des formes. Manchard s'adresse d'abord à sa loyauté; il fait appel à ce qui peut rester de bons sentiments au fond d'une nature pervertie... Mais c'est qu'elle tenait ferme!... Conçoit-on un pareil cynisme? Enfin, après avoir épuisé tous les moyens de conciliation, la patience lui a manqué. Il s'est passé de la permission qu'on lui refusait, a repris son fils et, en signe de rupture, a renvoyé à cette éhontée ses lettres...

— Et depuis lors?

— Il n'en a plus entendu parler, je pense.

— Mais une femme pareille est capable de se venger.

— Oh! il n'y a pas de danger.

— Cependant, si Manchard lui a rendu sa correspondance...

— Oui, mais il a pris ses précautions.

— Ah!

— Il a gardé une lettre, le malin, et la meilleure...

La berline venait d'entrer dans l'avenue d'honneur.

— Enfin! soupira René, nous voilà donc chez nous!

La grille se referma avec des grincements plaintifs.
Le lendemain M. de la Genevraye ne trouva pas la force
de se lever.

La paisible gentilhommière se parait pourtant des
premiers atours du printemps. Les glycines encadraient
de leurs grappes mauves les fenêtres du rez-de-chaussée.
La pelouse se marbrait de larges taches verdissantes.
A travers les platanes écaillés et chauves, on apercevait les massifs mouchetés de bourgeons. Les saules
commençaient à pleurer sur la Ronce et des pinsons
babillaient déjà dans les sureaux.

Une vie nouvelle s'ouvrait-elle aussi pour Mercedès?
On aurait pu le penser en voyant son impassibilité
dans ce milieu si plein de cruels souvenirs. Elle affron-
tait sans rougir tous ces témoins de son passé et traversait avec une fierté sereine toutes ces muettes
accusations. Avait-elle oublié?... Les riantes parures
du renouveau lui cachaient-elles le drame de sa vie?

Un soir, comme elle avait bâillé en reconduisant le
médecin, René lui dit:

— Je ne veux pas que le contre-coup de ma maladie

21.

vous atteigne. Il faut vous distraire, recevoir nos amis,
jusqu'à ce que je puisse descendre. Un mari goutteux,
ce n'est pas gai pour une femme de votre âge. J'ai
toujours peur de m'apercevoir que vous vous ennuyez.

— Non, non, répondit-elle, soyez tranquille.

Le fait est que si son humeur était au diapason de
son piano, le comte n'avait pas lieu d'être inquiet. Cet
instrument, longtemps délaissé, s'éveillait aux plus
douces fantaisies; un grain de gaieté se mêlait même
à ces bavardages mélodieux, et les ariettes de Lecocq
entrecoupaient parfois le valses de Métra. Le temps
qu'elle ne donnait pas à la musique, Mercedès l'em-
ployait à se promener, soit dans le parc, soit aux environs et même jusqu'en ville. Elle s'habillait trois ou
quatre fois par jour, sous prétexte de faire prendre
l'air à ses costumes, et montrait dans Trèfles et dans
Mâcon des toilettes où s'épanouissait son goût d'Espagnole pour les nuances voyantes.

— Je remonterais bien à cheval, dit-elle un jour à
son mari.

— Ah! si je pouvais vous accompagner! soupira
René.

Sans le prévenir davantage, elle s'empressa de satisfaire ce caprice. Sous prétexte que *Gloriole* était décidément trop court-jointé, elle acheta chez Moyse une
jument de deux mille francs. Puis, jugeant qu'il ne

fallait pas déranger un homme aussi occupé que le valet de chambre, elle prit un groom, et, le jeudi suivant, on la vit chevaucher jusqu'à la Crucée, suivie d'un négrillon de quatorze ans qui ne savait pas un mot de français.

Pendant ce temps, sur son ordre, on remettait à neuf les appartements de « monsieur le vicomte ». Les tapissiers posèrent, dans la chambre qui avait l'honneur d'abriter le sommeil du petit Albert, un Aubusson merveilleux.

On venait de toutes parts prendre des nouvelles de M. de la Genevraye. Les anciens habitués de la gentilhommière s'y succédaient. Mercedès affectait d'être rassurée sur la santé de son mari : c'était plus douloureux que dangereux; malheureusement il fallait du temps, beaucoup de temps, et de la patience...

Un après-midi, comme elle venait de déchiffrer le dernier chœur de *Giroflé-Girofla*, se retournant souvent vers la fenêtre, pour voir si la pluie, qui tombait à verse depuis le matin, allait enfin lui permettre de descendre, on lui apporta une carte portant ces mots :

LE CAPITAINE JORDANEL

Elle se leva vivement, passa les doigts dans ses frisons et se rendit au salon.

Le valet de chambre, dont l'indiscrétion naturelle

était aiguisée par le désœuvrement, avait l'habitude d'écouter aux portes. Cette fois, il en fut pour ses frais de curiosité. Soit que le bruit de la pluie contre les vitres couvrît la conversation, soit qu'on parlât à voix basse, il ne put saisir que quelques mots décousus tels que :

— Cet hiver... Votre isolement... Vie militaire... Ah! si vous... Pourtant... Et moi donc!...

XXXIII

Madame de la Genevraye s'attendait à ce que le mariage d'Edwige avec André se fît à Trèfles. Le maire ne
pouvait perdre une si excellente occasion de soulever
un peu de poussière dans son canton, et madame Lemahodon, de son côté, se faisait trop peu d'illusions sur
la distinction du futur beau-père de sa fille pour ne
pas le soustraire aux jugements du public parisien.

Mercedès n'éprouva donc aucune surprise quand le
père d'André vint, en grande tenue, annoncer officiel-
lement que le mariage de son fils avec mademoiselle
Lemahodon serait célébré dans l'église du bourg. Elle
accueillit Manchard avec l'aisance la plus correcte et
l'introduisit elle-même auprès du comte. Comme M. de
la Genevraye et son visiteur, l'un tourmenté par ses
douleurs, l'autre gêné aux entournures de son rôle,
soutenaient péniblement l'entretien, ce fut elle qui
fit, avec une souplesse merveilleuse, tous les frais de
la conversation, et elle montra, jusqu'au moment de

reconduire le maire, une si gracieuse assurance, que celui-ci se retira confondu de la supériorité des femmes sur les hommes en matière de maquillage moral.

— Vous assisterez à la messe, n'est-ce pas ? demanda René à sa femme.

— Assurément, répondit Mercedès, ma toilette est déjà commandée.

Le second mardi du mois, la famille Lemahodon arrivait à Trèfles, et, le soir même, vers dix heures, Edwige venait se jeter en pleurant d'émotion dans les bras de sa chère amie. Mercedès ne resta pas en arrière d'un si fraternel épanchement; elle pleura aussi...

La messe, chantée par la maîtrise de Saint-Pierre de Mâcon, fut superbe, et la cérémonie égala en splendeur le baptême seigneurial du dernier héritier de la Genevraye. Malgré les efforts suprêmes de madame Lemahodon et de Bertrande, Mercedès, idéalement belle dans son costume de faille cendre, étagé en hauts volants de point d'Honiton, resta la reine de l'assistance. Jamais d'ailleurs, à l'éclat de son visage méridional ne s'était mêlée une telle expression de sérénité protectrice. Et quand, après l'office, elle aborda le marié et sa jeune femme, on eût dit qu'elle allait les plaindre : celle-ci de se voir éclipsée par tant de beauté; celui-là d'en être sevré désormais.

— Qui de vous deux dois-je le plus féliciter ? leur demanda-t-elle d'une voix doucereuse.

— Moi, madame, fit vivement André.

Mercedès sentit sous cette modestie apparente la pointe aiguë de l'insulte. Elle lança à la nouvelle mariée un de ces sourires de femme, où les dents ne semblent se montrer que pour mordre.

Quand elle traversa la nef, au bras de Manchard, pour regagner sa voiture, toutes les conversations s'arrêtèrent et l'on n'entendit plus que le bruit des chaises heurtées par les curieux qui se bousculaient pour la voir passer. Un murmure d'admiration courut dans la foule amassée sur la place, dès qu'elle parut sous le petit porche. Le capitaine Jordanel se trouva là pour la saluer ; elle lui répondit par un gracieux mouvement de tête.

— Une robe de Worth et un chapeau de madame Hofeld pour un mariage à la campagne ! grinçait Bertrande pendant ce temps, quel manque de tact !

— Que veux-tu ! ma chère, le goût ne s'achète pas, soupira la seconde demoiselle d'honneur en laissant tomber, sur son taffetas à cinq francs le mètre, un regard d'hypocrite satisfaction.

— Après çà, ricana madame Lemahodon, quand on a eu comme elle une si grosse dot, on peut bien se payer des dentelles de cinq mille francs.

Le soir, un dîner comme il ne s'en était jamais absorbé à Trèfles-sur-Ronce, réunit les invités. Nul ne fut surpris quand le bruit courut d'assiette en assiette que le menu était signé *Chevet*.

Par une délicate attention du maire, deux places destinées à M. le comte et à madame la comtesse de la Genevraye restèrent vides pendant tout le repas. Mais la vérité oblige à dire que la part des châtelains fut impitoyablement dévorée et que la gaieté générale ne se ressentit pas plus de leur absence que de la présence du fauteuil où gisaient les restes paralysés de ce qui avait été madame Manchard.

Vers une heure du matin, madame Lemahodon songeait à verser sur le départ de sa fille cadette, les larmes obligatoires, quand Bertrande, dont le dépit avait sans doute triplé la voracité, ressentit les premiers symptômes d'une onzième indigestion.

Grâce à cette diversion, Edwige ne fut accompagnée, au seuil nuptial, que de la tremblante et cordiale bénédiction de son père.

XXXIV

Cinq mois s'étaient écoulés sans apporter aucun changement dans la vie intérieure du châtelet.

L'entrain nerveux de Mercedès ne s'était pas ralenti. Promenades, musique, visites, elle mettait dans toutes les distractions qu'elle se donnait l'étourdissement volontaire d'une femme qui a pris son parti des faveurs du sort et ne songe plus à faire des façons avec la fortune... Jeune, riche, jolie, presque veuve, elle se résignait, enfin, à jouir de la vie et se consolait décidément de son bonheur... Si bien que le capitaine Jordanel, toujours flirtant aux alentours, put se croire pour quelque chose dans cet épanouissiement et y voir le symptôme de prochains succès. Depuis qu'elle lui avait coupé une déclaration d'un coup d'éventail sur les doigts, Mercedès passait aux yeux du jeune officier pour une femme entrée dans la crise fatale et pour qui le moment psychologique de la chute approche.

L'état du comte semblait stationnaire. Percinal,

qu'on avait rappelé, — faute de pouvoir s'assurer la
visite quotidienne d'un médecin de Mâcon, — venait
régulièrement chaque matin, causait pendant plus d'une
heure avec son malade et repartait après avoir constaté
savamment qu'il n'y avait rien de nouveau à tenter.

Une nuit, vers deux heures, madame de la Genevraye
fut épouvantée par des coups violents frappés à sa porte.
C'était la mère Presles qui, en bonnet de nuit et en
jupon, venait prier madame de se lever au plus vite.

— Qu'y a-t-il? demanda Mercedès en sautant de son
lit.

La bonne femme écarta les bras et les laissa retomber dans un geste d'accablement.

— Je ne sais pas, mais ça va mal... Monsieur le comte
s'est réveillé en sursaut et il est d'une faiblesse!...
Croiriez-vous qu'il m'a demandé d'aller chercher l'abbé
Piou !

— Oh !... un cauchemar, peut-être, qui l'aura bou-
leversé... Je te suis, Presles, et quant au curé...

— M'est avis, madame, qu'il faut aller tout de suite
au presbytère. On ne sait pas... Vous allez voir comme
il est pâle.

En deux minutes Mercedès eut passé un peignoir et
traversé l'appartement de son mari.

René était livide. Ses yeux creux s'étiraient vers les
tempes et son nez aminci se bridait jusqu'aux coins de

sa bouche entr'ouverte, faisant saillir violemment les pommettes blanches de ses joues. Madame de la Genevraye frissonna devant ce changement subit, accompli en une demi-nuit.

— Ma pauvre amie, fit-il d'une voix atone, je vous dérange... à toute heure... Mais cette fois... il le fallait...

— Vous ne me dérangez pas, assura Mercedès avec une douceur maternelle. Vous avez bien fait.

— Presles vous a dit... J'aimerais bien à voir le curé... Ce n'est peut-être rien ; mais enfin...

— Rien, en effet, qu'une crise comme les précédentes. Pourtant, si vous y tenez...

— Oui, j'aime mieux cela...

Madame de la Genevraye n'eut pas le temps de donner des ordres. La vieille gouvernante rentrait en ce moment.

— Victor est parti, dit-elle, et il ramènera monsieur le curé. C'est convenu.

Puis, tout bas à Mercedès :

— J'ai envoyé chercher le médecin en même temps.

Le comte poussa un soupir de soulagement. Pendant quelques instants il resta immobile, les regards au plafond, les lèvres écartées. Sa femme lui avait pris doucement la main. Il remercia d'un sourire.

Mercedès, tenant ces doigts glacés, écoutait la res-

piration pénible du moribond. Et, dans la rêverie profonde où elle dérivait, ce souffle devenait comme le
balancier régulier du temps que René avait encore à
vivre, des heures, des minutes peut-être qui la séparaient du veuvage...

Le moment était donc venu ! Cet homme allait disparaître, emportant ses illusions de mari et de père. Avec
lui, c'était la faute de Mercedès qui s'évanouissait.
Avec ce cadavre, la femme adultère ensevelirait ses
remords, la mère du bâtard ses transes et ses scrupules.
Le drame de sa vie s'enfouirait dans l'herbe d'un cime-
tière de campagne. Sur son secret, l'éternité allait
pousser enfin le verrou de l'oubli.

Ainsi, c'en était fait ! René aurait ignoré jusqu'au
bout les hontes de son foyer. Elle avait réussi à lui
cacher son déshonneur. Une vie nouvelle s'ouvrait
pour elle. Veuve, elle reprenait son rang de femme
honnête. Son fils était légitimé. Elle bénéficiait d'une
prescription chèrement acquise et, pour être heureuse
enfin, elle n'aurait plus besoin de s'étourdir.

D'où venait donc qu'en cet instant décisif un dernier trouble s'emparait d'elle? Pourquoi cette oppression au seuil même de la délivrance?

C'est que, n'ayant plus à craindre d'être découverte,
sa trahison ne lui paraissait que plus odieuse. L'im-
punité lui pesait mille fois plus lourdement en deve-

nant irrévocable. Il lui semblait qu'elle n'avait jamais trompé aussi perfidement son mari, abusé si lâchement de son aveugle confiance. C'était, plus que la consommation, la consécration définitive de son adultère qui l'effrayait. Et, au moment de se fermer pour toujours, ces yeux, qui n'avaient pas su lire au fond de sa conscience d'épouse, prenaient des expressions si étranges qu'elle n'osait plus y arrêter les siens...

Un mouvement de René la tira de cette hallucination.

— Presles, demanda le comte, allez donc voir... si l'enfant dort... Vous me l'apporteriez... s'il est éveillé, seulement s'il est éveillé.

La vieille servante disparut, se mordant les lèvres pour ne pas pleurer.

Le jour naissait; déjà un filet pâle filtrait entre les hauts rideaux. Mercedès se souvint... C'était à pareille heure, au lever d'un clair crépuscule d'été, que, dix-huit mois auparavant, son fils était né...

Trois minutes plus tard, la gouvernante reparut avec le petit Albert sur les bras.

— Justement on le faisait boire, dit-elle.

M. de la Genevraye fit signe à son ancienne nourrice d'approcher. Elle se pencha sur le lit et tendit l'enfant au baiser du malade.

Il était ravissant ce petit homme, dans le désordre

du réveil, avec son bonnet crânement planté sur l'oreille, ses cheveux follets courant sur le front et sa frimousse étonnée d'espiègle.

René le regarda longuement, fixement. Pendant quelques secondes ses paupières battirent et ses doigts tremblèrent entre les doigts de sa femme. Mercedès étouffait.

Le bébé gigotait sur les bras de la gouvernante, en regardant les fioles de médicaments épars sur le guéridon.

— Lolo !... lololo !... bégayait-il.

Puis subitement, sans transition, par un de ces mystérieux enchaînements d'idées dont les enfants gardent le secret, il tendit ses petits bras vers l'oreiller, en appelant :

— Pa... pa! pa... pa!

Madame de la Genevraye tressaillit. Un tour de sang lui monta au visage. Le long des joues ridées de la vieille femme, deux grosses larmes descendaient lentement. René, le regard toujours fixé sur le minois du marmot, les yeux agrandis, immobile et muet, écoutait ces balbutiements enfantins.

Alors, avec un effort, il leva les deux bras et posa doucement ses longues mains sur la tête du bébé :

— Mon fils... soupira-t-il.

Mais il n'eut pas le temps d'achever la bénédiction

commencée. Mercedès, d'un geste brusque, avait
écarté la mère Presles et, dressée devant son mari,
frémissante, l'œil en feu :

— Arrêtez! s'écria-t-elle, arrêtez!... Non, c'est impossible... J'étouffe, à la fin... Je ne peux plus, voyez-
vous... Cet enfant... Il faut que je vous dise, René...
Je suis une misérable! une infâme! Je vous ai trompé...
trompé, comprenez-vous?... Et cet enfant... ne le
bénissez pas! Il n'est qu'à moi... C'est mon déshonneur,
René, ne le touchez pas... ne le touchez pas, je vous dis!

Et s'affaissant au pied du lit, les mains tordues par
l'angoisse :

— Pardon! s'écria-t-elle avec des râles dans la
gorge. Pardon! Ne me maudissez pas, René. J'ai tant
souffert! Oh! vous ne savez pas quel supplice!...

Elle s'était caché le visage dans les draps, suffo-
quant, convulsée par le désespoir.

Tout à coup, elle sentit une main qui effleurait ses
cheveux, celle-là même qui s'était posée sur la tête
de l'enfant, et la voix de René murmura, lente comme
une plainte :

— Je le savais...

Mercedès regarda son mari, effarée, à travers ses
larmes.

— ... Depuis longtemps, ajouta-t-il.

Ce fut une stupeur. Madame de la Genevraye restait

sans mouvement, brisée, anéantie sous cet aveu où tenait tout un monde de générosités secrètes, de sacrifices ignorés et de sublime indulgence... Et, prise d'admiration devant cette grandeur surhumaine, elle saisit la main de René et la couvrit de baisers ardents.

Qu'aurait-elle pu lui dire qui exprimât mieux ses repentirs, ses amertumes, sa douleur, son amour même? Car, en ce moment suprême, l'homme qui allait la quitter lui apparaissait avec la beauté sévère d'un héros et comme dans l'éblouissement de l'idéal... Elle l'aimait!

La comprit-il ? Un sourire grave glissa sur ses lèvres.

— Ma pauvre enfant, murmura-t-il. Vous avez expié... Je n'ai rien dit. J'étais assez vengé... Et cependant c'était un peu ma faute aussi...

— René! supplia la jeune femme.

— ... J'étais si vieux pour vous!... J'aurais dû prévoir... C'est fini... Je vous pardonne, pourvu... pourvu que jamais cet enfant ne sache... Jamais! entendez-vous!...

La mère Presles, debout au pied du lit et tenant toujours le petit Albert, n'essayait plus de retenir ses larmes. Elle pleurait à pleine bouche. L'enfant, d'abord étonné, regardait la grimace de cette vieille face où il n'avait jamais vu que des gaietés; puis il fit une moue de frayeur et, détournant la tête, éclata à son tour.

— Emmène-le ! ordonna Mercedès.

En ce moment, deux coups discrets heurtaient la porte, et la longue robe de l'abbé Piou apparut.

Il salua madame de la Genevraye qui lui fit place auprès du lit et, s'approchant du malade :

— Eh bien, mon ami... dit-il d'une voix paternelle.

Entre le gentilhomme et ce fils de paysan la distance venait de s'évanouir. Avec le coup d'œil d'un familier de la mort, le prêtre avait compris que l'heure des distinctions sociales était passée pour le comte.

René fit un signe de tête.

— Oui, hocha-t-il, c'est la fin... probablement.

Mercedès se retira vers l'extrémité de la chambre, laissant le mourant aux consolations du dernier confident, perdue elle-même dans un abîme de pensées... Ah ! que pouvait-il avoir à se reprocher ce saint inconnu, ce martyr du foyer ! N'était-ce pas à elle, plutôt, de se jeter aux pieds du prêtre, de s'humilier, de se frapper la poitrine !

Et sur ces désespoirs impuissants, tandis qu'un chuchotement voltigeait à travers les tentures du lit, la lampe épuisée jetait, avec les langueurs d'une agonie, ses dernières lueurs noyées dans le premier rayon du soleil levant. Puis la voix du curé s'éleva plus dis-

22

tincte. Un murmure de mots latins, monotone, scandé
seulement de lenteurs religieuses, traversa le grand
vide de la chambre, tandis que, dans les massifs du
parc, piaillaient joyeusement des batailles d'oiseaux.

— *Ego te absolvo*, prononçait le prêtre, *a peccatis
tuis...*

Et machinalement, dans la prostration de ses remords, Mercedès s'abattait sous le geste souverain du
prêtre comme pour prendre sa part du pardon suprême . . . .

Trois heures plus tard, la lampe était éteinte. Les
rideaux n'avaient pas encore été tirés ; cependant,
seule, dans la demi-obscurité de la chambre mortuaire,
la pauvre Presles était agenouillée devant le corps.
Se souvenant que l'homme qui gisait là, les mains
jointes et un crucifix posé sur la poitrine, avait été son
nourrisson quarante-neuf ans auparavant, qu'elle
l'avait tant de fois bercé dans ses bras et couvert de
ses caresses, la servante sentit son vieux cœur se
fondre dans une immense pitié de mère, et elle san-
glota, les doigts enfoncés dans ses cheveux blancs :

— Mon pauv'petit !... mon pauv'petit !

XXXV

La gentilhommière est silencieuse. Les persiennes sont closes, les grilles fermées, et l'herbe envahit l'avenue d'honneur. On assure à Trèfles que la comtesse de la Genevraye vit retirée dans son hôtel de la rue Murillo, tout entière à l'éducation de son fils que la bonne Presles n'a pas quitté.

Edwige est devenue la reine de Trèfles. Heureuse entre son père qu'elle adore et son mari qu'elle ne connaît guère, elle s'est vouée, elle aussi, à l'éducation de son premier enfant — une ravissante petite fille — à qui personne n'apprendra jamais qu'elle est la sœur consanguine du comte Albert de la Genevraye.

Manchard, qui est enfin veuf, a été élu conseiller général par 1832 voix sur 2004 votants, en remplacement de M. Lemahodon, démissionnaire. On affirme qu'il se portera candidat aux prochaines élections législatives.

Quant à madame Lemahodon, elle vient d'être surprise, ainsi que Bertrande, en flagrant délit de vol dans les magasins du *Bon Marché,* au moment de faire disparaître deux superbes coupons de Chantilly.

FIN

Imprimeries réunies, B, Puteaux.

NOUVEAUX OUVRAGES EN VENTE
Format in-8°.

A. BARDOUX   f. c.

LE COMTE DE MONTLOSIER ET LE GALLI-
CANISME, 1 vol.................. 7 50

BENJAMIN CONSTANT

LETTRES A MADAME RÉCAMIER, 1 vol. 7 50

L'ABBÉ GALIANI

CORRESPONDANCE, 2 vol........... 15 »

LORD MACAULAY

ESSAIS D'HISTOIRE ET DE LITTÉRA-
TURE, 1 vol.................. 6 »

L. PEREY ET G. MAUGRAS

JEUNESSE DE MADAME D'ÉPINAY 1 vol. 7 50

MADAME DE RÉMUSAT   f. c

MÉMOIRES, 3 vol................. 22 50

ERNEST RENAN

L'ECCLÉSIASTE, 1 vol............ 5 »

MARC-AURÈLE, 1 vol............. 7 50

G. ROTHAN

L'AFFAIRE DU LUXEMBOURG, 1 vol.... 7 50

PAUL DE SAINT-VICTOR

LES DEUX MASQUES, 2 vol.......... 15 »

THIERS

DISCOURS PARLEMENTAIRES. T. I à XIII. 97 50

VILLEMAIN

LA TRIBUNE MODERNE. T. II........ 7 50

Format gr. in-18 à 3 fr. 50 c. le volume.

ADOLPHE BADIN   vol.

PETITS COTÉS D'UN GRAND DRAME...... 1

TH. BENTZON

LE RETOUR....................... 1

BRET HARTE

CROQUIS AMÉRICAINS................ 1

HENRY CAUVAIN

ROSA VALENTIN.................... 1

E. DENOY

PAR LES FEMMES................... 1

ÉDOUARD DIDIER

LES DÉSESPÉRÉES.................. 1

A. DUMAS FILS

LA QUESTION DU DIVORCE........... 1

GEORGE ELIOT

DANIEL DERONDA.................. 2

O. FEUILLET

HISTOIRE D'UNE PARISIENNE.......... 1

OCT. FOUQUE

RÉVOLUTIONNAIRES DE LA MUSIQUE..... 1

A. GENEVRAYE

LE THÉÂTRE AU SALON.............. 1

J. DE GLOUVET

LE BERGER....................... 1

HISTOIRES DU VIEUX TEMPS.......... 1

GYP

PETIT BOB....................... 1

LUDOVIC HALÉVY

L'ABBÉ CONSTANTIN................ 1

A. HOUSSAYE

MADEMOISELLE ROSA................ 1

CH. JOLIET

CRIME DU PONT DE CHATOU........... 1

VICTOR JOLY

CRIC-CRAC....................... 1

EUGÉNE LABICHE

THÉÂTRE COMPLET................. 10

H. LAFONTAINE   vol.

L'HOMME QUI TUE.................. 1

LAFORÊT

AVENTURES DE DÉSIRÉ COURTALIN...... 1

DANIEL LESUEUR

MARIAGE DE GABRIELLE.............. 1

PIERRE LOTI

LE ROMAN D'UN SPAHI............... 1

MARY LAFON

CINQUANTE ANS DE VIE LITTÉRAIRE..... 1

RAOUL NEST

LES MAINS DANS MES POCHES.......... 1

E. NOEL

FIANCÉS DE THERMIDOR.............. 1

G. DE PEYREBRUNE

GATIENNE...... 1

A. DE PONTMARTIN

SOUVENIRS D'UN VIEUX CRITIQUE....... 1

ERNEST RENAN

CONFÉRENCES D'ANGLETERRE.......... 1

VICOMTE RICHARD (O'MONROY)

COUPS DE SOLEIL.................. 1

HENRI RIVIÈRE

LA JEUNESSE D'UN DÉSESPÉRÉ.......... 1

GEORGE SAND

CORRESPONDANCE.................. 2

FRANCISQUE SARCEY

MISÈRES D'UN FONCTIONNAIRE CHINOIS. 1

E. TEXIER ET LE SENNE

LADY CAROLINE................... 1

MARIO UCHARD

LA BUVEUSE DE PERLES.............. 1

LOUIS ULBACH

LE MARTEAU D'ACIER............... 1

PIERRE VÉRON

CES MONSTRES DE FEMMES........... 1

CLAUDE VIGNON

UNE PARISIENNE.................. 1

Paris. — Imprimerie PH. Bosc, 3, rue Auber

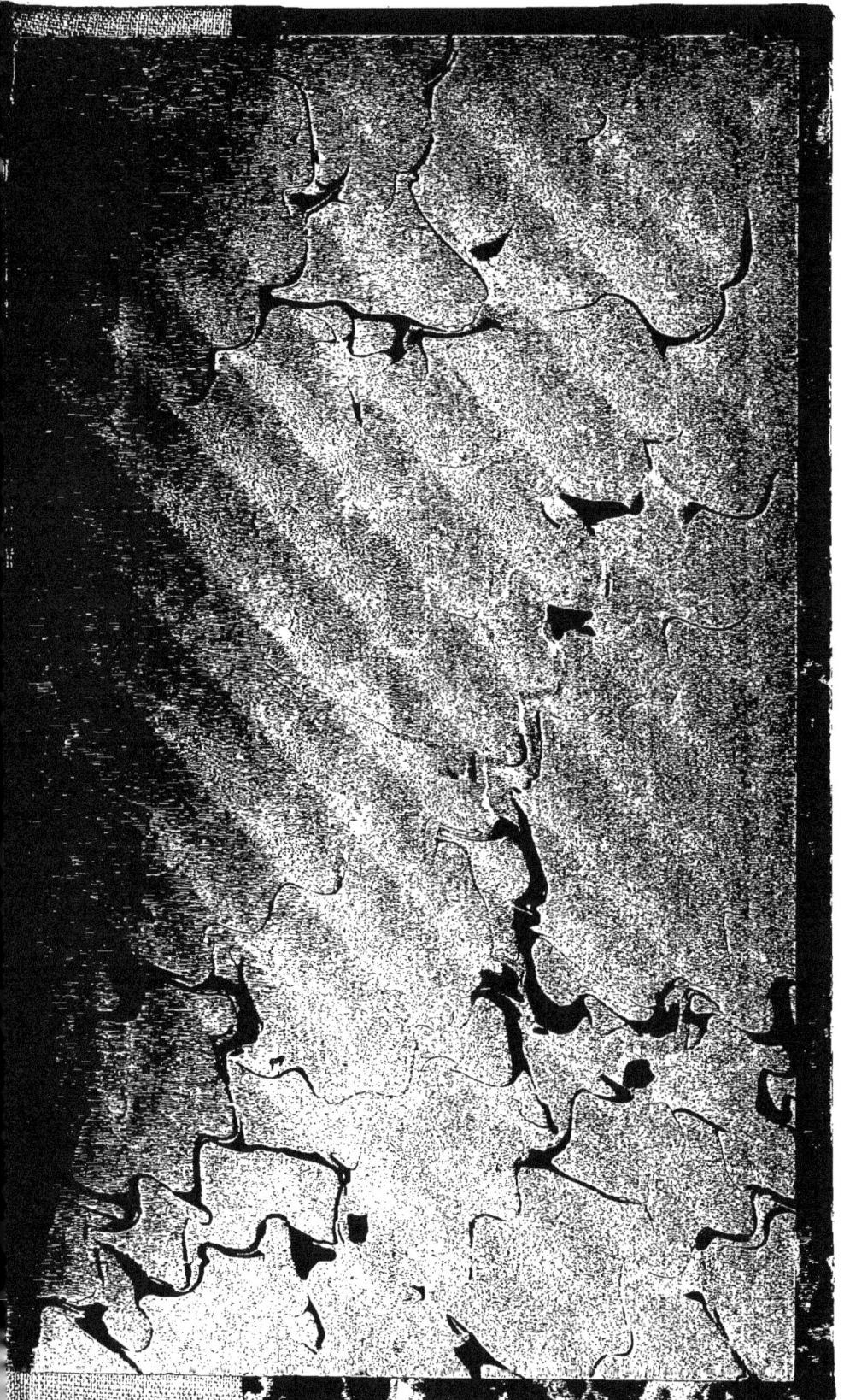